想象诗学

杜梁 著

上海三联书店

本书出版受到海南热带海洋学院2016年度引进学科带头人和博士启动项目资助，

项目名称“中国新诗现代性研究”，项目编号RHDXB201602，

特此致谢。

目　录

引　言

《秋夜》是鲁迅散文集《野草》里很有名的一篇。它有一个广为人知的开头："在我的后园，可以看见墙外有两株树，一株是枣树，还有一株也是枣树。"接下来鲁迅描写了"奇怪而高"的天空，写了不知名的小花在寒冷中瑟缩地生存，写了枣树从"竿梢所得的皮伤"，"却已默默地铁似的直刺着奇怪而高的天空"。枣树和天空的对峙是《秋夜》的主题，其象征意义毋庸赘言。接下来两段颇费解：

> 哇的一声，夜游的恶鸟飞过了。
>
> 我忽而听到夜半的笑声，吃吃地，似乎不愿意惊动睡着的人，然而四围的空气都应和着笑。夜半，没有别的人，我即刻听出这声音就在我嘴里，我也即刻被这笑声所驱逐，回进自己的房。灯火的带子也即刻被我旋高了。[1]

---

[1] 鲁迅：《秋夜》，《鲁迅文集》第二卷，黑龙江人民出版社，1995年，第348页。

谁在“吃吃地”笑？鲁迅后来点明了，“我即刻听出这声音就在我嘴里”，也就是说，是“我”在笑。若果然如此，为什么前面不直接说“我”发出了笑声，而制造出另外一个虚拟的在场者？这就是费解之处。

中国当代诗人张枣对《秋夜》中这个“虚拟的在场者”很感兴趣。他认为，鲁迅缔造和发明了“一个现代主体”，[1] 他“唤醒了‘我’意识到一个‘分裂的我’的意识，可以说他是一个唤醒者”。[2]“我”是《秋夜》中的那个“我”，事件经历者；“分裂的我”就是那个发出笑声的“虚拟的在场者”，或者说就是鲁迅本人，“中国第一个被表达出来的现代人”。[3]

张枣将此称作中国现代文学的开端。他把“分裂的我”引入自己的诗歌中，制造了一些晦涩难懂的诗歌文本，或谓“元诗”，如《告别孤独堡》《灯芯绒幸福的舞蹈》《第二个回合》《高窗》。《高窗》是张枣最后的作品之一，它揭示了“我”的分裂过程，“你”的诞生。

> 对面的高窗里，画眉鸟。
> 对面的隐秘里，我看到了你。
> 对面的的邈远里，或许你，是一个跟我

[1] 张枣：《秋夜的忧郁》，《张枣随笔选》，人民文学出版社，2012 年，第 120 页。

[2] 张枣：《〈野草〉讲义》，《张枣随笔选》，人民文学出版社，2012 年，第 128 页。

[3] 张枣：《〈野草〉讲义》，《张枣随笔选》，人民文学出版社，2012 年，第 131 页。

一模一样的人。是呀，或许你
就是我。

两个“或许”表明“我”同“你”的关系。“或许”同时暗示某种犹疑不决的心态。“你”的存在确定无疑，“我看到了”。但是你“稳秘”、“邈远”，若隐若现，“我”难以判定。在佛教修行中，意识到存在另一个“我”，通常是觉醒的先兆。这个“我”是情绪和行为的观察者，他如陌生人一般观察生命本体。如果这种观察照临生命每一个当下并保持清晰，那就是八正道之一的“正念”。但是在《高窗》第一节，“你”还很朦胧。画眉鸟声音悦耳动听，暗示“你”是潜在的歌者。

你或许也看到我在擦拭一张碟片如深井眼里的
白内障。是的，我在播放，但瞬刻间我又
退出了那部电影，虚空嘎地一响，画眉鸟
一惊。我哆嗦在沙发上，
剥橙子。
我说，你在剥橙子呀，你说：
没错，我在剥橙子。我说：
瞧，世界又少了一颗橙子。

“白内障”再次暗示朦胧。“虚空嘎地一响”是觉醒的信号，画眉鸟受惊。类似于禅宗的开悟。禅宗里，修行者开悟的契机人人不同，顿悟则是共通的。“你”突然现身，自性显现，让“我”惊惧，

"我哆嗦在沙发上"。"剥橙子"寓意非常丰富，是《高窗》最成功的地方之一。首先"剥橙子"的动作发出者是你，行为主体变了，"你"——觉醒者在行动。这说明那个观察者此时已经非常清晰了。然后是"剥"这个动作，暗示剥离，"你"同"我"的分离。这是潜在歌者兑现天赋最重要的一个环节。再者，请注意"是的"流露出来的确定性，看碟片时"我"同"你"的矛盾不见了。"你"是一个比"我"坚定得多的行动者。当我还在纠结于物质世界的盈亏，"你"早已心骛八极神游万仞：

　　　　　　　　　　　　而你
把眉毛向北方扬起，把空衣架贴上玻璃窗，
把仙人掌挪到旋梯上拍照。
这时，长城外，

风沙乍起。这时，
　　　　　　　　　　　　你和我
几乎同时走到书桌前，拧亮灯，但
我们唯一的区别是：只有你，写下了
这首诗。

"你"一连串的动作非常突兀，张枣为坚定的行动者画像：眉毛扬起。看起来毫无关联的事物联系在一起，这是想象力的功能。是否具备想象力的强大关联能力是"你"同"我"的根本区别。"我"沉浸在日常生活的琐碎中难以自拔，一如众生。而"你"是现实的超越者，是觉醒者。“你”以想象的翅膀翔越阳光照耀的大地。诗歌最后，“你”走到书桌前写作的姿态与《秋夜》一致：“我也即刻被这笑声所驱逐，回进自己的房。”鲁迅与张枣隐晦的亲子关系。

想象力的联结功能是人类心灵认知历史上的重大秘密。它是枣树那默默地保持直刺姿态的树枝。画眉鸟要跃上高枝，才能放声歌唱。

第一章 想象研究史

“想象”只是一个名相，其内涵一直在演变。就好像一个黑色的瓶子，里面可以装水、饮料、酒或者蜂蜜，或者别的什么，但从外面看上去，就是一个黑瓶子。把亚里士多德、蒙田、康德关于想象的言论放在一起，除了这个名相——“黑瓶子”——看起来相同，其他没什么一样。康德和柯勒律治对想象的描述看起来非常相似，但一个发生在先验领域，一个发生在经验领域，有本质不同。无论如何，本书的核心部分需要一个支点，一种对想象比较可靠的描述。“可靠”在这里很可疑，谁知道作者没有把某种液体强灌进那个黑瓶子呢？这没有办法。作为一个名相，“想象”的内涵将来同样不会凝固不变。

第一节 亚里士多德的阴影

20世纪60年代，中国文艺理论界存在关于“形象思维”的论争。中宣部有关领导为了厘清这个概念的内涵，给中国社会科学院下了一个任务，编选一套外国历史上关于这个问题的系统资料。任务最后落到钱钟书、杨绛夫妇头上。这个任务的难处，学识还在其次，最主要的是，“形象思维”是一个二三十年代才出现在苏联的概念，怎么可能到历史上追根溯源？钱钟书想到了一个解决办法，历史上既然没有这个概念，那就找一个相近的——他选择了“想象”。所以1979年中国社会科学出版社出版的《外国理论家作家论形象思维》其实是一本西方想象文论资料汇编。这本书的最大价值在上篇第一部分，“西欧古典理论批评家和作家部分”，亚里士多德排在最前面。

亚里士多德关于想象的言论，主要见于《灵魂论》。这些见解框定了今后人们讨论这个话题的主要范畴，影响深远。目前《灵魂论》的常见译本是吴寿彭翻译的，商务印书馆出版，题名《灵魂论及其他》。其中想象被称为“臆想”或“臆度”。比如最重要的一段：

> 又若臆想（心理幻象）则既不同于感觉，也有异乎思想（理知），可是，如果全无感觉，也难引起臆想（幻象），若全不臆度，这也不能构成什么观念。这样，思想（理知）和观念（审辨）也显然不同。臆想是可以随我们的意愿而作成的，（譬如，我们可凭记忆，追回一个心理印象，或凭备忘录引出前存的一幅图景，或虚构一个魅影），可是，我们若要构成一个观念（理致），这就不能逞意擅行，制作为一个观念，这可以是或属讹谬或属正确的。[1]

---

[1] 亚里士多德：《灵魂论及其他》，吴寿彭译，商务印书馆，1999年，第142页。

对比一下《外国理论家作家论形象思维》的相应译文（以下简称“钱译”）：

> 想象不同于感觉和判断。想象里蕴蓄着感觉，而判断里又蕴蓄着想象。显然，想象和判断是不同的思想方式。想象是可以随心所欲的……而获得结论是不由我们作主的，结论有正确的和错误之别。[1]

省略号对应前段引文括号内的“譬如”。比较而言，钱译更简洁大胆，篇幅短小，细密处比吴译不遑多让。最重要的那个概念，吴译为“臆想”，钱译为“想象”。哪个更准确？笔者不懂古希腊文，难以判断。但精通古希腊语恐怕也判断不了。极有可能那个词语两种意思都有。关键是亚里士多德在那个词语中写入了何种意义。现将《灵魂论》有关要点归纳如下：

> 一、臆想不是感觉，不是观念（理智），也不是它们的混合。
>
> 二、臆想是由感觉功能实际活动引起的一种心理运动效应。只有在感觉不明确的时候臆想才发挥作用。没有感觉活动不可能有臆想。所以只有具备感觉（能观看）的人才能有臆想。
>
> 三、所谓臆想者，即其人所想，恰和彼所曾感觉的（曾看见的）严格地相符。然而这样的臆想，对相应的感觉做出了合

---

[1] 中国社会科学院外国文学研究所：《外国理论家作家论形象思维》，中国社会科学出版社，1979年，第8页。

理的审辨，还是可能发生错误，引起若干或真实或虚妄的影像。臆想可以随心所欲。

四、感觉和理智（判断）是真实不误的，臆想大多是虚妄的。

五、没有感觉则没有臆想，没有臆想也难有理智（判断）。

六、理智（判断）形成的观念（比如对危险品）会引起警惕、恐惧或兴奋，臆度的幻境却让人无动于衷。

七、在缺乏心识（理智）的情况下，比如野生动物，只能依靠臆想。

以上内容均见于《灵魂论》第三卷第三章。吴寿彭把那个最关键的词语翻译为“臆想”，有可能在揣度过全文之后。亚里士多德在那个词语中注入了“错误”、“幻觉”和“虚妄”。这极有可能开启了历史上歧视想象的先河——或者说歧视“感性”也不为过。但亚氏的洞见亦不容忽视。比如第七条，这可以解释远古的神话以及宗教的诞生。再如第五条。亚里士多德花了很多笔墨论述想象与感觉的关系，但对想象与理智（判断）的关系却只惊鸿一瞥：没有臆想也难有理智（判断）。为什么呢？他没有说。

亚里士多德把灵魂功能划分成两个部分，思想和感觉。两者对当前存在物都有审辨和认识能力。他思考的切入点是人类认识结果中的错误，这错误是怎么来的？他认为感觉是可靠的，尽管长期以来人们存在关于感觉的怀疑。比如对同一件事物，距离近和距离远的感觉在大小和颜色方面肯定不同，病人和常人的感觉可能也不同。但这些情况亚里士多德不予考虑，他认为这不是感觉本身的问题，而且也容易证伪。还有一种对感觉的质疑来自不同类的感应。

比如根据一种动物的叫声来判断其形状，前者属于听觉，后者属于视觉，根本无法判断。所以，亚里士多德认为这种对感觉的质疑也不对。统而言之，他认为感觉本身是没有问题的，它提供的对事物的认识不是错误的来源。

这样一来就只剩下思想，它导致了错误的产生。为了把这个问题搞清楚，亚里士多德把思想又划分为臆想和审辨。审辨按照严格的逻辑关系进行推理，不可能存在问题。臆想则不同。首先，臆想发生的条件是“既不在看，也无所见”。[1] 臆想与感觉都关联着现实，没有感觉就没有臆想。但是，当我们的感觉功能完美发挥作用的时候，臆想是不存在的。比如我们眼前站着一个男人时，我们不会说“我想象他是一个男人”。只有当感觉不充分或者失败的时候，臆想才会介入。比如这个男人站得太远，根本不怎么看得清，于是我只能“想象”他的性别。亚里士多德认为，这是思想的错误根源，也是人类认识结果的错误根源。

没有感觉则没有臆想。臆想是一个动态过程，它产生的内容离不开正在感觉的那个对象。因此，亚里士多德得到了他对臆想的定义：臆想是由感觉功能引起的一种心理运动效应。人类所有感觉功能中，发展得最充分的是视觉。视觉要依赖光，没有光，什么都看不见。而“臆想”这个词的古希腊文与“光”是同源词。也就是说，当初在造这个词的时候，人们就把“臆想”（想象）与视觉/感觉联系起来了。这样看，苏联人把想象称为“形象思维”倒并

---

[1] 亚里士多德：《灵魂论及其他》，吴寿彭译，商务印书馆，1999年，第143页。

非全无道理。所谓“形象”，总是诉诸视觉的一个东西。动物的审辨能力不足，只能依靠臆想。被感情或疾病掩蔽的人类，或睡梦中的人，心识能力不足，也要依靠臆想。恋爱中的人想象力特别丰富。

亚里士多德关于想象的理论对后世影响深远。人们或者继承他理论中的某些方面，或者驳斥某些方面，在相反的方向重新界定。他让想象为人类的错误认识背锅，就影响了乌阿尔德、帕斯卡尔等人。他把想象称为“正在衰退的记忆”，影响了霍布斯，霍布斯称想象为“正在衰退的感觉”，与亚里士多德关于想象与感觉的论述完全一样。乌阿尔德、马勒伯朗士以及莎士比亚都认为想象与情绪和身体的热度有关，情绪激动则想象丰富。莎士比亚说：“疯子、情人和诗人都是满脑子结结实实的想象。疯子看见的魔鬼，比广大的地狱里能容纳的还多。情人和疯子一样癫狂，他从一个埃及人的脸上会看到海伦的美。诗人转动着眼睛，眼睛里带着精妙的疯狂，从天上看到地下，地下看到天上。他的想象为从来没人知道的东西构成形体，他笔下又描出它们的状貌，使虚无杳渺的东西有了确切的寄寓和名目。”[1] 这些论述其实都涉及想象产生的生理机制，没有跳出亚里士多德的窠臼。想象与理智的关系亚氏一笔带过，没有多讲，这是一个遗憾。这主要受限于当时人们对人类认识能力的认知水平。西方人歧视想象和感性、过度崇尚理性的传统与亚里士多德有一定关系。这一思想在近代逐渐发展成为工具理性和价值理

[1] 中国社会科学院外国文学研究所：《外国理论家作家论形象思维》，中国社会科学出版社，1979年，第13页。

性。制造武器的人片面追求破坏力和杀伤力，完全不考虑可能带来的灾难性后果；企业家盲目追求资本利润，置道义良心、公众健康、环境生态于不顾，铤而走险甚至违法犯罪。如今，人的情感和精神价值不断经受工具理性和价值理性的冲击，在整个价值体系中变得越来越边缘化。

略晚于亚里士多德的阿波罗尼阿斯（Apollonius）最早注意到了想象的创造性。他和赛斯佩西翁之间有一段对话，后者问他，希腊雕刻家为什么能雕刻出天上的神祇，难道他们到过了天上？阿波罗尼阿斯说："……是想象。它造作了那些艺术品，它的巧妙和智慧远远超过模拟。模仿只会仿制它所见到的事物，而想象连它所没有见过的事物也能创造，因为它能从现实里推演出理想。"[1] 在这段话中，他将模拟与想象比较。如果想象与模拟一样，那我们就不可能看到神祇的雕像，因为谁也没见过他们。模拟只不过是一种复制技术。阿波罗尼阿斯认为想象创造出了谁也没有见过的形象。那么，想象究竟如何创作呢？他没有说。

生活于十六世纪的法国人龙沙（Ronsard）也注意到了想象的创造性。他把想象的创造分成两种。好的想象创造出好东西，"创造是一切东西的本源，诗歌的结构追随着它，如影随形"。[2] 但是，还有一种荒诞而阴沉的创造，它创造出来的东西彼此间缺乏联

[1] 中国社会科学院外国文学研究所：《外国理论家作家论形象思维》，中国社会科学出版社，1979 年，第 9 页。

[2] 中国社会科学院外国文学研究所：《外国理论家作家论形象思维》，中国社会科学出版社，1979 年，第 10 页。

系，就像疯子和发高烧病人的纷乱的幻梦。龙沙可能注意到了想象与幻想的区别。亚里士多德注意到病人或者恋爱中的人们喜欢臆想，这点显然影响到了龙沙。与龙沙同时代的西班牙人乌阿尔德（Huarte）在这方面走向极端。他认为，想象力产生自人体的热度。病人往往伴随发高烧，因此他们想象丰富。他也认为诗歌是好的想象的结果，好的想象同时制造了雄辩、音乐和说教。诗歌属于想象，与理智相隔遥远。恋爱中的人喜欢做诗，因为恋爱能产生热度。亚里士多德固然强调病人与恋爱中的人容易臆想，但乌阿尔德主要把臆想与感觉联系起来谈。他的核心观点是，感觉不充分的地方，就容易产生臆想。他认为想象与理智有关系，两者不能分开。就此而言，乌阿尔德还不如亚里士多德。

蒙田写有《论想象的力量》。在所有论述想象的文字中，这篇相当奇特。比如他说："有人不停地咳嗽会令我的肺部和喉咙发痒。"[1] 他还谈到，有个女人吃面包的时候误以为吞食了一枚别针，于是大喊大叫，浑身难受，尤其喉咙疼得不行。有个男人对她检查后判断这是臆造。他设法让她呕吐，偷偷地在呕吐物里放了一枚别针。女人看到别针，心里石头落地，不舒适感也没有了。所以蒙田的想象其实是心理作用，是"精神和肉体相互交流，关系非常密切"。[2] 他尤其重视想象力与男人性功能的关系。他举了很多例子，其中一个是这样的：一个人听他朋友讲述"最该使劲的时候却

[1] 蒙田：《论想象的力量》，《蒙田随笔全集》，中国华侨出版社，2011 年，第 45 页。

[2] 蒙田：《论想象的力量》，《蒙田随笔全集》，中国华侨出版社，2011 年，第 47 页。

使不出劲来”的故事，结果这个故事打击了他的想象力，他也落到同样的下场，那个讨厌的回忆残暴地折磨他。后来，他想到一个以暴制暴的方法，他承认并大声把自己的病说出来，紧张的心情因此得到缓解。既然发病在预料之中，人的心理负担就减小了。用这种方法，他自己治好了病。

蒙田极尽能事描写想象的力量，似乎与前人完全不同。或许只有他的同胞后辈帕斯卡尔可以媲美。他们是想象研究史上的异类？也许这有点言过其实，蒙田的思想在亚里士多德那里也可以找到雏形。比如前述第六条。亚氏认为：“当我们对于某个事物形成为一个危险品或可怕事物的观念，我们的性情，就立刻引起警惕或恐惧，同样，若于某物被认为是足以为我鼓励的事物，我随即兴奋起来。”[1] 这显然也是想象的心理作用。持同一观点的还有意大利人马佐尼（G. Mazzoni）。他说，大祸临头的想象立刻就能令我们意气沮丧，浑身颤抖；而想象心愿将遂或某种可以到手的利益，立刻恢复勇气兴高采烈。[2] 所有这一类论述，以蒙田为极端。

十七世纪的英国人霍布斯（T. Hobbes）与培根关系密切，一度担任其秘书。霍布斯的思想受培根启发，一点也不奇怪。他们俩翻开了想象史的新篇章。这在下一节讲。霍布斯对想象的看法还受到亚里士多德的影响。他的名著《利维坦》与亚里士多德的《政治学》遥相呼应。《政治学》为奴隶主代言，霍布斯则完全摆

---

[1] 亚里士多德：《灵魂论及其他》，吴寿彭译，商务印书馆，1999 年，第 142 页。

[2] 中国社会科学院外国文学研究所：《外国理论家作家论形象思维》，中国社会科学出版社，1979 年，第 12 页。

脱宗教伦理的束缚，以唯物主义者的姿态为大资产阶级和贵族站台。《利维坦》第二章题名“论想象”，与亚氏一样，他也认为想象与记忆有关，是印象在头脑中的复活。随时间推移，对前物之想象会逐渐模糊。“此凋残之感觉，就感觉之所发言之，则为想象；就其凋残言之，则为记忆。想象与记忆，实即一物；第因观点不同，遂有异名耳。”[1]人在睡眠时也有想象，即“梦”。梦境与人体内部不适有关。睡在冷处，梦境恐怖。清醒时某部位发热，睡着后同一部位继续受热，则引起怒感，梦中易见仇人。梦境是清醒时想象的翻转。对想象与感觉的关系，霍布斯在亚里士多德之外也有发挥。他认为人们无法想象无穷大的对象，如无限速度、无限时间、无限力量等。在感觉和思想之外，想象无能为力。所以我们想象不了上帝。[2] 在论述诗歌中的想象时，霍布斯说：“良好之诗，无论为叙述的，或演义的，以及短诗，与其他小品文字，其中想象较重于判断；然亦不可不通，至为人厌。”[3] 好的历史与好的诗歌刚好相反，判断比想象重要。想象的作用，主要表现在辞藻方面。

帕斯卡尔不仅继承了蒙田的人本主义思想萌芽，也继承了他的想象理论。他咒骂想象的言辞本身是想象力可怕力量的证明：“想象——它是人生中最有欺骗性的那部分，是谬误与虚妄的主人；而

[1] 霍布斯：《利维坦》，朱敏章译，吉林出版集团有限公司，2010年，第4页。

[2] 霍布斯：《利维坦》，朱敏章译，吉林出版集团有限公司，2010年，第10页。

[3] 霍布斯：《利维坦》，朱敏章译，吉林出版集团有限公司，2010年，第31页。

它又并不总是在欺骗人，这就越发能欺骗人了……它对于真和假都赋予同样的特征。”[1] 所谓“特征”，是指想象力具有的雄辩能力，它具备说服他人的本领。在想象中，人们可以幸福或者不幸，可以健康也可以生病，可以富有也可以贫穷，可以断绝感官也可以否认理智。某种程度而言，人们其实活在想象之中，他们为了想象中的好处而辛劳，这包括美、正义和幸福。“这大体上也就是那种欺人的能力的作用了，它仿佛是故意赋给我们，好把我们引入必然的错误似的。”[2] 帕斯卡尔把理性装扮成想象的可怜的受害者，这显然来自亚里士多德的传统：“臆想是可以随我们的意愿而作成的。”想象成了随心所欲的代名词，帕斯卡尔认为它是人类一切错误的根源。

法国人马勒伯朗士（N. Malebranche）的思想受笛卡尔影响很深，也是机械唯物主义者，他甚至认为身体也是一台机器。从亚里士多德开始，人们就注意到想象和感觉的差异，但没有人指出产生差异的原因。马勒伯朗士认为，身体的感觉器官由纤维组成，纤维的一端连着身体表面皮肤，一端连着头脑。纤维受到刺激或震荡，心灵就会有感觉，从而产生形象。既然纤维联着两端，那么刺激或震荡也就有可能来自两端：来自表面皮肤一端的，就是感觉，心灵判断它是外来的和实在的；来自“身体里活动力的流行或其它原因”，[3] 心灵就产生想象。想象来自头脑内部，心灵接收到的形象

---

[1] 帕斯卡尔：《思想录》，何兆武译，商务印书馆，1985 年，第 41 页。
[2] 帕斯卡尔：《思想录》，何兆武译，商务印书馆，1985 年，第 44 页。
[3] 中国社会科学院外国文学研究所：《外国理论家作家论形象思维》，中国社会科学出版社，1979 年，第 16—17 页。

不是当前存在的。

英国经验主义哲学家洛克以心灵“白板说”闻名于世。《人类理解论》这本书的目的是弄清楚知识的构成及其获得方式。洛克思考的结论是：知识局限于观念，观念起源于经验，经验有两种形式，感觉和反省。人类一切观念，要么经由感官抵达我们，要么经由反省成为内在的经验。最重要的是，感觉经验先于反省经验，反省所需要的观念材料来自于感觉。所以每个人的心灵最初是一张白纸。这就是他的心灵“白板说”。洛克说：“我想让人们尝试一下，是否能想象一种从未刺激过自己上腭的味道，或者想象一种自己不曾闻过的气味；如果他能做到这个，我也将断定，盲人有颜色的观念，一个耳聋的人也可以有真实清晰的声音观念。”[1] 洛克的想象理论对应到亚里士多德前述观点第五条，“没有感觉则没有臆想”。洛克颇为详细地论述了简单观念组合成复杂观念的过程，比如黄金，“就像形成黄金的复合观念的那些大部分观念，如黄色、重要、延展性、可熔性、在王水中的可溶性，虽然它们联合在一个未知的承载体中，但它们只是同别的实体发生的一些关系而非其他，它们并非是在黄金本身中的。”[2] 遗憾的是，洛克过于关心感官经验的重要性，至于简单观念如何“联合”形成复杂观念，他只淡淡地说：“这种联合的形成。这种观念的强烈集合并非出于本性，而是

[1] 洛克：《人类理解论》，谭善明、徐文秀编译，陕西人民出版社，2011 年，第 49 页。

[2] 洛克：《人类理解论》，谭善明、徐文秀编译，陕西人民出版社，2011 年，第 141 页。

由于偶然造成或是心灵自动造成的。”[1]

意大利历史学家和文艺理论家穆拉托里（L. A. Muratori）把灵魂分为低级部分和高级部分，低级部分是想象力，高级部分是理解力。低级部分从记忆的仓库里提取事物的形象或影像给高级部分。他认为，有时想象力可以从旧影像里创造出新影像。亚里士多德想象理论第二条提到感觉不明确时臆想会发挥作用，这一说法中隐含了创造性。因为使一个不明确的东西明确起来，显然有很多需要补充的细节，这是创造。但亚氏毕竟没有提出想象的创造功能。而且，他对这种“创造”不太感兴趣。穆拉托里的发挥还不止于此，他的想象理论的精髓在于它美化自然和生活的功能，他称之为“隐喻”。比如：“譬如我们看见一道清溪在风光明媚的地方流过，蜿蜒无极，就想象溪水爱上了这片花香草绿的胜地，舍不得和它分离。”[2] 这是想象受情感影响的典型例子，正是诗歌/文学出发的地方。穆拉托里之前，先贤们也意识到了情感对想象的影响，但往往把这看作错误的根源而加以批判。穆拉托里则不然，他认为只要情感是真实的，诗歌的真实性就有了可靠的保证。诗歌的价值不是如实再现自然和生活，而是美化自然和生活。

维柯的《新科学》许多地方都谈到了想象，很多观点见解精辟，其中尤以第三卷“发现真正的荷马”最为集中而且深刻。维柯把人类历史区分为神话历史、英雄历史和人的历史，历史越往

[1] 洛克：《人类理解论》，谭善明、徐文秀编译，陕西人民出版社，2011 年，第 151 页。

[2] 中国社会科学院外国文学研究所：《外国理论家作家论形象思维》，中国社会科学出版社，1979 年，第 21 页。

前，人的想象力越强，越往后则理性越甚。在荷马的时代，因为尚未产生共同的字母，各族人民几乎只有肉体而没有反思能力，人们只能用强烈的想象力去领会和放大面对具体事务时产生的生动的感觉，并且把它们归入想象性的类概念中，用坚强的记忆力把它们保存住。维柯认为："因此记忆和想象是一回事，所以想象在拉丁文里就叫做 memoria（记忆）。……因此，记忆有三个不同的作用，当记住事物时就是记忆，当改变或模仿时就是想象，当把诸事物的关系作出较妥帖的安排时就是发明或者创造。"[1] 维柯对亚里士多德比较推崇，他对想象与记忆的关系的看法受到亚氏影响并不奇怪。他把想象与记忆等同，一方面是受到拉丁文的启示，另一方面他直观到想象必须要借助于记忆中存储的经验材料。而在没有共同书写符号的时代（尤其荷马是个盲诗人），记忆就显得特别重要。这既是为条件所逼，但同时又为丰富的想象提供了素材。

与《新科学》其他部分一样，维柯对想象的看法也存在内在的矛盾。上面那段话前半部分，他把想象等同于记忆，而在后半部分中，又把记忆、想象和创造三者并列，能够并列的东西当然不可能是同样的东西。维柯对记忆、想象和创造的区分非常重要，事实上这正是他超越亚里士多德所在。凭常识我们知道，记忆绝对不等于创造，一个人记忆力很好并不等于创造力很强。既然如此，维柯为什么说"认识事物就是创造事物"呢？从记忆走向创造显然还缺少了一个中间环节！维柯的区分恰如其分地告诉我们，这个中间环节

---

[1] 维柯：《新科学》，朱光潜译，人民文学出版社，2008 年，第 399 页。

正是想象。维柯当然没有明确表达这个思想，但他已经非常接近。他似乎暗示，宏富广博的记忆将自动产生想象，因为唯有如此，我们才能解释维柯想象理论的内在矛盾。

维柯虽然对想象非常重视，但与乌阿尔德类似，他也是想象与理性对立的赞成者。他的一个著名观点就是诗歌只能产生于野蛮时代，因为那个时代人的理性不发达，所以客观上促进了想象力的发展。维柯说："儿童们的记忆力最强，所以想象特别生动，因为想象不过是扩大的或复合的记忆。这条公理说明了世界在最初的童年时代所形成的诗性意象何以特别生动。"[1] 所谓儿童时期，其特点就是理性较弱。维柯有时候把理性表述为"推理力"或者"判断力"，意思接近，都是广泛意义上的理性能力。

十八世纪法国学者沃弗纳格（L. de Vauvenargues）认为心灵有三种功能值得注意，即想象、思考和记忆。他认为，想象是"凭形象的方式来产生对事物的观念，并借助形象来表达思想的那种禀赋"。[2] 思考是"对自己的观念加以省察、检查、修改或用各种不同的方式予以组合的能力"。[3] 所以，语言能力属于想象。沃弗纳格对思考的看法与洛克的理解力近似。关键问题在于对自己的观念"用各种不同的方式予以组合"，这是一顶金光闪耀的王冠。它最终花落谁家？想象研究史站在新时代的门槛上。

---

[1] 维柯：《新科学》，朱光潜译，人民文学出版社，2008年，第103页。

[2] 中国社会科学院外国文学研究所：《外国理论家作家论形象思维》，中国社会科学出版社，1979年，第26—27页。

[3] 中国社会科学院外国文学研究所：《外国理论家作家论形象思维》，中国社会科学出版社，1979年，第27页。

第二节　创造的奥秘

阿波罗尼阿斯、马佐尼和龙沙都注意到了想象力的创造性，但没有提出创造的原理。这一局面到培根有了改变。培根《学术的进展》最重要的贡献在于对人类所有知识进行分类和科学化的努力。他的分类在今天的人们看来或许不够完美，但考虑到此书写于四百多年前，已足以让人惊叹。培根把知识分为三大块，对应于记忆的历史，对应于想象的诗歌和对应于理智的哲学。这三大块中，培根最轻视诗歌，他把诗歌称为"一种伪装的历史"，诗歌与历史在他心中孰轻孰重一目了然。但他对诗歌也有赞美之词，比如他认为诗歌可以提升和塑造人们的灵魂，而理性则只能让人的心灵向事物的本性屈服。培根认为诗歌主要是想象的结果："诗歌是一种语言艺术，在很多时候是很受限制的，但在其他方面又是极端自由的，它实际上跟想象力有很大关系。诗歌并不需要紧随事物的逻辑，可以把自然状态中不相干的事情连接在一起，也可能把联系在一起的事物分隔开来，造成事物之间不合法的匹配和分离。"[1]

把不相干的事物连接起来或把联系在一起的事物分隔开来，到底是诗歌的功能还是想象的功能？当然，我们也可以采用模糊化的策略，在想象和诗歌间不明确区分，这也符合培根的意思。《外国理论家作家论形象思维》的翻译如下："想象因为不受物质规律的束缚，可以随意把自然界里分开的东西联合，联合的东西分开。这

[1] 培根：《学术的进展》，刘运同译，上海人民出版社，2007年，第75页。

就在事物间造成不合法的配偶和离异。”[1] 钱钟书、杨绛的意思很明白，这是想象的功能。尽管培根最终把想象力对事物的这一改造功能定性为“不合法”，但他事实上揭开了想象力的创造奥秘。从笔者掌握的文献来看，这在想象研究史上是第一次。

霍布斯曾经担任培根的秘书，思想受其影响。他的想象理论前已述及，在最重要的地方，培根的影子清晰可见：“许多的记忆，或记忆许多的事物，名曰经验。想象只能于感觉所经之物始能有之。其人感觉，或一时得其全部，或分次得其各部。得之一次者，名曰单纯想象，如想象吾人所曾见之一人一马即是其例；否则即为复杂想象，如想及某次所见之一人，又想及某次所见之一马，吾人心中乃得一半人半马之形。”[2] 一个半人半马的形象来自现实而又超越了现实，现实中没有这种动物，所以这是真正的创造物。霍布斯吸收了培根想象把自然事物连接或分开的思想，发现了“复杂想象”。两人联手，揭开了创造性想象最重要的奥秘。

十八世纪初，英国的报纸和杂志还处在萌芽阶段，约瑟夫·艾迪生（Joseph Addison）与人合办的《闲话报》和《旁观者》享有盛誉。《旁观者》是一份创办于 1711 年的杂志，用文学形式记载日常生活，对各种社会现象发表评论。艾迪生的散文才华得到充分展现。在蒙田之后，这一文体得以发扬光大。1712 年连续几期，艾迪生撰文谈到想象力。这里提两点。第一，艾迪生认为人们的文学

[1] 中国社会科学院外国文学研究所：《外国理论家作家论形象思维》，中国社会科学出版社，1979 年，第 13 页。

[2] 霍布斯：《利维坦》，朱敏章译，吉林出版集团有限公司，2010 年，第 4 页。

欣赏能力同时取决于想象力和判断力。想象把从外界得到的形象留下模印，比如表达同一个意思的各种字眼。然后，判断力辨别哪些表现方式把这些形象体现得更生动更美妙。两者都会影响欣赏能力。第二，“我们想象里没有一个形象不是先从视觉进来的。可是我们有本领在接受了这些形象之后，把它们保留、修改并且组合成想象里最喜爱的各式各种图样和幻象”。[1] 很显然，艾迪生继承了他的英国前辈的重要思想。

狄德罗与培根可称为想象史上的双子星座。培根发现了想象力创造的奥秘，狄德罗则洗刷了想象身上的污点，把它从理性的重压下解救出来。他创作了剧本《私生子》和《家长》，为这两个剧本写了两篇戏剧专论，《关于〈私生子〉的谈话》（1757）和《论戏剧诗》（1759）。《论戏剧诗》第十部分“悲剧的布局和喜剧的布局”集中谈论想象问题。狄德罗戏剧理论中，“真实性”和“逼真性”是两个重要概念。真实性对应到真实的历史事件，逼真性则指向诗人（他把剧作家称为“诗人”）虚构的故事情节。狄德罗认为悲剧中历史事件应当占有一定比例，真实事件能充分激发悲剧感，喜剧则可以完全出自诗人的创造。当然，悲剧也离不开创造，只是比例不同而已。而且在悲剧中，虚构的部分被观众不知不觉间当作历史事实而接受，这样，它们便因为真实的历史事件而获得了逼真性。所以相对而言，喜剧的逼真性更难产生。它完全依赖诗人把不同事件组合起来的能力。这里我们闻到了培根和霍布斯的气味。“假使

---

[1] 中国社会科学院外国文学研究所：《外国理论家作家论形象思维》，中国社会科学出版社，1979 年，第 22 页。

大自然从来不以异常的方式把事件组合起来，那么诗人超出一般事物简单一致的平淡性而想象出来的一切就会是不可信的了。但是事实并不如此。诗人怎么办呢？他或者采纳这些异常的组合，或者自己想象些类似的组合。不过，在自然界中我们往往不能发觉事件之间的联系，同时由于我们不认识事物的整体，我们只在事实中看到命定的相随关系，而诗人却要在他的作品的整个结构中贯穿一个明显而容易觉察的联系。”[1]

再提醒一次，狄德罗这里谈论的是戏剧的布局结构，其实这段话移用于诗歌，不需要改变一个字。我相信它也可以用于短篇或中篇小说。长篇小说因为篇幅过于浩瀚，更难获得整体性的美感。《安娜·卡列尼娜》开始时，安娜看到一个女人卧轨自杀。托尔斯泰在小说行进过程中又安排了几次相关梦境，这样就算为安娜的结局埋下了伏笔。长篇小说的整体性大体如此。与戏剧或诗歌无法相比，尤其是诗歌。狄德罗的意思是，正是想象神奇的组合能力以异常的方式把事件按照自然的顺序连接起来，造成了戏剧的逼真性。接下来的问题是，想象力在何种情况下会发挥这一神奇功能？狄德罗说：“那么，在什么时候才停止运用记忆而开始运用想象呢？那是当你以一个接一个的问题迫使他想象的时候；也就是说由抽象的、一般的声音转化为比较不抽象的、比较不一般的声音，一直到他获得某一种明显的形象表现，也就是到达理智的最后一个阶段，即理智休息的阶段。到这时候，他成了什么呢？他就成了画家或者

---

[1] 狄德罗：《狄德罗美学论文选》，徐继曾、陆达成等译，人民文学出版社，1984 年，第 157 页。

诗人。”[1]

这里指出狄德罗一个自相矛盾的地方。上述引文前二段，他写道：“想象是人们追忆形象的机能。”把想象等同于记忆，不用说，这来自亚里士多德的强大影响。但在前述引文中，他又明确提出，想象开始于记忆停止之时。这不是自相矛盾吗？如果讨论要继续下去，我们只有忽视这个矛盾。我相信把想象等同于记忆，并非狄德罗本意。只有这样假设，《论戏剧诗》才有坚实的立论根基。接下来他举了一个例子，比如说明什么是“正义”。这个概念如此抽象，我们要说明它，只能想象一个具体的“形象表现”。假设在一个具体的情境中，发生了不正义的事情，比如说弱者受到欺侮，这样，在愤慨中，我们就明白了何为正义。注意，想象高度运转的时候，它抵达了“理智的最后一个阶段”，也就是说，想象是人类认识能力的高级阶段。在这个方向上，狄德罗打倒了所有的前辈。理性，不仅不是想象的反面，不是想象的敌人，它是想象的基础和起点。只要人类的认识过程还遵循“具体—抽象—具体”的规律，想象就是艺术家——同时也是哲学家——身上最醒目的标签。毕竟，抽象的理性概念只有借助想象力追忆和组合的功能，才能创造出具体鲜明的形象。这就是艺术作品的诞生。“狄德罗的想象定义说明，逻辑思维是艺术想象的基础，在艺术想象过程中，逻辑思维总是在暗中帮助和推动着形象的孕育和形成，只有这样，才能使艺术想象所创造的形象符合生活的真实。”[2]

---

[1] 狄德罗：《狄德罗美学论文选》，徐继曾、陆达成等译，人民文学出版社，1984年，第162页。

[2] 程然：《论狄德罗的艺术想象观》，《外国文学研究》1986年第4期。

狄德罗从培根和霍布斯那里继承了想象力的组合特性，还把想象的工作原理与理性关联起来，二者共同作用，决定了艺术创作的成败。这样，想象力在人类的能力系统中，地位大为提高："诗人在较高程度上从自然取得了把天才和普通人，把普通人和愚昧的人区别开来的那个品质；这个品质就是想象力，如果没有它，言词就变为把声音组合起来的机械习惯了。"[1]

《论戏剧诗》之后五年，伏尔泰写出了《哲学词典》。这本巨著是为狄德罗主编的《百科全书》撰写的哲学条目。《外国理论家作家论形象思维》选录了伏尔泰想象文论两页半，注明出处"《哲学词典》（Dictionnaire Philosophique，1764）'想象'条"。如今通行的中文版《哲学词典》是商务印书馆 1997 年出版的，译者王燕生。这个译本虽然有上下两册，七百多页，但依然是一个选译本，其中并没有这个词条。好在从《外国理论家作家论形象思维》选录部分来看，其理论还是比较完整。

伏尔泰开门见山："想象是每个有感觉的人都能切身体会的一种能力，是在脑子里拟想出可以感觉到的事物的能力。这种机能与记忆有关。我们看到人、动物、花园，这些知觉便通过感官而进入头脑；记忆将它们保存起来；想象又将它们加以组合。"[2] 伏尔泰明确把想象与记忆区分开来，想象与记忆有关，但它的主要职责在于将记忆存储的对象进行"组合"。他认为人类这种组合的能力，

[1] 狄德罗：《狄德罗美学论文选》，徐继曾、陆达成等译，人民文学出版社，1984 年，第 163 页。

[2] 中国社会科学院外国文学研究所：《外国理论家作家论形象思维》，中国社会科学出版社，1979 年，第 29—30 页。

属于我们不能解释的事物之列。它主要受制于自然而非人类。《哲学词典》里有一个专门的词条，“人类心灵的界限”，在承认人类认知局限方面，伏尔泰颇为大方。

伏尔泰把想象分成消极想象和积极想象。消极想象只是简单地保存对事物的印象，有时候它也能颠倒错乱地组合记忆，比如梦境之中。积极想象则“把思考、组合与记忆结合起来。它把彼此不相干的事物联系在一起，把混合在一起的事物分离开，将它们加以组合，加以修改”。[1] 并不是所有的积极想象都是创造，事实上，只有极少数天赋得天独厚的人才可以向我们展示积极想象的灵感和神奇。他们就是所谓天才。这种天赋，在艺术作品中肉眼可见，比如一幅画或一首诗。积极想象对于科学研究同样重要，发明杠杆的人想象力就非常丰富。伏尔泰认为，阿基米德的想象至少与荷马相等。想象力不是判断力的敌人，“恰巧相反，它只有和深锐的判断力一道才能发挥作用；它不停地组合自己的图案，纠正自己的错误，秩序井然地建立起自己的建筑物”。[2] 积极想象总是需要依赖判断力，消极想象则无需判断力。

经过伏尔泰之后，人类不再把想象力看作理性的敌人，不再把所有错误都归根于它。伏尔泰把人类对想象的评价推进到了不可逆转的程度。狄德罗和伏尔泰都是著名的百科全书派，是启蒙运动的领袖。他们颠覆神学，批判宗教愚昧及特权政治，提倡理性精神，

[1] 中国社会科学院外国文学研究所：《外国理论家作家论形象思维》，中国社会科学出版社，1979 年，第 30 页。

[2] 中国社会科学院外国文学研究所：《外国理论家作家论形象思维》，中国社会科学出版社，1979 年，第 31 页。

宣扬自由、民主和平等的思想，这让他们流芳百世。但他们在想象史上的贡献鲜为人知。想象总是关联着艺术创作，尤其是文学和绘画。如果没有文艺复兴运动提倡人文主义精神，欧洲恐怕还要在中世纪的黑暗中继续沉睡。这样想就能明白为什么狄德罗、伏尔泰等人赋予想象崇高地位。最终，这一切都要与人类思想史上辉煌的解放运动关联起来。

在创造性想象研究方面，康德是集大成者。他的三大批判中，想象力在《纯粹理性批判》和《判断力批判》中都有重要地位。在先验感性论中（《纯粹理性批判》，即下述“规定性判断”），时间和空间是非概念的直观形式，两者的统一性要以表象的综合为条件，而表象的综合是以想象力为先天根据的。“不过我们思维的自发性要求的是先将这杂多以某种方式贯通、接受和结合起来，以便从中构成知识。这一行动我叫做综合。但我所理解的综合在最广泛的含义上是指把各种表象互相加在一起并将它们的杂多性在一个认识中加以把握的行动。”[1] 完成这一功能的是想象力，简而言之，就是想象力对表象的自发性联结的先天能力。这一至关重要的定义显然连接着想象史上的诸多前辈，只不过康德把它移到了先验领域。伏尔泰认为想象力的组合能力无法解释，康德在先验领域印证了这一点。

在《判断力批判》中，康德把审美鉴赏解释为与想象力自由的合法则性相关的对一个对象的评判能力，这里的想象力不是再生的，而是生产的和主动的。尽管想象力在把握一个给定的感官对象

---

[1] 康德：《纯粹理性批判》，邓晓芒译，人民出版社，2004年，第69页。

时被束缚在这个客体的确定形式之上，但是从认识的角度来说，因为对象的形式对于想象力的认识能力恰如其分，所以我们可以设想为好像是想象力自由地但却与一般的知性合法则地创造出了对象的形式。这是想象力的自律行为，想象力合法则性却没有法则。[1]举例来说，我们之所以觉得一朵花美，是因为在想象力的作用下，这朵花的某些表象特征无意识地契合了某些悟性概念，使我们误以为对象具有合目的性，从而产生愉悦的感觉，导致一种审美判断。比较而言，在规定性判断中，知性能力居于主导地位，而在审美判断中这样的地位让给了想象力。想象力与知性，构成了一种对话关系。对此，德里达看得很清楚，他说："美的分析的框架（含有四个契机）因此是由先验分析论构成的，或许因为想象力（与美相联系的本质性的资源）是可能与知性相联系的，所以可能仍有一些知性存在于其中。因此（想象力）与知性的关系（既不是确定的，也不是本质性的）组成了整个对话的框架。"[2]

无论是规定性判断还是审美判断，都存在对客观对象的认识。对规定性判断而言，认识对象是形成概念的先决条件；对审美判断而言，认识对象是进行审美鉴赏的先决条件。既然在规定性判断力中想象力是先验直观的能力，那么，康德完全可以把这一能力平移到审美判断中来。所以，德里达的"对话关系"非常深刻地揭示了审美判断中想象力与知性的双重关系。想象力与知性既相互冲突，

---

[1] 康德：《判断力批判》，李秋零译，中国人民大学出版社，2011 年，第 69—70 页。

[2] 转引自宫睿：《康德的想象力理论》，中国政法大学出版社，2012 年，第 157 页。

又须臾不离。康德在《判断力批判》中提出想象力与知性的和谐，可能也正是意识到了它们之间亲密又对立的关系。

康德在他晚年出版的著作《实用人类学》（1798年）中又花了相当篇幅重新论述想象力，并详细探讨了创造性想象力的有关问题，足见康德对想象力问题的重视。该书第28节（“论想象力”专节）开头，康德把想象力区分为“生产的”和“再生产的”，生产的想象力即源始地展现对象的一种能力，这种展现先于经验；再生产是派生地展现对象的一种能力，其目的是把经验性直观带回心灵。在康德看来，想象力既是感性的，它可以把表象杂多按经验意识联系起来（综合），也是先验的，可以按照纯粹统觉的原始的综合统一性来安排经验意识，给予杂多以普遍性和必然性（统一）。康德对想象力的分类其实就是基于想象力的这两重特性。所以，生产的想象力是感性想象力，其功能是把杂多带到综合中来，得到感性材料，形成经验；再生产的想象力是把统一性带到综合中来，在经验的基础上形成知识。

康德认为感性创造力有三种类型，其中每一种都与想象有关。第一种是造型能力，需要的是造型的想象力，即艺术家在能够展示一个有机形体的形象之前，他必须在想象力中首先完成它，这个形象就是一种创造。第二种是联想能力，需要的是联想的想象力，即经常前后相继的感性表象在心灵中造成一种习惯，如果一个表象被产生出来，就也让另一个产生。康德反对从心理学角度阐释联想能力，他从联想能力看到的是想象力的跳跃功能，从一百到一千走得如此之快，从而为想象力快速地、跳跃性地创造新形象提供可能。第三种是亲缘关系的能力，需要的是亲和性的想象力。亲缘关系这个词可能取自化学，表达那种与知性联接相类似的交互作用，即两种不同类的、有形体的、最密切地相互作用并追求统一的元素的交互作用。在此，这种联接造成了某种第三者。尽管知性和感性不同类，但可以在这种类似作用下加以联合而统一。想象力的亲和性在这里表现为具有同一基础的表象杂多在根源上的协调能力。

康德意义上的想象力在认知科学中具有重要的作用和价值，它是认知主体具有的一种特殊的创造能力。作为想象力的感性创造力，无论是造型的还是联想的，都离不开感性经验材料。空间中的直观造型想象力，感性具体形象未出现之前想象力已经把它完成；联想的感性创造力，是想象力以联想法则为依据，在观念的连续产生中、在习惯观念相关联和跳跃中创造新形象。康德的亲和性想象力具有感性和先验性两种特性。先验的想象力是理智的创造力，是产生的或创造的想象力，认知对象在经验中被给予前已为它所确立、构造（注意不同于构型的想象力）。这种想象力还把杂多归于范畴，依据自我意识的先验统一性原则给予现象杂多以多样性统一，这就是想象力的综合先验统一。[1] 康德把想象力的创造性与“天才”相联系，认为想象力的创造性如果与概念相协调就叫做天才。属于天才本身的领域应当属于想象力，因为它是创造性的，并且比其他任何能力更少地受到规则的限制，因而更有创造力。

谢林的绝对同一哲学脱胎自康德，他的想象理论也能看到康德的影子，只不过他的“综合”走得更远。谢林说：“在两种直观中

[1] 康德想象力在认知科学中的作用和地位，参阅温纯如论文《康德论想象力的创造性》，《哲学研究》2001 年第 12 期。

进行活动的正是一种才能，正是使我们能够思考与综合矛盾事物的唯一才能——想象力。”[1] 这句话中的“两种直观”和“矛盾事物”都关系到“绝对同一”，这是谢林哲学体系的精髓。谢林认为，哲学研究的对象不能仅仅从主体或者客体出发，而要从主客体没有分离之前的本原的存在出发。主体与客体是同一的、无差别的东西。自然与自我是绝对同一的，哲学本身是自然与精神彼此向对方发展的双向过程。主体与客体的同一是在自我意识的活动中完成的。自我意识的活动包括最初级次中的原始直观和最高级次中的创造性直观。这就是“两种直观”。“矛盾事物”指既主观又客观、既自然又精神的绝对同一。谢林认为，绝对同一只有通过艺术活动的创造性直观才能实现，只有艺术创造才能使这不可能的事情成为可能。而其中最关键的人类才能是想象力。因此，我们看到谢林的艺术哲学中，想象力综合的对象不止限于客观的现实对象（康德称为“表象”），也包括纳入直观范畴的主体意识层面的东西。这是一个非常重要的突破。谢林把艺术称作整个先验哲学的拱顶，其实真正起到支撑作用的是想象力。

暂别先验的丛林，回到经验的平原。英国浪漫主义诗人的想象理论为人熟知。1815 年华兹华斯为《抒情歌谣集》再次写下序言，这是想象史上的一篇著名文献。华兹华斯认为想象力在诗歌创作中有三种功能：一，赋予的能力、抽出的能力和修改的能力；二，造形和创造的能力，主要是把众多合为单一以及把单一分为众多；

---

[1] 谢林：《先验唯心论体系》，梁志学、石泉译，商务印书馆，2006 年，第 309 页。

三，加重、联合、唤起和合并的能力。为了说明第一种能力，华兹华斯以他的诗作《决心和独立》为例：

好像是一块大石头，有时候
高卧在荒山的峰顶上，
人人都会惊讶，只要发现
它怎样到了这里，打从何处而来，
它仿佛是具备了五官，
像一只海兽从海里爬出来，
躺在岩石或沙滩上休息，晒着太阳。

这个人正是这样，半死半活，
似睡非睡，真是老态龙钟。
……
老人站住不动，像一片白云，
听不见咆哮的大风，
一要移动，就整个移动起来。[1]

上述诗歌片段中，大石头被赋予了生命活力，像是海兽。这只海兽被抽去了某些重要的特性。但要注意到诗歌第一行的“好像”，大石头并非真实存在，它用来比喻那个老人。如此处理石头，是为了

[1] 刘若端编：《十九世纪英国诗人论诗》，人民文学出版社，1984 年，第 45 页。

让它与老人的形象更加相似。很显然，这里用到了想象力赋予和修改的能力。

为了说明第二种能力，华兹华斯以弥尔顿《失乐园》的一个片段为例：

> 好像遥远的海上出现的一支舰队
> 悬挂在云端，借助赤道的风
> 沿着孟加拉湾、特奈岛
> 或者泰多岛航行，商人们从那里
> 采办了香料，乘风破浪，
> 穿过广阔的伊西奥平海，朝着好望角
> 航去，连夜面对着风驶向南极，
> 那逃走的恶魔正像这样远走高飞。[1]

依然要当心第一行中的“好像”，所谓舰队，其实是一队商船。诗人把一支密集的“舰队”当作一个整体沿着海湾航行，然后这个单一的整体被还原为许多商船，面对着风驶向地球的南端。诗歌最后一行的“恶魔”对于想象力有独特价值，它把许多船只重新合为一个整体。华兹华斯认为想象的这种能力——“这些变化是以灵魂庄严地意识到自己强大的和几乎神圣的力量为前提，而且是被这种庄

[1] 刘若端编：《十九世纪英国诗人论诗》，人民文学出版社，1984 年，第 43 页。

严的意识所制约的”。[1] 正是这一特性造就了斯宾塞的诗歌，华兹华斯对他特别推崇。高尚道德和宗教的纯洁感觉使斯宾塞身上的一切东西都倾向于宏伟。

想象力的第三种功能是加重、联合、唤起和合并的能力。比如要形容巨大的天使身材高大，想象力丰富的人不会说与庞贝庙的柱子一样高，更不会说这天使身高多少多少。这些具体的东西高度总是受到限制的，即使再高上百万倍依然有限。但假如说“他的身材高入云霄，矗入无边无际的苍穹”，这个说法会在我们心中唤起一种持续增长的感觉，取得完全不同的效果。华兹华斯论述想象力的时候，经常与幻想作比较。比如这第三种功能，他认为幻想也有。但想象和幻想所唤起和合并的素材不同，或者彼此依据不同的规律和为了不同的目的把素材聚集在一起。幻想不会改变素材的性质，想象却更青睐可塑的、柔软的和不明确的对象。华兹华斯对想象与幻想的区分远远说不上明确。比如他说：“幻想是在于刺激和诱导我们天性的暂时部分，想象是在于激发和支持我们天性的永久部分。”[2] 他认为幻想也有创造力，这与诸多前辈相悖。或许所谓“天性的永久部分”，其实也是幻想的产物。

华兹华斯之前，人们早已注意到想象力的组合或综合能力，但没有人具体研究这个过程如何进行。伏尔泰、康德、谢林等人认为，想象力这一功能无法解释。华兹华斯的贡献就在于此。他在诗

[1] 刘若端编：《十九世纪英国诗人论诗》，人民文学出版社，1984年，第46页。

[2] 刘若端编：《十九世纪英国诗人论诗》，人民文学出版社，1984年，第50页。

歌创作领域研究了想象力如何赋予、抽出或修改，也研究了它到底如何把众多合为单一又把单一分解为众多。这提醒我们注意华兹华斯的诗人身份。这些其实都是他创作诗歌的经验之谈。

接下来，我们讨论《抒情歌谣集》的另一位作者，柯勒律治。柯勒律治想象理论最著名的当属他把想象分为第一位的和第二位的两种。“第一位的想象是一切人类知觉的活力与原动力，是无限的‘我存在’中的永恒的创造活动在有限的心灵中的重演。第二位的想象，我认为是，第一位想象的回声，它与自觉的意志共存，然而它的功用在性质上还是与第一位的想象相同的，只有在程度上和发挥作用的方式上与它有所不同。它溶化、分解、分散，为了再创造……”[1] 柯勒律治熟悉康德的哲学体系，所谓“人类知觉的活力与原动力”，极可能对应到康德哲学中想象力在先验领域的活动，那主要是指想象力按照纯粹统觉的原始的综合统一性来安排经验意识的能力，也就是我们体验现象的真实世界的能力。第二位的想象则是创造性的想象。它工作的方式与第一位没有本质不同，但是从先验领域跳到了经验领域。

第二位的想象是柯勒律治更加重视的，因此收束到诗歌创作领域，他下了一个更明确的定义：“诗人（用理想的完美来描写时）将人的全部灵魂带动起来，使它的各种能力按照相对的价值和地位彼此从属。他散发一种一致的情调与精神，藉赖那种善于综合的神奇的力量，使它们彼此混合或（仿佛是）溶化为一体，这种力量我

[1] 刘若端编：《十九世纪英国诗人论诗》，人民文学出版社，1984 年，第 61 页。

专门用了‘想象’这个名称。”[1] 纳入想象力综合领域的，包括同一的和特殊的、一般的和具体的、概念和形象、个别的和有代表性的、新奇与新鲜之感和陈旧与熟悉的事物、一种不寻常的情绪和一种不寻常的秩序……想象力的活动受到意志和理解力的推动，它们的存在有时难以觉察却永不放松控制。

“善于综合”、“溶化为一体”都清晰地显露出康德的影响，也是柯勒律治这个定义的关键。这一段话略往前，我们看到他对诗歌的定义散发出奇异的光芒：“如果是给一首符合诗的标准的诗下定义，我的答复是：它必须是一个整体，它的各部分相互支持、彼此说明；所有这些部分都按其应有的比例与格律的安排所要达到的目的和它那众所周知的影响相谐和，并且支持它们。”[2] 这个定义已经触及本书核心思想。柯勒律治对想象的定义与对诗歌的定义是一致的：想象综合以溶化为一体的最终结果正是诗歌的整体性。一种关于想象的诗学策源于此。

十九世纪之后，想象力与理性关系的描述发生了颠覆性的变化。比如，谢林认为哲学和文学创作都要依赖想象力的创造能力，所不同者只是创造力的方向彼此各异而已。柯勒律治意识到想象的活动受到意志和理解力的推动。这些都从根本上扭转了此前想象力与理性相互对立的观点。十八世纪的人们喜欢探讨的一个问题是：假如牛顿不从事科学研究而从事文学创作，是否可能成为大诗人？

---

[1] 刘若端编：《十九世纪英国诗人论诗》，人民文学出版社，1984 年，第 69 页。

[2] 刘若端编：《十九世纪英国诗人论诗》，人民文学出版社，1984 年，第 61 页。

这个问题的实质是，运用于科学研究的想象力能否用于诗歌？康德的回答是否定的。他写道：“通过勤奋凭借模仿就能够获得的东西没有类的区别。所以，人们完全能够学会牛顿在其《自然科学原理》这部不朽的著作中所讲述的一切，哪怕发明出这类东西需要一个伟大的头脑；但是，人们却不能学会富有灵气地作诗，哪怕诗艺的一切规范是如此详细，它的典范是如此优秀。”[1] 但也有人持肯定意见，比如意大利诗人莱奥帕尔迪（G. Leopardi）。他说：“创造力是想象力里一个通常的、主要的、特具的属性和部分。大哲学家和重要真理的伟大发现者都全靠这个功能。我们可以说，荷马和但丁的诗歌、牛顿的数学原理和自然哲学出自同一源泉、同一才能……想象就是理智的源泉，也就是温情、热情和诗的源泉。……想象和理智是二而一的。通过习惯、环境和天生的气质，理智学会所谓想象；它也同样地学会所谓思考。”[2]

波德莱尔极有可能赞同莱奥帕尔迪的观点，只不过他把“理智”置换成了“鉴别力”：“想象的敏感却是另一种性质。它会迅速地、主动地选择、判断、比较，避免这一点，寻求那一点。这种敏感就是通常所谓‘鉴别力’；在诗里我们避丑恶而求美善的能力就是从‘鉴别力’那里来的。”[3] 针对浪漫主义，波德莱尔开启了一个新的美学时代。浪漫主义的热情他称之为“心的敏感”。他对

[1] 康德：《判断力批判》，李秋零译，中国人民大学出版社，2011 年，第 132 页。

[2] 中国社会科学院外国文学研究所：《外国理论家作家论形象思维》，中国社会科学出版社，1979 年，第 46—47 页。

[3] 中国社会科学院外国文学研究所：《外国理论家作家论形象思维》，中国社会科学出版社，1979 年，第 48—49 页。

"心的敏感"保持警惕，认为它对诗歌创作可能有害。把所有权力交给热情，造成了法国文学多少胡说与诡辩。与"心的敏感"相对的是"想象的敏感"，对此他高度称赞。心的敏感与想象的敏感区别就在于，前者的热情是盲目的，而后者则能够"选择、判断、比较"，也就是说，具有理性的特征。

波德莱尔把想象力称为"各种能力的皇后"。在一篇题名《一八五九年的沙龙》的文章中，他写下对想象的盛赞。这是一篇评论绘画作品的文章，但可以应用到所有艺术领域。波德莱尔批评死板地摹写自然的人，他们缺乏想象力，代表了无能和懒惰。"它（想象力，引者注）是分析，它是综合，但是有些人在分析上得心应手，具有足够的能力进行归纳，却缺乏想象力。……它在世界之初创造了比喻和隐喻，它分解了这种创造，然后用积累和整理的材料，按照人只有在自己灵魂深处才能找到的规律，创造一个新的世界，产生出对于新鲜事物的感觉。它创造了世界（我认为即使在宗教的意义上也可以这么说），就理应统治这个世界。"[1] 想象力不仅是各种能力的皇后，也是"真实的王后"，可能的事也属于真实的领域。想象力与无限有关。波德莱尔认为想象力甚至与道德相关，因为没有想象力的美德是缺乏怜悯的美德和没有天意的美德，是冷酷、残忍和使人贫乏的东西。绘画代表美，新的世界寓意真，道德就是善，一句话，想象力贯穿了真、善、美所象征的整体人类存在。

---

[1] 波德莱尔：《美学珍玩》，郭宏安译，译林出版社，2014 年，第 226—227 页。

批评领域也需要出色的想象力。波德莱尔举大仲马为例。大仲马本职是作家，但是凭借丰富的想象力，他能准确判断哪位画家具有才华，另一位却连假冒才能的东西也没有。通过这个例子，波德莱尔得出他的结论："假如并非学者的大仲马不是幸而拥有丰富的想象力的话，他只会说出蠢话来。他说出了合情合理的东西，而且说得那么好，……因为想象力凭借着它代替的本性而包含着批评精神。"[1] 波德莱尔的意思是，想象力需要帮手，如果有帮手它变得更有力量。但假如没有，它因为自身神圣的来源可以代替某些能力，弥补某些不足。另外，想象力自身包含批评精神的说法也让人耳目一新。想象力神奇的能力来自何处？"它（想象力，引者注）因为人是仿照上帝的形象被造成出来的而与这种崇高的力量保持一种疏远的联系，造物主就是通过这种力量设计、创造和维持他的宇宙。"[2] 在这方面，他同意大多数前辈的观点，想象力强大功能之源神秘难解。

说到批评领域的想象力不能不提瑞恰慈。他对柯勒律治的赞扬是不遗余力的。瑞恰慈认为批评领域想象力具有六种不同的意义，这在想象研究史上非常有名。其中第二种对比喻语言的分析比较出色，他认为通过比喻提供了一个把所需要的东西带进文本的接口，使得最本质的东西经常看起来像是完成于无意之中，好像是个副产品，是个偶然的伴随物。但是，瑞恰慈最重视的还是作为综合能力的想象力，这是他想象力的第六种意义，他引用了柯勒律治上面那

[1] 波德莱尔：《美学珍玩》，郭宏安译，译林出版社，2014 年，第 228—229 页。

[2] 波德莱尔：《美学珍玩》，郭宏安译，译林出版社，2014 年，第 230 页。

段话，并对“善于综合的神奇的力量”称赞不已，认为柯勒律治“完全有资格比任何人更确切地指明诗歌以及一切有价值的经验中的本质特征”。这个评价如果仅仅局限于诗歌评论，是完全适用的。

明白了柯勒律治对想象力的看法，瑞恰慈对想象力的定义就一点都不难理解。他说：“想象力在一切艺术中最突出的显示就在于把一团纷乱的互不连贯的冲动变为一个有条理的单整反应的这种化解能力，不过由于这时它的作用过程最复杂而且最不易观察，所以我们从它的其它表现形式来研究会获益更多。”[1]“冲动”是瑞恰慈文学理论非常重要的一个术语，大致相当于读者因为诗歌“意象”而引起的“注意”——广而言之，就是艺术欣赏过程中出现的各种心理和情绪反应。想象力在批评中的作用，就是把许多纷乱的互不关联的冲动整合成一个整体。比如对悲剧而言，欣赏者可能产生怜悯，即接近的冲动；恐惧，即退避的冲动。这两种冲动在其他地方无法调和，但在欣赏悲剧的过程中，它们在观众那达到了平衡。把瑞恰慈定义中的“冲动”置换成“诗歌的各个部分”，把“单整反应”置换成为“整体”，就得到了柯勒律治对诗歌的定义。这就是他们之间的联系。

[1] 瑞恰慈：《文学批评原理》，杨自伍译，百花洲文艺出版社，1997年，第223页。

第二章　诗歌主题

想象诗学即整体性诗学。所有诗歌的整体性都与主题有关。这个命题的推论之一是，一首诗通常有不止一种构造整体性的方式。无论哪种方式，主题都占有显赫地位。诗人构思诗歌的时候，围绕主题选择表达方式，酝酿主题的展示层次。这些都体现了创作诗歌的技巧。多主题诗歌并不多见，但隐藏主题在现代诗中却很普遍。本章主要围绕这些问题讨论想象力在构造诗歌整体性方面的运作。

第一节　主题的凝聚作用

看起来，任何可言说或难以言说之物、之事，都可能成为诗歌主题。最常见的是某种情绪。世界各族诗歌的源头都与歌唱有关，其目的都是鼓舞、抒发情绪。2016 年，美国歌手鲍勃·迪伦获得诺贝尔文学奖，这一事件潜在的一个意义是提醒我们诗歌何以诞生。诗歌的另一个主题是说理，说理诗晚于抒情言志传统，但具体产生于何时难以确定。中国宋朝说理诗已经非常流行。现代文坛白话诗兴起后，卞之琳主导了现代诗派的一脉，从主情转向主智，志在哲理意味。抒情传统与说理派有时发生争论，相互贬低，中国自古就有“以理入诗则诗无”的观念，可以看作抒情传统对说理派的攻击。当然，从诗歌整体性的角度看，主题不会成为构造优秀诗歌的障碍。

每个诗人都有自己熟悉的主题，很少有诗人能跳出早期意识。早期意识决定他作为一个诗人诞生的时候所选择的主题。一个时代通常也有特定的主题，比如中国“文革”结束前后的“朦胧诗”。或者再大一点，世界范围内的现代性书写，诗歌的现代性可以上溯到浪漫主义的衰落，至今余音不绝。

有些诗人创作生涯中诗歌风格会发生转变，事实上，这很常见。在足够长的一生中，思想观念之变迁，领略到让人怦然心动的技艺然后起心模仿，遭遇变故尤其是政治动荡或者生离死别，这些都是促成变革的动因。但是，转变风格并不意味着完全抹掉早期主题的痕迹。即使幼年的经历也会在成年后放射出影响。冯至在他的《十四行集》中描写过这一经验。连绵阴雨之后天空放晴，母狗会把刚出生的幼崽叼到太阳底下享受阳光，对幼崽来说，“你们没有//记忆，但这一幕经验/会融入将来的吠声，/你们在深夜吠出光明”。冯至的思想受歌德“蜕变论”影响，这是表现之一。

朦胧诗落潮之后，北岛的诗歌风格发生剧烈改变。个中原因，有外在的，但内因更加重要。北岛意识到建立在政治对抗姿态之上的诗歌创作难以持久。即使对《回答》这样的名篇，后期北岛亦颇为不屑。下面这首《关键词》写于 90 年代中期，朦胧诗已经过去十几年了：

关键词

我的影子很危险
这受雇于太阳的艺人
带来的最后的知识
是空的

那是蛀虫工作的
黑暗属性
暴力的最小的孩子
空中的足音

关键词，我的影子
锤打着梦中之铁
踏着那节奏
一只孤狼走进

无人失败的黄昏
鹭鸶在水上书写
一生一天一个句子
结束

在《关键词》中，北岛谈论诗歌创作，对朦胧诗人北岛来说这是一个新的主题。“太阳”这个意象在北岛诗歌中极少正面含义，与之相对的则是“影子”和“黑暗”。诗歌写作不创造知识，但它像蛀虫一样啃噬被腐化的语言肌体。这是一个疗救的过程，刮骨疗伤。北岛将诗歌语言与日常使用的语言对立起来，诗歌语言扮演救赎者的角色。这个角色北岛非常熟悉，是《回答》中那个反抗者、启蒙者的延续。这首诗最让人惊悚的地方不是蛀虫的工作，而是影子来自太阳，被反抗者诞生了反抗者。而这正是转变后的北岛最警惕的地方。他说：“现在如果有人向我提起《回答》，我会觉得惭愧，我对那类的诗基本持否定态度。在某种意义上，它是官方话语的一种回声。那时候我们的写作和革命诗歌关系密切，多是高音调的，用很大的词，带有语言的暴力倾向。我们是从那个时代过来的，没法不受影响，这些年来，我一直在写作中反省，设法摆脱那种话语的影响。”[1]

《关键词》显然还有另一个主题，它始于第二节，在最后两节达到高潮。蛀虫在黑暗中工作，进展缓慢，这些都暗示了诗歌写作的艰难。第三节北岛用了一个鬼斧神工的场景强化这个暗示：影子打铁。“影子”来自诗歌第一行，在这里大放异彩。“孤狼”第一次推出孤独主题，依然紧紧衔住创作。空行之后，“无人失败”强化了孤独，画面定格在空荡荡的黄昏，鹭鸶在水上书写。这显然是一种幻化，真正的写作者消失了。

《关键词》亟欲超越的对象是策兰的《用一把可变的钥匙》。策兰用不同的方式谈论诗歌写作的代价。从“眼睛/或嘴或耳朵喷出

[1] 翟頔：《中文是我唯一的行李——北岛访谈》，《书城》2003年第2期。

的血”以及“回绝你的风”暗示只有与生存对抗，写作才有可能。“可变的钥匙”就是词语，诗人在创作：

用一把可变的钥匙

用一把可变的钥匙
打开那房子
无言的雪在其中飘动。
你选择什么钥匙
往往取决于从你的眼睛
或嘴或耳朵喷出的血。

你改变钥匙，你改变词语
和雪花一起自由漂流。
什么雪球会聚拢词语
取决于回绝你的风。[1]

《关键词》第二个主题与《用一把可变的钥匙》是一样的，差异在于言说策略。漂泊异国的北岛最难忍受的是孤独，作为犹太人的策兰经历过集中营和父母的惨死，他们对生存困境的理解肯定不同。这两首诗是镜子，照出了这个差异。《用一把可变的钥匙》主

[1] 北岛：《策兰：是石头要开花的时候了》，《时间的玫瑰》，江苏文艺出版社，2009 年，第 133 页。

题更单一，北岛则在《关键词》中添加了第一个主题，这个主题是他早期诗歌的延续。诗歌风格虽然发生了变化，但对抗的姿态还在，改变战场而已。

《用一把可变的钥匙》体现了这本书的主题。“什么雪球会聚拢词语”，策兰发出的是诗歌整体性之问。对于这首诗来说，策兰选择的两个词很重要，“钥匙”和“雪花”。钥匙决定了房子和打开这个动作，雪花决定雪球和飘动、聚拢这两个动作。创作诗歌就是与生存对抗，所以有了血和“回绝你的风”。这是策兰的写作体验，也是这首诗的主题。综合起来，诗歌主题将两个关键意象“钥匙”和“雪花”联结起来，“钥匙”和“雪花”又在各自引力场内“聚拢”意象和动作。死亡的凝重与雪花的轻盈形成张力，产生美感。《用一把可变的钥匙》就这样诞生了。

真正的诗人都知道这个秘密，他们知道想象如何围绕主题运动，创造整体性。这是心灵的巨大秘密。它需要天赋，但最有天赋的诗人也需要艰苦的训练。比较卞之琳的《记录》和《寂寞》，能找到一些蜕变的痕迹。《记录》写于 1930 年，卞之琳刚进入北京大学英文系读书。他接触到了波德莱尔、魏尔伦、马拉美的一些诗歌，也熟悉新月诗派，但还没有见过徐志摩。徐志摩 1931 年 2 月才到北大英文系任教授，开始了与卞之琳的师生缘。总之，写《记录》的卞之琳只是一个二十岁的年轻人。

记录

现在又到了灯亮的时候，

我喝了一口街上的朦胧，
倒像清醒了，伸一个懒腰，
挣脱了多么沉重的白日梦。

从远处送来了一声“晚报！”
我吃了一惊，移乱了脚步，
丢开了一片皱折的白纸：
去吧，我这一天的记录！

诗歌主题通过“白日梦”、“白纸”两个词表现出来，它们都与标题“记录”直接相关，标题出现在最后一行，算是点题。既然一天的记录是“白纸”，那诗人的情绪可想而知，从“朦胧”、“懒腰”、“沉重”一直到最后的“吃了一惊”、“移乱了脚步”都与此有关，诗歌的整体性就这样建立起来了。一些细节显示了年轻诗人潜在的天赋，如第一行中的“又”，一个字让一天的苍白记录变成了复数，开拓了想象空间。总体来说，这首诗就像一条清澈的小溪，一切清楚明白，倒映出诗人青葱的面庞。

《寂寞》写于1935年10月26日，卞之琳在这一天还写了《航海》和《音尘》，稍早则有《断章》。他已经步入诗艺成熟期，《音尘》和《断章》都是名篇，《寂寞》知名度则低得多：

寂寞

乡下小孩子怕寂寞，

枕头边养一只蝈蝈；
长大了在城里操劳，
他买了一个夜明表。

小时候他常常羡艳
墓草做蝈蝈的家园；
如今他死了三小时，
夜明表还不曾休止。

诗歌主题就是标题，围绕“寂寞”卞之琳选择了两个独特的意象，“蝈蝈”和“夜明表”。蝈蝈驱除乡下小孩子的寂寞，夜明表驱除在城里工作的农村青年的寂寞。很显然，夜明表是蝈蝈无可奈何的替代品，第二节的“羡艳”传达出不甘心。在《记录》中，突出诗歌主题的核心意象只有一个，就是那白纸似的记录。如果说《记录》是一个单线程，《寂寞》则是一个复杂双程结构。《记录》中的清澈感到这里没有了。两首诗的结构看起来一样，《寂寞》的整体性却更复杂。诗歌两节，第一节从蝈蝈到夜明表，第二节也是从蝈蝈到夜明表，其中的时间跨度是死者的一生。而《记录》则在一种线性进程中，最后才抵达那张皱折的白纸。这样算起来，《寂寞》的复杂度应该是《记录》的四倍。从 1930 年到 1935 年，其中只有短短数年，但卞之琳的整体性诗艺已不可同日而语。

近年来引起热议的机器人写诗现象可以从诗歌主题的凝聚性方面做一些思考，回到诗歌的本质将拨云见日。机器人没有情感，当然，如果有了情感还能否称为“机器人”值得另外探讨。目前，人们对机器人写诗的质疑主要由此引发。众所周知，在人们关于诗歌最早的认知中，诗歌就与抒情有关。说理诗是后来的事情，但即使诗歌创作的主智派也绝不敢说写诗不需要情感。新月诗派作为胡适“诗体大解放”的反动力量崛起，其新格律诗为世人熟悉，但新月诗派还有一个非常重要的主张：理性节制情感。闻一多提出的这一诗论主张其实并不反对情感，他倡导的是一种新的情感表现方式。没有情感确实是机器人的软肋。问题在于，为什么没有情感就写不出好诗？这个看起来颇为常识的问题其实并不好回答。诗人欧阳江河说：“机器人通过对以往数据的强大经验记忆、整合、筛选和随机组合，进行词语的无限组合，是缺乏情感和温度的。机器人写的句子再精彩，依然意义非常有限。因为一流的诗压根就不等于一个好句子，或者一堆好句子的组合，而在于原创性，创造出别人没写过的‘原文’。如果未来哪天机器人可以因为自卑、疼痛或者其他人类的缺陷而主动选择自杀，那机器人写诗，会值得真正认真对待。”[1]

欧阳江河的关注焦点还是机器人的情感问题，但他还提出了原创性问题。由微软研发团队开发的机器人小冰现在知名度很高，据说它“师承”了五百多位中国现代诗人，而且还出了诗集。所谓“师承”，很显然就是机器存储过程。对于一个人类学习者来说，他可能只要学习十位诗人就可以写出像样的诗作。比如《红楼梦》中香菱学诗，林黛玉推荐给她的老师也不过陶渊明、杜甫、谢灵运、阮籍、鲍照等数人而已。香菱很快写出了自己的诗作。这就是原

---

[1] https：//tech. qq. com/a/20170820/009820. htm.

创。对于香菱来说，她的诗歌技术越成熟，往后阅读带来的提高就越有限。但机器人小冰不是这样。它的模仿式写作使得“阅读视野”决定“写作水平”。这就好像一个论文剽窃者，其掌握的文献数量越大，越不容易被发现。原创性确实是情感之外的另一个问题。

原创性还停留在诗句层面，机器人写诗更致命的短板在于整体性。下面，以小冰的一首诗为例：

冰雪后的水

那霜雪铺展出的道路
是你的声音啊
雪花中的一点颜色
是开启我生命的象征
我的心儿像冰雪后的水
一滴一滴翻到最后
给我生命的上帝
把它吹到缥缈的长空[1]

这首诗的后四行有一个相对完整的意思。心像冰雪融化后的水一滴一滴落下，很容易联想到心在滴血。雪水冰冷的特点强化了“主体”的心理状态，这都是不错的。最后两行，这个水没有掉到地

[1] https：//tech. qq. com/a/20170820/009820. htm。

上，而是被“给我生命的上帝”吹到了“长空”。这四行诗动作感很强，看起来也挺连贯。但仔细推敲，问题就来了。“给我生命的上帝”指什么？把水滴“吹到缥缈的长空”意味着什么？造成我痛苦——假如这确实是这首诗的主题——的原因是什么？我们甚至不可能在一个机器人身上去寻找任何有关诗歌创作背景的启示。诗歌前四行没有关于这些问题的任何提示。这样，诗歌解读就进入了死胡同。

顺便提一下逻辑问题。我们无法想象水滴如何“翻到最后”，即使放在最诗意化的表达惯性中，这也滑出了轨道。同样的问题还有，前两行中“道路”和“声音”的匹配也说不通。这不是语言的陌生化，这是一个调皮的孩子玩弄语言的游戏。它缺乏人类对自然事物认知的常识，更不要说抽象事物。小冰“学习”了五百多位现代诗人的优秀作品，这还远远不够。它还要补充常识，否则就只能停留在语言的游戏这个层面。

机器人写的诗歌多是短篇。当它们尝试长诗，整体性方面的涣散会迅速放大。小冰们也许确实能写出一两个颇有诗意的句子，但目前还无法实现整体性。也许四行短诗是目前机器人整体性的极限，这还要排除逻辑方面的短板。把诗歌的各个意象综合起来，让它们在诗行中彼此呼应，犹如一张网中许多闪光的点。光是领会到这一点就有巨大的审美愉悦。无论从创作的角度还是从欣赏的角度，这都是想象力的神奇功能。这种极具灵性的能力用机器运算法则如何实现呢？

第二节　赋比兴与诗歌主题

赋比兴是中国古代诗歌常见的艺术表现手法，《诗经》中已经广泛使用。宋朝朱熹如此定义赋比兴："赋者，敷陈其事而直言之者也"，"比者，以彼物比此物也"，"兴者，先言他物以引起所咏之词也"。[1] 这些概念原本很清楚，也能被众多文艺理论家认同。但事实却是，赋比兴引发了诸多的争论，历代文艺理论家和文学家把自己的理解注入了这三个概念中，使得赋比兴成为中国古代缠杂难清的文论术语群。对赋、比、兴的概念边界，叶嘉莹曾著文解释，可资借鉴。她提出："'赋、比、兴'乃《诗经》和中国古代诗歌借物象与事象传达感动并引起读者感动的三种表达方式，是心物之间互动关系的反映。兴是由物及心，比是由心及物，赋是即物即心。"[2] 从心、物关系入手，她认为赋就是直陈其事，不需要借助外物来引起心情。比和兴的关系稍微复杂一些。她以《诗经》中的《关雎》和《硕鼠》两篇为例，认为前者是兴而后者是比，原因如下：

> "兴"是一个由物及心的过程，是因为听到或看到外物的景象才引起的一种感动。"比"则是由心及物，是内心中先有一种对剥削者痛恨的恶劣的印象，然后才用老鼠作比。所以，

[1] 朱熹：《诗集传》，中华书局，1958 年，第 1—4 页。

[2] 叶嘉莹：《中西文论视域中的"赋、比、兴"》，《河北学刊》2004 年第 3 期，第 116 页。

> “兴”是自然而然的感发。也许你本来没有想到要找个伴侣，可是你听到“关关雎鸠”的鸟叫声，你忽然间油然动心，这是由外物引起你内心的情动，这就是“气之动物”。但《硕鼠》不是，硕鼠是因为你受到剥削压迫的痛苦，因此，你就把剥削者比成一个大老鼠。[1]

在本书的研究视域中，关注的重点是诗人以赋比兴构建诗歌整体性的手段，所以只要有一个清晰的赋比兴的概念就可以了。叶嘉莹的观点使赋比兴的概念更加清晰。比与兴的区别，关键问题是情志的产生顺序，情志产生在物象出现之前，是“比”；情志产生在物象出现之后，是“兴”。赋的特点是直陈其事，“即物即心”，对现代诗而言，情志常常隐藏在物象之后。因为情志通常就是诗歌的主题，所以赋比兴与诗歌主题说到底还是形式与内容的关系。

一、赋与诗歌整体性

赋在诗歌中比比皆是，一首诗没有赋不多见，完全由赋构成也少见。这里谈论的是后一种情况。完全由赋构成的诗歌，它的主题（情志）通常是隐藏的，围绕主题构造诗歌的整体性，看起来显得如此虚无缥缈。通常这种诗构建整体性的方式不会只有主题这一种，它要借助外来者。外来者有可能是构造整体性的其他方式，比如诗歌结构、时间空间关系，也有可能是隐藏在作者经验意识中的

[1] 叶嘉莹:《中西文论视域中的“赋、比、兴”》,《河北学刊》2004年第3期，第118页。

一个刹那。他在构造诗歌的时候，不呈现这个刹那的经验，而只给出物象。这很容易让我们想到意象派诗歌。

如果诗人借助其他构建整体性的方式来打造诗歌，理解起来相对容易一些——虽然整体性的赋体诗歌通常都不好懂。比如卞之琳的名作《断章》：

断章

你站在桥上看风景，
看风景人在楼上看你。

明月装饰了你的窗子，
你装饰了别人的梦。

叶嘉莹研究古诗词，她的若干结论有适用场域，要知道，现代诗一般不会直陈情志，但是“即物即心”在现代诗领域同样有效。表面上《断章》只有物象，没有情志，或者说情志隐藏得很深。“即物即心”能概括这首诗的艺术表现手法。卞之琳自己曾说这首诗写的是世间人物、事物的息息相关、相互依存、相互作用。第一节第一行，“你”是动作的发出者，是主体，“风景”是动作的承受者，是客体。第二行，“看风景人”是动作的发出者，是主体，而“你”成为风景之一，变成了客体。在主、客体身份的易置中，万物发生了关联。发现了这个秘密，我们就可以用它来套第二节。第一行“明月”是动作的发出者，是主体，“你（的窗子）”是动作的承受者，是客体；第二行“你”是动作的发出者，是主体，“别人的梦”是承受者，是客体。所以，同样是“你”的主、客体身份发生置换。从主、客体关系的角度来看，我们可以说一、二两节诗是一样的。那为什么要“赋”两节呢？也许是为了强调这种置换关系，也有可能是为了对称。

这首诗的整体性是由两节诗雷同的主、客体关系构成的。这个关系的载体，就是呈现在读者面前的诗歌文本，它是赋的结果。作为比较，我们看一下庞德的《地铁车站》，这首诗是意象派诗歌的代表作：

地铁车站

人群中这些面庞的闪现；
湿漉的黑树干上的花瓣。（赵毅衡译）[1]

这首诗第一行是赋，第二行显然是比。据庞德自己说，他那天在地铁车站看到了许多美丽的脸孔，有女人，也有孩子，然后就写下了这首诗。有了这个背景知识，就可以断定“花瓣”就是第一行中的“面庞”，暗示美好、美丽。那“黑树干”对应什么呢？这是一个诗人特意编织进诗歌的意象，它一定有所指。它唯一的对应物只有标题“地铁车站”。这就是这首诗的现代性，“地铁车站”是作为人的异化物出现的，或者说，它本身就是异化的力量。明白了这些，再

[1] https：//www. douban. com/note/204248845/？ type＝rec.

来看“湿漉的黑树干上的花瓣”，我们就会惊叹这首诗让人惊异的整体感。注意“闪现”这个词，赵毅衡的翻译可能意在传达美在异化力量碾压下的生存状况。庞德的原文是 apparition，这个单词的意思是“鬼魂、幽灵”。辜正坤把第一行翻译为“人丛中这些幽灵似的面庞”，就取了字面意思。

《断章》和《地铁车站》的整体性都很高。《断章》第一节比第二节有名得多，但这可能跟诗境对现实的仿真程度有关。它很容易在现实中复现。一、二两节本身都是赋的结果，没有本质区别。《断章》的诗意隐藏在内在的结构之中。想象力在整合每节诗内在的逻辑关系时发现了结构的重复性，诗意就出来了，随之，整首诗的整体性也就诞生了。再强调一遍，相似的主体、客体关系结构承载了诗意和整体性。《地铁车站》的力量诞生于第二行那个比喻关系。“黑树干”与“花瓣”形成的反差产生了强大的张力。在这个张力的牵引下，回溯到第一行的赋体，它重现了那天庞德在地铁站所见的场景。一旦读者将现代性的标志场景（地铁车站）与“面庞”关联起来，诗意的密码就解开了。这个过程中，想象力的整合作用两度发力。第一次它将“地铁车站”与“面庞”整合，重现触发诗人情志的现实场景。这其中同样存在内在的张力。第二次将第一行的张力系统和第二行的张力系统关联起来，这个过程是第一行张力系统的确认，同时在一个明确的方向上，将浓郁的美感气息编织进诗歌。也就是说，《地铁车站》诗意的解锁是通过相似的张力系统在阅读的时空回溯中经过确认而实现的。

《地铁车站》第一行的张力系统并不明显，第二行则明显得多。庞德用“比”呈现第二个张力系统的目的正在于此。与此相反，读者在阅读《断章》时，极有可能在第一节首先发现了主、客体的置换关系，然后在第二节得以确认。这两首诗都有一个确认的过程，但方向相反。所谓“确认”，其实正是想象力的整合作用。

接下来，我们转向美国意象派诗人威廉斯。《红色手推车》是威廉斯的代表作之一。这首诗完全用赋直接铺陈出来，诗人情志隐藏不见。下面同时列出英文原文和一个中文译本。[1]

The Red Wheelbarrow	红色手推车
so much depends	这么多
upon	依靠
a red wheel	一辆红色手推
barrow	车
glazed with rain	雨水把它洗得
water	锃亮
beside the white	旁边是群白色的
chickens	鸡

《红色手推车》具备意象主义诗歌的典型特征。那辆停在农家院子里的“红色手推车”是诗歌的标题，同时在诗歌第二节威廉斯

[1] 转引自杜维平：《“红色手推车”——威廉斯的创作宣言》，《齐齐哈尔师范学院学报》1997 年第 1 期。

把 wheelbarrow 拆开，分在两行。这不是这个单词正常的拼法，它是一个完整的单词。威廉斯此举可以从两个方面来理解。其一，音律方面。仔细分析就会发现，这首诗每行的音节数是四二、三二、三二、四二，第二节把 wheelbarrow 拆开很显然有音节方面的考虑。其二，wheelbarrow 拆开后，横跨两行，被凸显出来。威廉斯似乎觉得手推车做标题还不足以显示其中心位置，更用这种方式强调其核心意象的地位。除了在诗歌形式上强调“红色手推车”的显著地位，诗意方面也是如此，这就是诗歌第一节，“这么多/依靠”这辆手推车。“这么多”究竟指什么诗人没有说。考虑到这首诗的农家生活题材性质，读者可以自己在脑海中勾画出一个农民推着“红色手推车”（独轮车）行走的画面，车上堆满了物品。这个联想的效果正是威廉斯调用“so much”的目的，这个词组出现在诗歌开篇。紧接着，威廉斯推出了第四个举措来突出这辆车，它在雨水中闪闪发光。那群白色的鸡显示出浓郁的农家生活气息，同时，白色与红色的色差，动物与静物对比而增补的动感都为诗歌增色不少。

但是，诗人的“情志”在哪里呢？威廉斯将意象派诗歌理论与日常生活结合起来，强调诗歌的事物性。所谓“事物性”，就是能体现生活本质的具体的事物。对于这首诗来说，威廉斯选择了那辆“红色手推车”。他真正的用意在于，通过这个具体的事物来复现农家生活气息。这就是这首诗的主题。为了达到这个目的，威廉斯用了四种手法来突出“红色手推车”这个核心意象。奇妙之处就在于，诗歌主题与意象派诗歌的技巧和表现手法如此巧妙地合而为一，这很容易让人想起海德格尔的艺术理论。在进入诗人的创作视野之前，这辆手推车在雨水中湿透，显得无足轻重，这本身就说明其被“遮蔽”的状态。威廉斯以其独特的慧眼发现了它的价值，引入诗歌，并用精巧的艺术手法将它“去蔽”，成为关注的中心和美的象征。

我们再简要回顾一下：将“红色手推车”作为诗歌标题，拆解wheelbarrow放在诗歌两行，第一节诗歌中“这么多/依靠”一辆手推车这一奇怪的强调，以及让“红色手推车”在雨水中闪耀(glazed)，把这四方面综合起来，我们才可能走向诗歌的主题：“红色手推车”的核心地位。很显然，这与《断章》呈现主题的方式区别很大。两者也有相似之处，作为纯粹以赋作为表现手法的诗歌作品，它们的主题隐藏在文字背面。

类似情况中国古代当然也有。比如王维的《鸟鸣涧》：“人闲桂花落，夜静春山空。月出惊山鸟，时鸣春涧中。”花落、山空、月出、鸟鸣四事落在四句诗中，迤逦展开，通篇用赋的手法。与《红色手推车》不同的是，这四事和景致任何一个单独拈出来都自带美感。诗歌主题出脱在“静”字上，这又与前面诸诗主题全隐不同。《鸟鸣涧》真正出彩的地方是后两句，以动写静成为经典。读者一旦把山中空荡荡的安静与山鸟的鸣叫结合起来，就能瞬间领悟诗人的情志。这是想象力的卓越功能。这首诗的整体性也自有特点。诗人在第二句轻轻点出主题，仿佛不经意，然后在后两句把这个主题大大强化。读者阅读、领悟过程中，对静的领会经历了一个初步形成到突然明朗的质的飞跃，美的体验訇然洞开。

二、比与诗歌整体性

《诗经》中的比大都朴素，在构造诗歌整体性方面的功能中规中矩。诗歌越往近现代发展，比逐渐精彩高蹈，甚至成为诗人炫技逞能的重要手段。同样，本书的重点不在于分析比的概念内涵和发展历史，也不甚关注浩瀚诗海中的亮丽比喻。此处讨论比喻如何参与构成诗歌整体，再进一步，讨论完全由比喻构成的诗歌具有哪些特点。最后，重点谈一下通感，一般认为，通感是一种特殊的比喻。

比喻大都是静止的。诗歌写作过程中，比喻通常作为一种临时性的手段用来说明特定物象。文本一旦越过这个部分，比喻带来的作用就结束了。但这并不绝对。某些特殊的比喻有奇特的功能，它们向后甚至向前传播诗意，从而参与诗歌整体性的构成。比如北岛组诗《陌生的海滩》第一首：

风帆垂落。

桅杆，这冬天的树木，
带来了意外的春光。[1]

第一行是赋，直陈诗歌本事现实场景。第二节两行都是比喻，一、

[1] 笔者的北岛诗集均未收录此诗，此处引自网络：http：//www. shigeku. org/shiku/xs/beidao. htm。

二节之间的空行是赋和比的分界线，暗示诗意的转折或某种意蕴的涌起。把“桅杆”比喻成“冬天的树木”奇特又自然，这当然不暗示诗人所看到的桅杆的材质，这无关紧要。重点是由这个比喻连带引起了第二个比喻。冬天的树木固然萧条，但春天紧随其后，这就是后一行“春光”的由来。请注意，假如理解仅此而已，那这个比喻就是静止的。阅读由此转向组诗第二首。然而，这个理解没有穷尽诗意。关键是要注意到“桅杆”与“春光”的逻辑关系：桅杆带来春光的字面含义还有一个本意：那就是诗歌第一行“风帆垂落”，这是启航的姿态。诗人想说的是，远航带来了春光。航行被赋予崇高的意义。

诗歌整体意义是如何发生的呢？很明显，有一个回溯的过程。它发生在“桅杆”与“春光”的逻辑关系被挑明之后。“树木”这个比喻引发了“春光”，然后把意义向前发射到了“风帆垂落”上，照亮了它。因此，这个比喻不是静止的，切断它的流动路径，诗歌的整体意义就无法建立起来。这首诗虽然是组诗的一部分，但它自身已完整自足。

“树木”的比喻实际上已经参与了建构诗歌整体性，向诗歌其余部分发射意义则是它参与的方式。对于篇幅稍长的诗作，还有其他一些方式。如北岛的《画》：

画

——给田田五岁生日

穿无袖连衣裙的早晨到来

大地四处滚动着苹果
我的女儿在画画
五岁的天空是多么辽阔
你的名字是两扇窗户
一扇开向没有指针的太阳
一扇开向你的父亲
他变成了逃亡的刺猬
带上几个费解的字
一只最红的苹果
离开了你的画
五岁的天空是多么辽阔

北岛这首诗来自女儿田田的一幅画。1989 年在欧洲漂泊了大半年的北岛收到田田寄来的一张贺年卡片，画上有扎着红苹果的刺猬，有太阳和房子，房子显然就是孩子心中的家，还有田田幼稚的签名。这首诗有很多写实的部分，主要来自那张卡片，当然也有孩子难以理解的“逃亡”。诗歌中北岛表达出无法陪伴女儿成长的遗憾甚至痛苦之情，这是主题。“五岁的天空是多么辽阔”表达对孩子的祝福，这个难以成为主题。下面主要分析“苹果”这个意象。“苹果”在诗歌中出现了两次，第一次是写实性质的，与田田的画有关。“苹果”第二次出现时进化成了一个比喻，“最红的苹果”显然就是对孩子成长至关重要的父亲。寄给父亲的贺年卡中父亲没有出现，北岛为此伤感。“苹果”在北岛诗歌中是有惯性的，这个意象象征了美好的事物。“最红的苹果”缺席就是诗歌主题。“父亲”

出现在诗歌中段，延续至倒数第二行主题定型。“苹果”两次出现，经历了从现实到比喻的运动过程，是主题也是诗歌的结构完整性。“五岁的天空是多么辽阔”与“苹果”相伴，分别出现在诗歌首尾，形成一个闭环结构。所以，“苹果”也参与建构诗歌形式的整体性。显示主题的比喻和闭环结构是这首诗最重要的两种整体性方式，它们都与“苹果”相关。

这种运动方式非常巧妙，它的运动方向是意象从现实中分离出来。有时候情况相反，作为比喻的外来意象嵌入到现实中并揭示诗歌主题。比如洛尔迦的名作《黎明》：

黎明

纽约的黎明
有四条烂泥柱子
和划动污水行进的
黑鸽子的风暴。

纽约的黎明
沿无尽楼梯叹息
在层层拱顶之间
寻找画出苦闷的甘松香。

黎明来了，无人迎入口中
没有早晨也毫无希望

硬币时而呼啸成群
穿透吞噬弃儿们。

他们从骨子里最先懂得
既无天堂也无剥光树叶的恋情：
出路只是数字与法律的污泥，
无艺术的游戏，不结果的汗。

无根科学的无耻挑战中
光被链条与喧嚣埋葬。
而晃荡的郊区不眠者
好像刚从血中的船骸上得救。[1]

1929年6月26日，洛尔迦乘坐“奥林匹克”号轮船抵达纽约，这是他第一次登陆美国。他在给父母的信中写道，纽约一下把他打倒了，整个格拉纳达，也就能塞满这里两三座高楼。格拉纳达是他在西班牙的家乡。洛尔迦在美国住了九个月，亲历了始于1929年10月29日的大萧条。他开始反思，对美国的评价急转直下。这些思考在《黎明》中可见一斑。

《黎明》共分五段，第一节写纽约的城市风貌，第二节让高楼大厦与甘松香对立，揭示现代都市远离自然的特征。“甘松香”这

---

[1] 北岛：《洛尔迦：橄榄树林的一阵悲风》，《时间的玫瑰》，江苏文艺出版社，2009年，第23—24页。

个意象独特自然，是洛尔迦作为西班牙乡下孩子的特殊标志，越是个人的越难以模仿。第三节揭露资本主义的本质，掌握了金钱的人主宰生命。第四节与第三节有因果关系，资本横行的结果就是人情味冷淡，一切都被冷冰冰的数字和法律条文所规训。第五节描写了一幅光被“链条和喧嚣”吞噬的末日图景，整个美国社会成为一艘“血中的船骸”。“链条和喧嚣”喻示现代性。诗歌标题为“黎明”，对于没有“光”的国度而言，“黎明”的反讽意味不言而喻。

《黎明》第一节和最后一节用了比喻手法。第一节接连构造了三个比喻，高楼大厦比喻为“烂泥柱子”，柏油马路比喻为“污水”，路上行驶的汽车比喻为“黑鸽子”。大概 1929 年的纽约马路还不怎么拥堵。“黑鸽子”暗示了快节奏的生活。也许这就是所谓复合比喻。这三个比喻奠定了诗歌的基调，诗人对纽约的评价可见一斑。二、三、四节逐渐展开，将纽约的内在特征呈现出来，第五节的比喻“血中的船骸”就是一个自然而然的结论。“船骸”与“污水”的内在联系，展现了“污水”的发射力量。整首诗歌暗藏一个“分—总”结构，这是此诗整体性的一个方面。第一节三个比喻极具个人特色，二十世纪三十年代如果换一个人降临纽约也许会有不一样的观感，他可能在现代性的五光十色中迷失而赞叹不已。但是洛尔迦把这些独特的意象楔入了纽约之中，让它们成为现实的一部分。这是比喻向现实运动的典型案例。“血中的船骸”也有类似效果。

比喻向现实运动的例子太多了，比如孩子红红的脸蛋让人想到红苹果，凶神恶煞的人让我们想到狼和虎，无可救药的家伙则唤起了朽木的形象，柔弱的女子似乎与羔羊有天然联系。在我们看来，这些比喻向现实的渗透似乎都不具备《黎明》那样的力量。《黎明》第一节三个比喻向现实的运动是不可逆的。一个人，无论见过或即将见识大萧条时期的纽约，只要他读过《黎明》，就无法摆脱那些意象。个人与诗歌的相遇，仿佛宿命一般。

接下来，我们谈论比喻参与构建诗歌整体性的另一种方式：比喻的复沓。复沓又叫叠句或反复句，深究起来这些概念之间有细微差异，比如复沓一般要修改个别字眼，叠句或反复句则完全相同。本书不细究这些差异，统一称为反复。后续章节有专门一个部分谈论反复与诗歌整体性的关系，此处特别关注比喻的复沓。先举一个例子，海子的《西藏》：

西藏

西藏，一块孤独的石头坐满整个天空
没有任何夜晚能使我沉睡
没有任何黎明能使我醒来

一块孤独的石头坐满整个天空
他说：在这一千年里我只热爱我自己

一块孤独的石头坐满整个天空
没有任何泪水使我变成花朵
没有任何国王使我变成王座

这首诗写于海子第二次入藏后。海子对西藏的体认，或者说这首诗的主题就隐藏在第一行那个比喻句中："西藏，一块孤独的石头坐满整个天空"。石头的特性，坚硬，沉重，永恒般的存在。再加上"孤独"形成偏正结构，西藏的主要属性全部囊括在内。这个比喻出现三次，占去全诗篇幅的八分之三。诗歌的框架结构由此确定。另外五行可以看作对这个比喻句的解释，比喻句与它们是主从关系。反复是海子构造诗歌整体性的重要方式，其中不少就是比喻的复沓。又如《黎明，一首小诗》，诗歌中"我挣脱/一只陶罐"演化为"我挣脱一只刻划麦穗的陶罐"形成复沓，"陶罐"其实就是地球或者大地的比喻说法。海子作为天才诗人的标志很大一部分体现在他对比喻的运用上。这些比喻本身具备相当纯粹精准的力量，而且以不同方式参与构建诗歌整体性。再如《在昌平的孤独》：

在昌平的孤独

孤独是一只鱼筐
是鱼筐中的泉水
放在泉水中

孤独是泉水中睡着的鹿王
梦见的猎鹿人
就是那用鱼筐提水的人

以及其他的孤独

是柏木之舟中的两个儿子
和所有女儿，围着诗经桑麻沅湘木叶
在爱情中失败
他们是鱼筐中的火苗
沉到水底

拉到岸上还是一只鱼筐
孤独不可言说

“孤独是一只鱼筐”，本体和喻体相隔遥远。鱼筐中的泉水与整体流动着的泉水既隔离又联系，鱼筐放在水中是一个相对独立的空间，提起来却一无所有。海子当时在昌平生活在北京工作，他与北京甚至整体的生活就是这样的关系。这是比喻的力量。这首诗原来的标题只有“孤独”，海子后来加上了昌平做修饰。这个修改把存在于作者潜意识里的东西传递给读者，并非可有可无。海子总结他孤独的来源，除了生存空间与地理位置，死亡意识（第二节）和失败的爱情（第三节）也扮演了重要角色。“鱼筐”这个意象在诗歌第一行出现后，辐射出强大的能量，在后续每一节中反复出现。注意，反复出现的不是比喻句，而是喻体。这与《西藏》不同。“鱼筐”与诗歌主题（孤独）相互强化，不断实现意义增殖。如第二节“孤独是泉水中睡着的鹿王/梦见的猎鹿人”，海子向来以诗歌王者自命，此处自比“鹿王”。虽然贵为王，但依然受到死亡的威胁，“孤独”由此而生。而这个“鹿王”，“就是那用鱼筐提水的人”，竹篮打水，失败的命运无处可遁。短短三行，在诗歌整体的规划中写尽人生宿命，既落魄又高贵。

完全由比喻构成的诗歌古今中外都有，但比例不高，兹举两例。朱熹《观书有感》："半亩方塘一鉴开，天光云影共徘徊。问渠那得清如许？为有源头活水来。"这首诗主体部分由赋逐渐展开，第一句中包含了一个比，将塘中之水比喻为镜。这个比喻延展到了后面几句。第二句形象描写水清到何种程度，后面两句自问自答，回答水清的原因。到此为止，这首诗已经完整了。倘若把标题包括进来，我们就知道，诗人谈论的并不是塘中之水，而是读书的境界，或者说，思想保持活跃的秘密。读书与思想活跃度之间的关系原本不容易说清楚，这个问题比较抽象。所以，诗人设计了一个比喻，诗歌主体部分是一个完整的比喻。诗歌主体部分是完整自足的，想象力把标题纳入进来之后得到了一个更高层次的整体感。这个例子提醒我们，比喻的这种整体性中，诗歌标题往往起到画龙点睛的作用。试想，如果这首诗的题目改为"无题"，结果会怎样呢？

再来看一首顾城的诗，《昨天，像黑色的蛇》：

昨天
像黑色的蛇
盘在角落
它活着
是那样冷
死了，更不会热
它曾在
许多人的心上

缓缓爬过
留下了青苔
涂去了血色

现在
它死了
压在一座
报纸的山下
难以捉摸
无数铅字
像蚂蚁般聚会
讨论着
怎样预防它复活

诗歌前两行是一个比喻，作为喻体的“蛇”一直辐射到结尾，整首诗的意象、行动、场景都围绕着“蛇”设置，构成了诗歌第一层整体性。但常识告诉我们，诗人不可能仅仅谈论蛇的死亡。因此，“昨天”被悬置的意义必须要还原。读者如果注意到诗歌创作的时间或者熟悉朦胧诗的背景，就不难明白“昨天”的真正所指。于是，我们惊奇地发现，围绕着“蛇”所设置的意象、行动、场景瞬间成为意义双轨体系，它们指向“蛇”，也指向那个没有出场的真实的“昨天”。这样，整首诗就获得了第二层整体性。《昨天，像黑色的蛇》获得第二层整体性的方式与朱熹《观书有感》不同，它不通过标题直接点明，而是把一个人所共知的背景事件置入诗歌，成为想象力综合的对象。

完全由比喻构成的诗歌自带一个意义框架，主题隐匿在框架之外。如何将主题包含到诗歌整体性中来，以上两例提供了两种方法。

通感在诗歌中使用广泛，它是一种特殊的比喻，自然也围绕主题参与构建整体性。钱钟书对通感有个定义可供参考："在日常经验里，视觉、听觉、触觉、嗅觉等等往往可以彼此打通或交通，眼、耳、鼻、身等各个官能的领域可以不分界限。"[1] 在中国古诗中，通感的例子很多，如宋祁《玉楼春》"红杏枝头春意闹"、韦应物《游开元精舍》"绿阴生昼静，孤花表春余"、罗隐《秋霁后》"净碧山光冷，圆明露点匀"、贾唯孝《登螺峰四顾亭》"雨过树头云气湿，风来花底鸟声香"等等。通感作为一种特殊的表现手法被确认为象征主义的特征，肇始于波德莱尔的《感应》：

感应

自然是一座神殿，那里有活的柱子
不时发出一些含糊不清的语音；
行人经过该处，穿过象征的森林，
森林露出亲切的眼光对人注视。

仿佛远远传来一些悠长的回音，
互相混成幽昧而深邃的统一体，

[1] 钱钟书：《通感》，《文学评论》1962年第1期。以下中国古诗中的通感案例来自此文。

像黑夜又像光明一样茫无边际，
芳香、色彩、音响全在互相感应。

有些芳香新鲜得像儿童肌肤一样，
柔和得像双簧管，绿油油像牧场，
——另外一些，腐朽、丰富、得意扬扬，

具有一种无限物的扩展力量，
仿佛琥珀、麝香、安息香和乳香，
在歌唱着精神和感官的热狂。[1]

《感应》第三节描写通感，“芳香”像“儿童肌肤”、“双簧管”以及“绿油油像牧场”，其实是嗅觉向触觉、听觉和视觉的迁移。这只是大自然通感的冰山一角，第二节末句：“芳香、色彩、音响全在互相感应”，就是说，诗人只写了芳香与其他感官的通感现象，色彩和音响以此类推，或者如佛经所言，“亦复如是”。这是诗歌第一层意思。第二层，所有这些来自大自然的信息与人的感官接触之后，“互相混成幽昧而深邃的统一体”，“在歌唱着精神和感官的热狂”。就是说，标题“感应”其实还有另一层意思，即精神与自然通过感官而发生的交感作用。波德莱尔处在科学主义狂飙突进的时代，在某个时期，人们一度深信人与自然都像一台精密的机器，世

[1] 波德莱尔：《恶之花 巴黎的忧郁》，钱春绮译，人民文学出版社，1991年，第21—22页。

界依靠某种神秘的灵结合成为一个整体。诗人在通灵时刻，通过感受外部世界可以抵达这个“灵”，这就是“精神和感官的热狂”带来的结果。波德莱尔把人在自然界中的通感体验移用到诗歌创作领域，作为一种体验神秘存在物的手段，把自然作为神秘“灵”的象征，其实是依靠通感开拓了一条全新的艺术道路。

三、兴与诗歌整体性

起兴手法在《诗经》中运用广泛，最有名的当然是开篇之作《关雎》：“关关雎鸠，在河之洲。窈窕淑女，君子好逑。”诗歌的主题是恋爱题材，但它不直接写人物的爱情，而从雎鸟相向合鸣相依相恋的情态入手，借此引出主题，这就是典型的起兴手法。《诗经》中也有全篇都用起兴的，如《国风·周南·桃夭》：

桃之夭夭，灼灼其华。之子于归，宜其室家。
桃之夭夭，有蕡其实。之子于归，宜其家室。
桃之夭夭，其叶蓁蓁。之子于归，宜其家人。

这首诗共三章，每章前两句都是起兴，诗人的言说重点在后面的应句上，分别以桃的花、实、叶兴喻女子出嫁的情形。从诗歌整体性的角度来看，每章诗歌的兴句与应句前后连缀构成一章，三章彼此平行构成诗歌整体。这是一种非常朴素的整体性。

本节开头提到了围绕着赋比兴的论争，其中一部分就关于比和兴的界限。下面以穆旦的《春》为例展开讨论：

春

绿色的火焰在草上摇曳，
他渴求着拥抱你，花朵。
反抗着土地，花朵伸出来，
当暖风吹来烦恼，或者欢乐。
如果你是醒了，推开窗子，
看这满园的欲望多么美丽。

蓝天下，为永远的谜迷惑着的
是我们二十岁的紧闭的肉体，
一如那泥土做成的鸟的歌，
你们被点燃，却无处归依。
呵，光，影，声，色，都已经赤裸，
痛苦着，等待伸入新的组合。

这首诗的重点在第二节，诗人意在描写一种炽燃的、无法遏制的生命原始冲动，它属于青春。穆旦写下此诗时不到二十四岁，正是生命力勃发的时期。看起来他对这冲动如何形成不甚了解，但此诗重点不在此，它提供的不是一个生物学或伦理学的样品。诗中没有常见的迷惘或焦虑，它就是一股纯粹的力量以及力量的觉醒，用诗歌中的话叫做“点燃”。回到诗歌第一节，穆旦从草地和伸出其上的花朵写起，绿色的光在草地上摇曳，仿佛要脱离土地向上去拥抱花朵。本节最后一行诗人直接点明，其实这就是“欲望”。第二节具体描写欲望，所以“欲望”是诗歌主题。那么，问题就来了，第一节前四行写草与花的部分与第二节直接写肉体的欲望，它们之间是什么关系？是比还是兴？

两种说法似乎都能自圆其说。相似点无法区分比和兴，因为二者都有。对于《春》来说，这个相似点就是诗歌主题：欲望。绿草向上跃起拥抱花朵出于欲望，我们“等待伸入新的组合”也是出于欲望，这就是相似点。它可以引起比喻，也可以触发起兴。叶嘉莹的意见确实可以参考：究竟是由物及心还是由心及物？如果由物及心，那就是物象触发心事，结论就是起兴；如果由心及物，那就是心事在前，以心度物，一切物象皆成比喻。照此看来，《春》第一节所写，“比”的可能性就更大。因为只有诗人感受到自身蓬勃的欲望，然后以欲望之眼看满园的花草，才会得出“欲望多么美丽”的结论。这是典型的由心及物。

还有一个方法可以区分比和兴。起兴中，兴句和应句形成对偶关系，应句一定要出现。比喻则不然。本体和喻体有对应关系，但本体在诗歌中可以不出现。比如前面提到的朱熹《观书有感》，全诗主体部分就是一个比喻，本体出现在标题中。或者如顾城的《昨天，像黑色的蛇》，本体在标题和诗歌中都没有出现，它存在于人们的常识中。像这种情况一定是比喻。相反，起兴是由物象引起的心灵感应，这个感应一般就是诗歌主题，它会明确点出来。兴句和应句的对偶关系是此类诗歌最常见的结构整体性，比如刚刚分析过的《春》。

起兴在现代诗歌中并不少见。当然，在不同诗人那，它出现的频次不同。其实在同一个诗人那，不同时期也有不同的频次。起兴关系到诗歌风格。众所周知，朦胧诗落潮之后，北岛诗歌风格发生了变化。转变表现在很多方面，最引人注意的是政治对抗的姿态没有那么彰明昭著，高分贝的呐喊不见了，代之以低回曲折晦涩瘦硬。也许将后期北岛诗歌称为“朦胧诗”更为准确。其实，从“兴”的角度看，更能见出北岛诗歌在艺术风格上的变化。早期北岛那些广为流传的名篇都是开门见山，给人以荡气回肠的通透感。比如《回答》的开篇：“卑鄙是卑鄙者的通行证/高尚是高尚者的墓志铭”，一句箴言起首就带来充沛的能量。《宣告——献给遇罗克》的开头：“也许最后的时刻到了/我没有留下遗嘱/只留下笔，给我的母亲”，开头就是烈士之死，死亡激荡情绪。再如《结局或开始——献给遇罗克》：“我，站在这里/代替另一个被杀害的人/为了每当太阳升起/让沉重的影子像道路/穿过整个国土”，这显然是《宣告》的延续，北岛的献祭冲动在怒吼。

对于朦胧诗人北岛来说，这也许是最合适的言说方式。随后，转变到来，北岛变得曲折，比如转变初期的作品《自昨天起》第一节：

我无法深入那首乐曲
只能俯下身，盘旋在黑色的唱片上
盘旋在苍茫时刻
在被闪电固定的背景中
昨天在每一朵花中散发幽香
昨天打开一把把折椅
让每个人就座

那些病人等得太久了
他们眼中那冬日的海岸
漫长而又漫长

《自昨天起》的主题出现在第八行，“病人”。这个主题在《结局或开始——献给遇罗克》曾经显露过雏形，此诗第二节：

悲哀的雾
覆盖着补丁般错落的屋顶
在房子与房子之间
烟囱喷吐着灰烬般的人群
温暖从明亮的树梢吹散
逗留在贫困的烟头上
一只只疲倦的手中
升起低沉的乌云

“灰烬般的人群”可能第一次逆转了新中国成立以后的人民性书写，为五四之后鲁迅的国民性批判续命。在《自昨天起》中，北岛给他们一个群体性的共名：病人。但北岛改变了言说策略，他从音乐写起：“我无法深入那首乐曲/只能俯下身，盘旋在黑色的唱片上/盘旋在苍茫时刻”。从无法理解乐曲到无法理解那些病人，起兴手法增加了诗歌的韵致。“盘旋”就是思考、研究、推敲，诗人想弄懂真相。真相就是：“昨天在每一朵花中散发幽香”，他真正想说的是：昨天的毒素在今天依然散发出恶臭。“乐曲”是物，这个结论是心，从物到心，体现的正是“兴”的逻辑进程。

风格转变后的北岛把“兴”的表现手法广泛运用于诗歌创作，构造由物到心的诗歌整体性。比如《桥》，这首诗写的是用文字记录生存的艰辛，第一节：

我调整着录音机的音量
——生存的坡度
旧时代的风范和阳光一起
进入某些细节，闪烁

诗人从录音机上的声量图标开始写起，将它与生存困境联系起来，一下就切入了主题。还有《远景》的开头：“海鸥，尖叫的梦/抗拒着信仰的天空”，也许现实情境是诗人面对尖叫着的海鸥，但他马上将其与自己反抗的姿态关联起来，随后转入乡愁，自然而然进入这首诗的主题。在诗歌中大量运用“兴”体，是转变之后的北岛诗歌艺术形式上的显著特征。这一点迄今未见有研究者论及。

第三节　主题的展开层次

想象诗学具有结构主义理论的特征。结构主义的主要特征之一是整体性，而整体性是想象诗学的核心内容。结构主义的整体性奠基于索绪尔对语言和言语的区分，言语是人们所说的话的总和，它是随机的、暂时的，因而是无法认识的；语言则是行使言语功能的规约，它有稳固的性质，是一个符号系统。进一步的研究表明，这个稳固的符号系统只存在于某个特定的时段、地域或封闭的文本区域之中，即它是共时的。从历时的角度看，语言的各要素有可能在时间上相互代替从而威胁到稳定性。索绪尔的语言学主要研究共时语言学。索绪尔曾把共时符号系统中各要素之间的相互依赖的关系比作下棋："棋子的各自价值是由它们在棋盘上的位置决定的，同样，在语言里，每项要素都由于它同其他各项要素对立才有它的价值。"[1] 研究一个特定的系统、模式——或者说整体——中的关系，是结构主义文学批评的策略之一。列维—斯特劳斯、巴尔特、格雷马斯、热奈特等人把结构主义文学批评理论主要用于叙事文学研究，他们重视叙述的形式而非内容。结构主义文学批评的目的不是揭露文学作品的历史的、道德的或美学的价值，而是揭示文学作品作为一个特殊的符号系统，其内部各要素排列组合的关系和规律。

想象诗学关注特定诗歌的整体性特征，其研究对象框定在当前诗歌之内，显然这是共时性的研究。除了少数叙事诗，大多数诗歌的主要目的不是叙事。但是，假如我们把诗歌主题的展示层次类比于叙事文学的叙述过程，结构主义文学批评的某些理念就可以移用到诗歌批评中来。比如在尊重诗歌整体性的前提下，研究其各个部分之间的关系。如果这种关系研究围绕着主题展开，那么，它是内容的而非形式的，或者至少可以说，它无法绝对排除内容的因素。这与结构主义文学批评的原则不同。并不是说诗歌就没有完全在形

---

[1] 索绪尔：《普通语言学教程》，高名凯译，商务印书馆，1982 年，第 42 页。

式方面的整体性研究，比如新月诗派的三美主张，音乐美、绘画美、建筑美，其中建筑美即诗行排列就主要是形式方面的。它也与诗歌整体性相关，这点放在后续章节中详述。

本节谈论主题的展示层次。主题的展示层次在宏观上决定诗歌的整体性，这与赋比兴不同。赋和兴以一定的比例存在于某首诗歌中，所以从整体性的角度出发，特别关注完全由赋或兴构成的诗作。当然，它们仅仅是少数。比一般来说是孤立的，它将自身与其他部分隔开来，这不符合结构主义的特点。所以，按照整体性的观点，我们重点讨论比喻向诗歌其余部分的运动，它参与构成整体性。除此之外，更一般的情况，赋比兴发生在诗歌的微观层面。但是，主题的展示层次不同，一首诗的主题一旦形成层次感，它必定决定诗歌的整体性。例子最有说服力，请看雪莱的《无常》：

无常

我们恰似荫蔽午夜明月的浮云，
　　发光、颤动、疾驰，何等活跃，
给黑暗划出明亮的条纹，转瞬，
　　夜幕收起，也就从此影失形消。

又似被忘却的琴那参差的弦索
　　会给多变的振动以多变的响应，
在这脆弱的乐器上任何两次弹拨，
　　都奏不出相同一种情致和音韵。

入睡时一个梦就足以毒害安息，
　　起身后一念遐思又会败坏一天；
感觉、构思、推理、欢笑悲啼，
　　抱紧心爱的灾难或是摒弃忧烦：

全都一样！因为不论是喜是恼，
　　那离去的衢道，全都永远开敞；
人世间的明日绝不会雷同于今朝，
　　万古不变的，却惟独只有无常。[1]

“无常”是世界的本质。可以说，佛教的所有理论学说都以无常为根基。比如四圣谛苦集灭道，违背无常就是无明，无常和无明是苦的根本原因。有了苦，然后才研究苦的产生、消灭和消灭的办法。四圣谛就产生了，释迦牟尼最初悟道就是想明白了这些。雪莱的《无常》当然还远远没有达到如此理论化、体系化的程度，他停留在感性层面。“无常”就是这首诗的主题，诗人要把这个抽象的概念说清楚，必须考虑手段的问题，这就是主题的展示层次。雪莱的策略很清楚：前面三节举例说明无常的三个表现，最后一节下结论。第一个例子写围绕着明月的浮云迅速运动，诗人调用“发光、颤动、疾驰”等动词给诗歌增加动感，同时强化了无常这个主题变

[1] 雪莱：《雪莱诗选》，江枫译，外语教学与研究出版社，2011 年，第 21 页。

幻莫测的感觉。第二节写琴弦多变的声音效果，第三节写人难以捉摸的情绪变化，“感觉、构思、推理、欢笑悲啼”等动词的效果与第一节相同，都围绕着主题设置。这三个例子来自自然、艺术和人类本身，可以说囊括了整个现实世界。于是，第四节的结论就很自然了：万古不变的，却惟独只有无常。如果用结构主义文学批评的观点来看待这种展示主题的方式，不妨将其命名为“分—总”式。

这是一种展示诗歌主题的常见方式，其逻辑进路与人们认识世界的方式相同。人们思考、认识世界总是从个别到一般，这就是“分—总”模型大行其道的认识论根源。比如，冯乃超的诗作《默》：

默

轻烟　笼罩着池塘底安眠
沉默　枯朽着梦里的睡莲

冬天来到疲乏的草根头
静悄悄地杀着苍白的微笑
阳光隐在轻盈的烟绡
不照树阴影里的哀愁

怠倦的枯枝愁诉
黄金的新秋也衰老
银白的长发浸池中

轻轻拂扫浪纹的懊恼

我听得几句嘎声的讥嘲
老丑的乌鸦飞鸣在树梢
沉红的落叶积满了空寂的心
怎的感谢那无情的胡闹

隆冬的严肃远过于祈祷
没有殉教者的苦恼
忧愁的圣母默现在空间
守护着灵魂的日暮

《默》有浓郁的死亡气息。第一节“安眠”和“梦”是死亡的委婉说法，确定了诗歌的情绪基调。“笼罩”既是写景，也发生在诗意层面。“沉默”呼应诗歌标题。以下每一节都有“默”的元素，比如第二节中的“静悄悄”，第三节“轻轻”，第四节明显是以动写静，突出“空寂”，第五节“默现”。冬天对生命的绞杀在沉默中进行，是诗人刻意营造的意境。濒死的生命当然不免有“哀愁”、“懊恼”，但沉默才是无声的主旋律，乌鸦的聒噪与沉默形成对照，更加凸显“空寂”。第五节总结全诗，但又不仅仅是总结。其中有两个生命系统，“殉教者”和前述自然的生命，他们的共同点是都在遭受摧残走向死亡，“殉教者”通过“祈祷”获得平静，自然的生命则在“隆冬的严肃”中保持“沉默”和“微笑”。两者的精神寄托也是一样的，就是那“默现”在空中的“忧愁的圣母”。“殉教者”在教堂里通过“祈祷”得到圣母的同情，自然生命在“隆冬的严肃”中依然能以虔诚之心获得圣母的眷顾，“守护着灵魂的日暮”。我们看到，通过这个结尾，诗歌从一个死亡主题自然而然转变成为宗教主题。第五节是总结也是升华，总体上仍然属于“分—总”结构。

采用某种层次结构来显示的主题大都是抽象的。比如前述《无常》《默》都是如此。“无常”的体验常人都有，但作为一个道理（未必都能上升到哲理）来讲述，放入诗歌则很艰难。雪莱的方法是从自然、艺术、人类各取一个方面作为例证，然后得出结论，例证法是讲述抽象道理常见的方法。《默》的主题其实是宗教对死亡情绪的安抚作用，这也是一个很难阐述的论题。冯乃超的方法是营造一个死亡降临的现场，在其中注入宗教特有的静默安宁的气氛，最后点明主题。诗人结构此类诗歌的时候，诗作的整体性当然要重点考虑，结论对读者的冲击力通常也是追求的目标。所谓“为人性僻耽佳句，语不惊人死不休”有类于此。杜甫沉溺于锤炼诗歌的语言，现代诗歌艺术传递审美体验的手段则丰富得多。请看下面这首孙大雨的《爱》：

爱

往常的天幕是顶无忧的华盖；
　　往常的大地永远任意地平张；
　　往常时摩天的山岭在我身旁
屹立，长河在奔腾，大海在澎湃；
往常时天上描着新灵的云彩，

　　风暴同惊雷快活得像要疯狂；
　　还有青田连白水，古木和平荒；
一片清明，一片无边的晴霭；

可是如今，日夜是一样地运行，
　　星辰的旋转并未曾丝毫变换
　　早晨带了希望来，落日的余晖
留下这沉思，一切都照旧地欢欣；
　　为何这世界又平添一层灿烂？
　　因为我掌中握着生命底权威！

这首诗与朱熹的《观书有感》有相似之处。如果忽略标题，读者也许以为《观书有感》只不过在描述一个光影变幻的池塘并揭开其永远清澈的奥秘。标题加入进来之后，整首诗变成了一个比喻结构，指向阅读的体验。“观书”这个主题在诗歌中没有出现。孙大雨的《爱》也是如此。如果忽略标题，读者如何索解诗歌最后出现的“生命底权威”呢?《爱》有非常明显的时间结构标志：十四行诗的一、二两节，第一节第一句“往常的”与第二节第一句“可是如今”，由时间标志引起的对比是结构整体性的方式之一。孙大雨在“可是如今”之后卖了一个关子，日夜的运行与星辰的旋转没有变化，“一切都照旧地欢欣”——读者的心理期待将要落空之际，“为何这世界又平添一层灿烂”破空而来。“爱”，当然也是一个很难表述的抽象概念，正因如此，无论诗人们在它身上浪抛多少笔墨，永远常写常新。孙大雨采用的策略是将“爱”产生前后的世界做一个对比：无爱之前的世界已经足够美好，有爱之后“这世界又平添一层灿烂”。在抵达最终的结论之前，他把揭示谜底的时间一拖再拖，吊足了读者的胃口。直到期待的能量胀满弓弦，诗人才把弓箭射了出去。主题显示的一刹那产生的冲击波正好处在能量峰值。

“生命底权威”就是“爱”，它带来了“灿烂”。“爱”没有出现在诗歌中，它是标题，也是诗歌整体性的一部分。当读者的想象力把标题综合到诗歌的整体中来，豁然开朗的瞬间能得到多么强烈的审美体验！雪莱的《无常》中，诗歌标题出现在最后一行，点题。假如在兼顾韵脚的前提下，雪莱用一个别的什么词来替换“无常”，就好像孙大雨用“生命底权威”来置换“爱”，那么，这两首诗该有多么相似啊。其相似度主要体现在诗歌正文与标题的结构关系上。如果进一步考察《无常》和《爱》，我们还能有重要的发现。在《无常》中，雪莱所用到的自然、艺术、人生三个例子都是正面说明诗歌主题的，所以，诗歌主题（标题）与诗歌正文是正相承续的关系。但《爱》把有爱与无爱进行对比，结论出现在逆相翻转之中。正相承续与逆相翻转是此类诗歌结构整体性的两种范型。

“分—总”结构有两种常见的变型：总—分结构和总—分—总结构。对说理诗来说，这两种结构经常出现在回忆性情境中。兹以穆旦晚年诗作《智慧之歌》说明“总—分—总”结构：

智慧之歌

我已走到了幻想底尽头，
这是一片落叶飘零的树林，

每一片叶子标记着一种欢喜，
现在都枯黄地堆积在内心。

有一种欢喜是青春的爱情，
那时遥远天边的灿烂的流星，
有的不知去向，永远消逝了，
有的落在脚前，冰冷而僵硬。

另一种欢喜是喧腾的友谊，
茂盛的花不知道还有秋季，
社会的格局代替了血的沸腾，
生活的冷风把热情铸为实际。

另一种欢喜是迷人的理想，
他使我在荆棘之途走得够远，
为理想而痛苦并不可怕，
可怕的是看它终于成笑谈。

只有痛苦还在，它是日常生活
每天在惩罚自己过去的傲慢，
那绚烂的天空都受到谴责，
还有什么彩色留在这片荒原？

但唯有一棵智慧之树不凋，

我知道它以我的苦汁为营养，
它的碧绿是对我无情的嘲弄，
我咒诅它每一片叶的滋长。

穆旦诗有一个显著特点，他擅长把抒情与说理结合起来，两者都奠基于让人压抑的社会与人生现实，这与九叶诗派在现实和艺术、功利和非功利之间求取平衡的创作理想是一致的。他早期诗作《在寒冷的腊月里》《被围者》都显示这一倾向。1953 年，穆旦结束旅美留学生涯，携妻子回到新中国。1957 年，因为诗歌创作受到批判，第二年被指为历史反革命，直到“文革”结束。二十年间不断受批判、劳改，身心饱受折磨。《智慧之歌》写于 1976 年 3 月，显见是痛定思痛之作。暮年，诗人为生民立命的雄心似乎有所消减，他将反思的视角聚焦于自己的一生。诗歌第一节“这是一片落叶飘零的树林，/每一片叶子标记着一种欢喜”是总写，二、三、四节穆旦依次列举了三种年轻时的“欢喜”：爱情、友谊和理想，如今这些往日的“欢喜”都已经“落叶飘零”。这三节是“总”之下的“分”。诗歌并未就此结束，第五节是一个过渡，提出问题：生命的“欢喜”都已经凋零，“还有什么彩色留在这片荒原？”最后一节诗歌主题自然而然就出来了：智慧之树。人生的荒原上有一颗碧绿的智慧之树，它是诗人一生的苦汁喂养的。虽然穆旦创作关注的焦点随时间有所转移，但他沉郁雄辩的诗风仍然一如往昔。

最后一节是“总—分”结构之后的再次总结，提出诗歌主题，其实是全诗意境的升华：一生的“苦汁”为因，“智慧之树”是果，前面几节都可看作“苦汁”的注脚。“总—分—总”范型保证了诗歌结构的整体感。

第四节 主题的隐藏与并置

一、主题的隐藏

诗歌的言说特点决定了隐藏主题的现象普遍存在。赋比兴三种表现手法中，比和兴对于隐藏主题的作用不用多说，即使完全由赋结构的诗歌，诗歌主题通常也不是“赋”的直接对象。前述《断章》《地铁车站》《红色手推车》都可看作隐藏主题的代表作。《断章》的主题隐藏在两节诗雷同的主、客体关系之中，《地铁车站》和《红色手推车》都是典型的意象派诗作，《地铁车站》借助意象之间强大的张力系统揭示主题，《红色手推车》的主题则湮没在具有农家气息的日常生活意象之中。单纯铺排意象本身就是隐藏主题的一种方式。

但我们不能仅仅在赋的言说领域中考虑这个问题，纯粹的比或者通感也一样。把隐藏主题放在一个近代的背景，比如象征主义或表现主义中，想象力的运作呈现出哪些特点？哪些技巧用来保证诗歌的整体性？还有，诗人创作诗歌的最终目的还是要表达特定的主题，那么，在表达和隐藏的矛盾行为中，二者如何达成统一？

把目光投向特拉克尔。特拉克尔是德国表现主义诗歌的代表人物。表现主义比象征主义和浪漫主义更适合这里的主题，它的激进甚至革命性同时表现在内容和形式两个方面。表现主义诗歌在隐藏主题方面走得更远，它的意象凝聚了更充沛的能量，有时候甚至超过意象主义的作品。定义表现主义让人头疼，好在弗内斯曾经描述过它的一些特点，这些特点迄今看来依然可以为大多数人接受，也许它命中了那隐约存在而难以限制的东西：“被人们认为是表现主义的观点包括在以下诸方面：它是一个脱离真实性和模仿、趋于抽象化、趋于自主的色彩和隐喻的运动；它热烈地要求表现和创造，无视种种形式法规；它关心典型的和本质的事物甚于关心纯粹个人的和个别的事物；表现主义偏好狂喜和绝望，因而也是一种趋于夸张的奇异风格的倾向；它带有一种神秘的甚至是宗教的因素，以及常常出现天启般的暗示；对此时此刻有一种紧迫感，它不从任何自然主义的观点来看待城市和机械，而是从一种永恒的观点来看；它要求反叛传统，渴求新鲜和奇异的东西。”[1]

乌鸦

正午传来了粗厉的嘶鸣
乌鸦掠过阴暗的角落。
牝鹿身上闪过它们的身影，
有时候歇脚，它们闷闷不乐。

哦，那褐色的寂静被乌鸦搅乱，
静悄悄，田野如痴如醉，

[1] R·S·弗内斯：《表现主义》，艾晓明译，昆仑出版社，1989年，第27页。

像女人沉溺于沉重的预感，
有时候它们也狂吵一气

围着某处嗅到的腐尸，
突然间向北它们飞去，
像送葬队列在空中消失，
空气因情欲微微颤抖。[1]

特拉克尔诗歌中，“天启般的暗示”到底如何形成是一个谜。他的崇拜者疯狂膜拜诗歌中莫测高深的哲理，不愿意面对特拉克尔生命中的阴影。《乌鸦》中，不祥的鸟的行为、视角和感受是结构诗歌的线索，这可以看作诗歌的第一重整体性。第三节乌鸦嗅到腐尸的气味，振翅北飞。不难想见，诗歌中“乌鸦”象征着死亡。这个关节一打通，诗歌主题渐趋明朗。第一节从“嘶鸣”写起，未见鸟影，先闻其声，死亡“粗厉”地降临。“牝鹿”和“田野”来自乌鸦的视角，它们的存在有何意义？这是此诗另一处关节。诗歌最后一行“情欲”无法忽略，问题是，空气中的情欲从何而来？诗歌中与此有关的元素刚好落在“牝鹿”和“田野”上。“牝鹿”是成年的母鹿，“田野如痴如醉”，万物成熟，乌鸦受到感染，“狂吵一气”，情欲勃发牵动狂躁症。乌鸦是表现的中心，它同时承载了死亡和情欲。生与死的对立是这首诗的主题。

［1］ 特拉克尔：《特拉克尔全集》，林克译，重庆大学出版社，2014 年，第 7 页。

情欲与死亡有内在的联系，情欲是最充沛的生命能量，死亡是能量的耗尽。《乌鸦》如果仅仅停留在这个层面也没有问题。但是大量关于特拉克尔的研究都指向他早年与妹妹的乱伦关系，这引发了诗人深切的罪感。“特拉克尔清楚地意识到自己的罪孽，同时也深深感觉到耻辱和恐惧。在难以忍受的痛苦的驱迫之下，他竭力寻找一种解脱的途径，以便恢复内心的宁静。‘哥哥以迷离的目光默默望着你，他渴望结束荆棘的旅程。’摆脱罪感的最简单的方式是忏悔，把罪过讲出来，至少可以减轻痛苦的压力。所以，虽然特拉克尔犯下的是一种难以启齿的罪，他却禁不住一遍又一遍地陈述它，以此获得某种宣泄。”[1] 对于一个诗人来说，也许诗歌是发泄潜在焦虑最好的陈述方式。特拉克尔究竟死于用药失误还是自杀，至今没有定论。但情欲与死亡的联系，站在特拉克尔的立场上，其实不难理解。

死亡与情欲、生与死的对立是这首诗结构整体性的第二种因素。死亡与情欲如何与乌鸦关联起来，或者说，如何通过“乌鸦”来表现诗人潜在的思想情感，刚才已经分析过了。这是“表现”的结果。在这个方面深入挖掘一下，也许有助于我们厘清表现主义与意象主义的微细差异。庞德曾经如此表述意象主义诗歌“意象”的特点：“一个‘意象’是能够在瞬间呈现理智与情感的一个复合体。”[2] 意象在经过大脑漩涡般的熔化、集结之后，把一个概念迭

---

[1] 林克：《罪感及其解脱——特拉克尔诗歌的基调》，《四川外语学院学报（重庆）》1998 年第 2 期。

[2] 转引自王珂：《意象主义诗歌不是表现主义诗歌》，《海南师范大学学报》（社会科学版）2007 年第 5 期。

加到另一个概念之上，这样，意象就从一种客观外界的事物转化为主观精神的事物。前述《地铁车站》和《红色手推车》都具有这个特点。以《地铁车站》为例，“花瓣”是人脸的喻体，这个意义迭加过程显在地呈现在句法结构中，“黑树干”的意义叠加始于诗歌标题，只有从“地铁车站”延伸到现代社会，我们才能确定“黑树干”在诗人主观世界中的所指。于是，诗歌主题就定格在现代性与人的抵牾龃龉关系之中。意象主义诗歌如此特点决定了意象在诗歌创作中的核心地位，因此，围绕意象组织诗歌结构就是自然而然的。意象主义诗歌经常给人们一种鲜明的错觉，它们的整体性是天然的，诗人似乎不必刻意雕琢。诗人构造诗歌整体的技巧越成熟圆润，这种错觉就越明显。《红色手推车》中，威廉斯围绕“红色手推车”在四个方面形成合力，凸显出它的核心地位。或者我们也可以说，《红色手推车》天然是意象主义诗作。

仔细思考一下，“理智与情感的复合体”或者“一个概念迭加到另一个概念之上”，类似的说法可以用于近现代诗歌史上的任何流派，庞德的表述很温和。事实就是，特拉克尔是德国表现主义诗歌的代表诗人，他的诗歌一定有某种非同一般的特质表明这一身份。意象主义诗歌与现实主义有千丝万缕的联系，无论“地铁车站”或者“红色手推车”都是现实中触发诗思的存在物，但是特拉克尔不必真的看到一只乌鸦在牝鹿身上投下阴影。他也许看到一幅画，或者十脆只是头脑中的一种构想，他需要借此来表现。因此，表现主义与现实主义相距更远。这就是庞德更具绅士风度而特拉克尔难以亲近的原因。特拉克尔说：“爱太少，正义和怜悯太少，爱始终太少：冷酷、高傲和罪孽太多太多——这就是我。”[1] 无论在诗歌内容还是表现手法上，表现主义更具革命性。《乌鸦》当然有它的现实性，那就是特拉克尔致死的罪感。他不愿意过多暴露自己，隐藏主题是必然的。面对死亡可怕的力量，特拉克尔躲闪着寻找出口，有时候他更成功一些，比如《夜曲》：

夜曲

屏息凝神。野兽的惊骇面孔
在那圣洁的蓝色前僵住。
石头中的沉默剧增，

夜鸟的面具，三重钟声
悄然合一。埃莱，你的面孔
无言探向蓝色水面。

噢，你这寂静的真理之镜，
孤独者象牙色太阳穴
映照堕落天使的余辉。[2]

---

[1] 林克：《〈梦中的塞巴斯蒂安〉译后记及附记》，《特拉克尔全集》，林克译，重庆大学出版社，2014 年，第 549 页。

[2] 此处译文引自北岛：《特拉克尔：陨星最后的金色》，见《时间的玫瑰》，江苏文艺出版社，2009 年，第 53 页。或参阅《特拉克尔全集》，林克译，重庆大学出版社，2014 年，第 97 页。二者略有不同。

这首诗的个人色彩隐藏得更好。首先要把隐藏的主题找出来。同一对象特拉克尔不断变化说法，增加了探寻的难度。诗歌第一节呈现了“面孔”与“蓝色”的对峙，第二节“埃莱”与“蓝色水面”对峙，第三节“真理之镜”显然就是前两节出现的“蓝色”及“水面”，“映照”反映对峙关系，所以是“堕落天使”与“真理之镜”在僵持。这三组对峙关系所指相同。三节调用三个动词逐渐出脱这种关系：僵住、探向和映照。整首诗非常神秘，与标题“夜曲”相应。与神秘有关的元素，比如第一节中的“屏息凝神”、“蓝色”，第二节“夜鸟的面具”、“钟声”以及再次出现的“蓝色”，第三节“寂静”、“孤独者”、“余辉”等。第一节“石头中的沉默剧增”堪称神来之笔，石头与沉默放在一块，有形、无形，重与轻营造的张力以及“剧增”传达的神秘运动都是美学价值的加分项。神秘是全诗的背景气氛，对峙是主要的事件和动作，那么，主题是什么呢？北岛解读过《夜曲》：“真理之镜、孤独者和堕落天使三者间的转换中，有主动和被动、反映与观看的复杂关系，而真理之镜与堕落天使在意义上的对立更加深内在的紧张。堕落天使如今已被人们用俗了，其实这和我们常说的现代性有密切关系。”[1]

北岛将诗歌主题引向现代性背景中人的堕落。与人的堕落相对的是“圣洁的蓝色”、“蓝色水面”及“真理之镜”。这个解读符合北岛启蒙者的价值趣向。朦胧诗之后北岛诗歌风格剧变，但启蒙者的价值立场从未改变。比如，他大量谈论诗歌创作的所谓“元诗”，

---

[1] 北岛：《特拉克尔：陨星最后的金色》，《时间的玫瑰》，江苏文艺出版社，2009年，第55页。

其立足点就是对汉语的现代救赎。也许《夜曲》的“真理之镜”和“堕落天使”触动了北岛启蒙者的敏感神经。这种解读路径不能说错误，我们甚至可以再次拎出第一节来强化它：“野兽的惊骇面孔/在那圣洁的蓝色前僵住”，现代性情境中，人堕落成“野兽”。那么，“圣洁的蓝色”到底指什么呢？如果沿用第三节的“真理”，无论怎样都让人别扭——但这是北岛喜欢的说法。芥川龙之介的小说《地狱变》或许可以提供某种启示。《地狱变》的故事很简单：画师良秀沉迷画画，他所服务的封建领主堀川大公想霸占他的女儿，良秀不从。良秀受大公之命画一幅名为“地狱变”的屏风，作品核心部分需要借助一场火灾来激发灵感，堀川同意了良秀的请求，把良秀女儿置身大火中烧死。良秀目睹女儿在大火中的痛苦，发生了惊人的蜕变：“但令人不解的，不仅是他饶有兴趣地看着自己的独女临死前的悲惨遭遇，那时的良秀，不知为何似乎已不是凡人，就像梦中勃然大怒的狮王，威风凛凛。就连那些被火焰惊起、聒噪飞翔的无数夜鸟都不敢靠近良秀的帽子周围。恐怕在这些无心之鸟眼中，良秀头顶似有一圈光环，散发出不可思议的威严。”[1] 更让人惊讶的是堀川大公的变化：“这其中只有台阶上的大人完全变了模样，脸色发青，嘴角流出白沫，双手紧紧地抓着紫色官袍下的膝盖，像饥渴的野兽般，呼吸急促……”[2]

良秀“不可思议的威严”来自艺术家获得天启的庄严时刻，他

[1] 芥川龙之介：《地狱变》，《罗生门》，王帙超译，吉林出版集团有限责任公司，2012年，第52页。

[2] 芥川龙之介：《地狱变》，《罗生门》，王帙超译，吉林出版集团有限责任公司，2012年，第52页。

已经成为艺术的化身，也是弗内斯对表现主义的描述。面对极端的美，芥川龙之介让高高在上端庄稳重的堀川大公堕落成“野兽”。所以，在《地狱变》的文本体系中，与野兽对峙的是艺术，是那幅即将诞生的叫做“地狱变”的屏风骇人的美。这才是特拉克尔的“真理”。“真理”即艺术。

前述对《夜曲》主题的挖掘过程其实已经揭示了这首诗的整体性。三个动词，三种对峙，其实都在言说同一件事情。隐藏主题的技巧就是特拉克尔构造诗歌整体性的方式。也许在终极意义上，我们不必像北岛那么宏大。我的意思是，“野兽”和“堕落天使”以及第二节中那个神秘的“埃莱”，其实就是诗人自己，它们代表了特拉克尔亟欲解脱的戴罪之身。关于解脱，死亡之外他能想到的唯一途径是诗歌，是艺术。这是真正意义上不折不扣的救赎，他需要十二分的仔细，“屏息凝神”。这才是特拉克尔需要隐藏的主题，他的个人色彩。诗歌标题是这种解读最有力的证据。“夜曲”是诞生于爱尔兰的一种钢琴曲体裁，其旋律优美富于歌唱，总体表现意境是夜的沉静与人的内心抒发。所以，它总与极端的个人性相关，而不是宏大的“现代性”。

除了沉重压抑的个人隐私，隐藏主题有时候并不需要特别的理由，它纯粹是一种诗艺追求，是天才诗人之间的竞争。海子的《面朝大海，春暖花开》是一个绝对不能错过的案例，即使放眼世界诗歌史，在这方面也难以找到可堪匹配的诗作。在完全相反的意义上，这首诗广为流传，成为当代诗歌史上迄今最让人熟知的作品，甚至入选各种语文教材。“从明天起，做一个幸福的人”让人想起2012年10月央视所作的那个著名的随机访谈：“你幸福吗?”《面朝大海，春暖花开》如此广泛、“成功”的误读足以安慰海子在天之灵。

面朝大海，春暖花开

从明天起，做一个幸福的人
喂马，劈柴，周游世界
从明天起，关心粮食和蔬菜
我有一所房子，面朝大海，春暖花开

从明天起，和每一个亲人通信
告诉他们我的幸福
那幸福的闪电告诉我的
我将告诉每一个人

给每一条河每一座山取一个温暖的名字
陌生人，我也为你祝福
愿你有一个灿烂的前程
愿你有情人终成眷属
愿你在尘世获得幸福
我只愿面朝大海，春暖花开

关于海子自杀，他的朋友、当代诗人西川曾经总结过一些原因，如自杀情结、性格因素、生活方式、荣誉问题、气功问题以及自杀的导火索。导火索与爱情有关，从海子诗歌来看，这应该是最重要的原因。海子北大毕业后在中国政法大学任教，他的初恋女友是他的学生，交往一年多后两人分手，女友后来去了南方。1989 年 1 月 7 日，他收到她的来信，告知即将赴美。当天海子写下《遥远的路程——十四行献给 89 年初的雪》，六天后创作了《面朝大海，春暖花开》，九天后写了《最后一夜和第一日的献诗》。这三首诗都是中国当代诗歌名篇。海子自杀于 3 月 26 日，自杀前一个周五，他见到了已经在深圳建立家庭的初恋女友[1]。过程大致如此。

《面朝大海，春暖花开》的主题其实就是一个绝望的人告别尘世。这个主题一经点破，在诗歌中其实很容易找到线索，比如“从明天起”，为什么强调明天？“和每一个亲人通信”，告别的姿态。“给每一条河每一座山取一个温暖的名字”，命名是非常重要的仪式，与诞生有关，没有死哪有再生……也许最不应忽视的是倒数第二行出现的“尘世”，这不是正常状态下应该调用的词汇。尽管海子留下了如此多的线索，但在《面朝大海，春暖花开》漫长的接受史上，人们习惯把它看作“幸福”的宣言。也许这与教育和思维的惯性有关。选入中学语文教材和频繁被用作房地产广告词定格了这一误读。

“幸福”是海子的保护色，它在诗歌中出现四次，参与建构诗歌的整体性。这首诗有一个外在的幸福整体性，诗歌每一行、每一个意象及动词都在卖力地建构这个整体性。但是同时，它们中的一部分又参与建构潜在的死亡整体性。这里重点分析“房子”这个意象。“房子”对于毕业后一直在北京工作、在昌平居住的海子有现

[1] 西川:《死亡后记》,《海子诗全集》，作家出版社，2009 年，第 1164 页。

实意义，它是家的象征。但是现在诗人失去了建立家的机会。这是“房子”的幸福整体性解读。它还有一个更重要的潜在意义，意指“坟墓”。把坟墓说成房子海子早已有之，比如《天鹅》：“当她们像大雪飞过墓地/大雪中却没有路通向我的房门”。此诗写于 1986 年。《面朝大海，春暖花开》最让人骇异的地方在于，死亡的冰冷与言说方式的温暖如此巧妙地融合成为一个整体，就好像冰与火毫无违和感地深入对方。这得益于它的双重整体性。

《面朝大海，春暖花开》的死亡整体性还有一个证据，1989 年 1 月 7 日之后至生命终结，海子创作了二十多首诗，其中每一首都流露出不祥的气息，为什么唯独《面朝大海，春暖花开》如此温暖有爱？唯一的解释就是，这是海子隐藏诗歌主题的方式。问题是，他如此造作的动机何在？艾米莉·狄金森不朽的《因为我不能停步等候死神》可以告诉我们答案：

因为我不能停步等候死神——
他殷勤停车接我——
车厢里只有我们俩——
还有“永生”同座。

我们缓缓而行，他知道无需急促
我也抛开劳作
和闲暇，以回报
他的礼貌——

我们经过学校，恰逢课间休息——
孩子们正喧闹，在操场上——
我们经过注目凝视的稻谷的田地——
我们经过沉落的太阳——

也许该说，是他经过我们而去——
露水使我颤抖而发凉——
因为我的衣裳，只是薄纱——
我的披肩，只是绢网——

我们停在一幢屋前，这屋子
仿佛是隆起的地面——
屋顶，勉强可见——
屋檐，低于地面——

从那时算起，已有几个世纪——
却似乎短过那一天的光阴——
那一天，我初次猜出
马头，朝向永恒——[1]

很少有诗人如狄金森一般关注死亡，她留下的一千七百多首诗歌

[1] 狄金森：《狄金森诗选》，江枫译，外语教学与研究出版社，2012年，第213页。

中，约有三分之一与死亡主题相关。这首《因为我不能停步等候死神》是她的代表作。诗歌开头，死神停车接我，死神只为一件事光顾生者。这个死神文质彬彬，颠覆了传统中的可怖形象。这正是诗歌主题，死亡并不可怕。“我”与死神一路缓行，最后一次注目尘世，旅途终点“我”终于感觉到了寒冷，但终点是“屋子”——长得像坟墓的“屋子”，奔赴人生终点的旅行被描绘成回家之旅。我之所以把海子列为狄金森的强力竞争者，并不是因为他们都把坟墓说成房屋，而是因为，他们都以温暖感人的方式谈论人生终极之事。

二、主题的并置

一首诗是否只能有一个主题？答案如果是肯定的，那么，本部分论题就可以取消。但事实并非如此。比如本章讨论过的北岛诗歌《关键词》（见第一节），这首诗就有两个主题。接下来的问题就自然而然，对于存在并置主题的诗歌，诗人如何围绕主题构造诗歌的整体性？这是想象力面临的挑战。

为了展开这个问题，需要更细致解读《关键词》。我们已经知道这首诗的两个主题，一是诗歌创作，二是独孤。第一节有两个说法被悬置没有落到实处，一，为什么“我的影子很危险”？二，影子带来的最后的知识是空的到底指什么？读了第二节这两个问题其实就解决了。北岛用了一个比喻，他说诗歌对于汉语的价值，就好像蛀虫缓慢而有效的啃噬作用。蛀虫对于啃噬的对象那当然是危险的，“空”是啃噬的结果。“空中的足音”化用自成语空谷足音，暗示蛀虫工作的有效性，其实也就是诗人写作过程中锤炼词语的行为。果然，第三节开端进一步亮明这个主题，前两行算是把它钉实了。后两行孤独主题出来：

踏着那节奏
一只孤狼走进

无人失败的黄昏

“节奏”显然是影子打铁的节奏，于是我们知道“孤狼”就是诗人自己。每一首诗都是独一无二的，它从酝酿到诞生的过程是对当代汉语的锤炼。“孤独”还指向北岛漂泊时的生存状态，它有放射性。它的生起，乃至在最后一节的强化定型来自影子打铁，影子打铁喻示诗歌的第一个主题。所以，《关键词》的两个主题之间有依附关系，而并不是真正意义上的“并置”。这首诗的整体性在于：第一节留下两个悬念引起第二节，第二节用一个比喻解答悬念，第三节前两行落实第一个主题，随后第二个依附性的主题亮相，第四节两个主题融合于鹭鸶在水上的书写行为，艰难、孤独，同时还优雅。围绕第一个主题构建的整体性是诗歌的主干，它是按照事理逻辑展开的。

所谓主题的并置当然并不是一首诗包含多个无关的主题，原因很简单，当诗歌各个部分朝不同的主题凝聚时，诗歌整体性其实就撕裂了。这是创作诗歌的大忌。《关键词》的情况具有代表性，诗歌的一部分在主干上长出了新枝。这首诗的典型价值在于，作为新枝的这部分，即，“踏着那节奏/一只孤狼走进//无人失败的黄昏”

刚好是整首诗最出色的地方。诗歌创作的暴力属性表现在对语言的重新选择和救赎，这是《关键词》的思想性。诗人在表现从事这一工作的情绪的时候突然绽放了天赋，新枝的光芒盖过了主干。这光芒甚至跨越一个节间空白发射到了最后一节，节间空白像一个无底深渊，与无尽的孤独相互阐释。

这样说，诗人的情绪似乎是主题弥漫、延展、成形的内在动力，直至诞生新的主题。沿着情绪产生与变化的轨迹可以窥见整体性的秘密。再看一首北岛的诗歌，《安魂曲》：

安魂曲

——给珊珊

那一年的浪头
淹没了镜中之沙
迷途即离别
而在离别的意义上
所有语言的瞬间
如日影西斜

生命只是个诺言
别为它悲伤
花园毁灭以前
我们有过太多时间
争辩飞鸟的含义

敲开午夜之门

孤独像火柴被擦亮
当童年的坑道
导向可疑的矿层
迷途即离别
而诗在纠正生活
纠正诗的回声

1976年7月27日，北岛妹妹珊珊下水救人不幸遇难，年仅二十三岁，当时在湖北一个厂矿工作。1998年珊珊骨灰从湖北运回北京，北岛写下此诗。悼亡诗是一种常见的诗歌题材，在作品中注入不同内容则形成不同的主题。《安魂曲》开篇符合悼亡诗的惯例，交代死亡事件，“镜中之沙”其实就是珊珊，“沙”是珊的近音字。死亡是情绪的起点。北岛不愿意接受失去妹妹的事实，所以他不说死亡，他说“迷途”。接下来写死亡造成的痛苦，“所有语言的瞬间/如日影西斜”，这两行很漂亮，诗歌第一个高潮。夕阳软绵无力，诗人的意思是，语言无力表达失去亲人的痛苦。到这里为止，死亡以及死亡带来的痛苦两个部分按照事理逻辑展开，这是天然的整体性。

“生命只是个诺言/别为它悲伤”，这两行来得突兀。诗人在表达安慰，安慰谁呢？后两行有“我们”，显然指妹妹和自己，妹妹已经不在了，难道安慰自己？这是很自然的想法，也顺应第一节的发展态势，但与诗歌副标题不符合，“给珊珊”。这个副标题很重要，它确定了诗歌的言说方向，生者对死者的表达。所以被安慰的对象是死者。劝慰已死之人不要悲伤，仿佛她从来没有离开，或者只是“迷途”，如面对亡者。这是诗歌的第二个高潮。看起来平淡无奇的句子通过颠倒常识（安慰死者）蓄满了情感的能量。这个出乎预料的举动奠定了诗歌的一个主题。就一个习见的题材与前辈诗人展开竞争，这个回合北岛不落下风。

接下来写生者与死者的共同经历，或者说美好回忆，这是常规操作。“午夜之门”通向死亡，最后一节的“孤独”就显得很自然，这又是事理逻辑。“当童年的坑道/导向可疑的矿层/迷途即离别”，这几行很不寻常，北岛没有沿着“孤独”写下去。“童年”与“花园”也许有呼应关系。“矿层”在地下，是死亡的另一种说法。正常的表达方式是：死亡与童年的经历有关。诗人力图找到死亡的原因。这不是一般悼亡诗应有的内容。最后两行，既然“童年的坑道”将生活引入歧途，现在就要回到正确的方向。他认为，这要依赖诗歌的引导作用。这是第三次奇峰突起：诗歌纠正生活的错误方向。

深入分析《安魂曲》，在悼亡这个题材下，难以将之归于某一个主题。死亡带来的痛苦、安慰亡者、孤独情绪、死亡的原因、诗歌纠正生活的功能，很难说哪一个更重要。它的多主题并置比《关键词》要复杂得多。但诗歌结构并不因多主题而显得松散，为什么呢？主要原因还是在于“给珊珊”这个副标题。言说方向确定后，这首诗的整体性就确定了。诗人把自己想说的内容编织到事理逻辑之中，并不违背整体性规则。诗人的言说欲体现在诗歌的第二个高潮和诗歌的纠偏作用，其余内容都符合悼亡诗的常规。

《安魂曲》毕竟是一个极端的例子，多主题并置的诗歌还是以两个主题为主。前面已经提到，诗人的情绪通常是形成新主题的动因。在情绪的推动下，从一个主题自然过渡到另一个主题，并不显得散乱。曼德尔施塔姆的《列宁格勒》是这方面的代表作：

列宁格勒

我回到我的城市，熟悉如眼泪，
如静脉，如童年的腮腺炎。

你回到这里，快点儿吞下
列宁格勒河边路灯的鱼肝油。

你认出十二月短暂的白昼：
蛋黄搅入那不祥的沥青。

彼得堡，我还不愿意死：
你有我的电话号码。

彼得堡，我还有那些地址
我可以召回死者的声音。

我住在后楼梯，被拽响的门铃
敲打我的太阳穴。

我整夜等待可爱的客人，
门链像镣铐哐当作响。

——1930 年 12 月，列宁格勒[1]

曼德尔施塔姆 1891 年生于波兰华沙，童年在圣彼得堡度过，对后者感情很深。1924 年列宁逝世，圣彼得堡改名为列宁格勒。1928 年曼德尔施塔姆陷入一场剽窃风波。他为一部比利时小说的译文润色，由于出版社的疏忽，译作出版时译者成了曼德尔施塔姆。他遭到了强烈的攻击，生活蒙上阴影。1930 年他到亚美尼亚旅行八个月，年底回到列宁格勒，创作此诗。1933 年写下《斯大林讽刺诗》，次年五月被捕流放。1937 年结束流放，居住在莫斯科郊外，次年再度被捕并死于流放所在的远东劳改营。[2] 对这两次被捕，《列宁格勒》流露出强烈的预感。

这首诗前三节写思乡，第四节写死亡的恐惧，两个主题并置。第一节诗人结束旅行回到列宁格勒，但由于“剽窃”风波和政治原因，他在家乡不受欢迎。“眼泪”大约与此有关。思乡之情与童年的生病体验关联，既个人又深刻，无可取代。第二节“鱼肝油”也有类似效果。第三节第一行“认出”还是乡愁体验，第二行“蛋黄”指夕阳，“不祥的沥青”转向死亡主题。曼德尔施塔姆在第四、

[1] 北岛：《曼德尔施塔姆：昨天的太阳被黑色担架抬走》，《时间的玫瑰》，江苏文艺出版社，2009 年，第 192—193 页。

[2] 这段曼德尔施塔姆的简历参阅《曼德尔施塔姆诗选》，黄灿然译，广西人民出版社，2015 年，第 291—295 页。

五两节直出死亡焦虑，没有丝毫含蓄。而且他把“列宁格勒”转换为“彼得堡”，回到童年记忆。这个转换意味深长，可以看作个人对时代命名的否决。最后两节描写一场想象中的抓捕行动，诗人自己是抓捕的对象。被捕的预感和恐惧支配了诗人的情绪，返回故乡的激动过去之后，它重新获得支配地位。站在读者的角度，如果没有背景知识，就无法获得这个整体性。因为情绪成为关联诗歌整体性的纽带，情绪产生的背景——也可以说诗人创作诗歌的背景，对于理解诗作整体性不是可有可无。

第三章　对立元素

对立是诗歌也是其他艺术的重要表现手法，赫拉克利特认为这一手法最初源于模仿自然：“自然也追求对立的东西，它是从对立的东西产生和谐，而不是从相同的东西产生和谐。……艺术也是这样造成和谐的，显然是由于模仿自然。绘画在画面上混合着白色和黑色、黄色和红色的部分，从而造成与原物相似的形象。音乐混合不同音调的高音和低音、长音和短音，从而造成一个和谐的曲调。书法混合元音和辅音，从而构成整个这种艺术。……结合物既是整个的，又不是整个的，既是协调的，又不是协调的，既是和谐的，又不是和谐的。从一切产生一，从一产生一切。”[1] 如今我们知道，把对立元素综合成一个“结合物”正是想象力的功能。问题在于，想象力如何围绕着对立元素构建诗歌整体性？这正是我们迫切想知道的。

---

[1] 北京大学哲学系外国哲学史教研室编译:《古希腊罗马哲学》，商务印书馆，1961 年，第 19 页。

第一节　对立元素与新诗整体性嬗变

细究诗歌中的对立项，它们之间呈现出不同状态，每种状态都有各自的张力。有些诗歌中，对立双方呈现出静态对峙的胶着状态，有些则表现出运动的渴欲，或者已经形成运动，或者我们所看到的，其实是从一方往另一方运动的结果，达到新的平衡。本节我们主要探讨呈静态对峙状态的诗歌对立元素在构成诗歌整体性中所起的作用。为了使讨论过程更加清晰，我们将其置于百年新诗发展流变中进行观察。

赫拉克利特认为艺术中的对立关系源自自然，对于诗歌艺术来说，究竟何时人们开始将对立元素引入诗歌？这是一个难题。中国或者西方的诗歌史都源远流长，这种考察费时费力。但是，中国诗歌可以分为古诗和新诗，古诗的源流血统纷繁驳杂，新诗却只有一百来年。在百年新诗史上考察对立元素的演变应当不是一件太难的事情。即使通过这种具体而微的研究我们也可以发现，越是在新诗早期，对立元素越罕见；越是靠近新时期（朦胧诗及其之后的新诗创作），诗歌中的对立就越普遍。这一观点将其放大投影到整个诗歌史上，应当不会有太大问题。

比如在早期象征主义诗歌中，很少看到将对立元素上升到结构诗歌整体性高度的行为，诗歌中的对立现象也不多见。以李金发为例，他有些诗歌中存在对立项，如果细致组织一下，围绕这些对立项可以写出整体性不错的诗作，但事与愿违，如《×》：

×

我的灵魂是荒野的钟声：
明白春之踪迹，
和金秋痛哭的缘故，
草地上少女的私语；
行星反照在浅波上，
他们商量各自的美丽，
更有灵儿傲慢地走过。

惟年岁迁移了，
海潮的闹声
震聋了她的耳；
远方的雾气
逃离了她的两眼；
她遂休止了这监察。

呵，我们离这苦痛之乡
去救残废的灵魂，
安放她到钱塘之江畔——
多少舟楫来往——
夜亦得照着平静下去。

李金发的诗歌大都写于他留学法国期间，思乡情结是应有之义，这也是这首诗的一个主题。诗歌第一节对故乡风物的描写颇有特点。把“灵魂”比作“荒野的钟声”很有清新之感，诗人的天赋一闪而过，它赋予诗行一种潜在的动感：钟声在大地上以同心圆传播、发散，所到之处，如今都已成为诗人的美好记忆。第二节首行“惟年岁迁移了”暗示时空切换，现实强行挤入意识，“远方的雾气”表明记忆沉落晦涩难明，“她遂休止了这监察”，“她”指什么？顺着诗行一路回溯，直达开端那个已经淡漠的清新比喻：灵魂。“监察”显得生硬，李金发的佶屈聱牙向来被人诟病，此为一例。最后一节始于强烈的抒情慨叹，大约那时代的青年留学生的确都有自新之志，自新的落脚点是“救残废的灵魂”，这才是一代学子投身欧风美雨的初衷。稍早的《下午》中，李金发写有：“吁！艳冶的春与荡漾之微波，/带来荒岛之暖气，/温我们冰冷的心/与既污损如污泥之灵魂。”可见留学期间的李金发痛感自身精神灵魂上的缺陷，而这种缺陷又与国家的贫弱落后复杂缠绕，互为因果。《下午》中的“荒岛之暖气”显然就是他留学所在的欧洲。于是在李金发此类诗歌中，诗人总是有意无意地将故乡与异域置于对比的两端，在诗歌中形成一个稳定的主题。

于是《×》就有了两个主题，这种情况我们在上一章已经讨论过。无论诗人写作这首诗的动机何在，诗歌的肌体始于思乡，它占据了一半以上的篇幅。所以两个主题之间的关系，“救残废的灵魂”更像是源自主干的一个生发，是诗人在强烈的情感催发下自然而然的一种行为。诗人并没有围绕着故乡与异域的对立来结构诗作。它在诗歌中偏安一隅，没有产生全局性的放射。如果再细致地分析这首诗，我们还能找到一组对立关系，那就是故乡风物的美好与人的

“残废的灵魂”之间的对峙。这是否有可能是一种有意的构建？如果确实如此，那“美好”与“残废”之间应当有大致平衡的体量，事实并非如此。“残废的灵魂”压在舱底，也许我们可以揣测李金发的心理：展开它让人颇难为情。

新诗发展早期，诗歌中的对立元素远远不如后来那样普遍。在对立成为一种结构诗歌的潜在意识大行其道之前，它只是一种偶然出现的行为。如赫拉克利特所言，有些是大自然的二元对立在艺术中的折射，它进而固化为人类特有的知识模式，在彼此、对错、是非、黑白、高矮、阴阳、上下、成败等概念框架中被固定下来。当诗人们结构诗歌的时候，这些潜在的知识模式会不由自主地影响诗歌的结构模式，并进而成为耳熟能详的艺术表现手法。我们在第二章第三节提到过冯乃超的诗歌《默》，它展示了从死亡主题到宗教主题的进化过程，这两个主题当然不是对立的关系。但是，诗歌第四节诗人借用了对立：

我听得几句嘎声的讥嘲
老丑的乌鸦飞鸣在树梢
沉红的落叶积满了空寂的心
怎的感谢那无情的胡闹

冯乃超在这首诗中展示死亡降临时大自然的肃穆与静默，前面三节都直接写“默”，第四节以动写静，诗意效果和表现力倍增。这当然很容易让人想到诸如王维的《鸟鸣涧》等名作。有趣的是，《鸟鸣涧》的主题也是展示大自然的静谧中暗藏的禅意。冯乃超构思他的诗作的时候，脑子里没有盘旋过王维的诗句？

对立元素不会永远满足于诗艺本能的迸发，它追求更崇高的地位。无论从哪个角度看，孙大雨的《爱》都是一首杰作。诗歌结尾："为何这世界又平添一层灿烂？/因为我掌中握着生命底权威！"这两行翻转了诗意，构造了一个对立结构：没有爱的世界已经足够美丽，有爱之后，"世界又平添一层灿烂"。这个对立结构与李金发和冯乃超存在质的差异。它是苦心经营的结果。十四行诗的精华往往在后两行，孙大雨把对立结构中的一项在其中亮出来，制造诗意翻转的效果。我们看到的整体效果是：诗歌前面十二行描绘的壮丽庄严与最后两行的"灿烂"形成对立关系，这是一个整体性的对立结构。或者说，对立元素成为诗歌整体性的核心，它是想象力运作的支点。

在这个意义上，我们是否可以说《爱》是比《×》和《默》更成功的作品？这至少是一个非常重要的因素，是我们衡量诗歌艺术价值的一把黄金标尺。且看闻一多的名作《死水》：

这是一沟绝望的死水，
清风吹不起半点漪沦。
不如多扔些破铜烂铁，
爽性泼你的剩菜残羹。

也许铜的要绿成翡翠，
铁罐上锈出几瓣桃花；
再让油腻织一层罗绮，

霉菌给他蒸出些云霞。

让死水酵成一沟绿酒，
漂满了珍珠似的白沫；
小珠们笑声变成大珠，
又被偷酒的花蚊咬破。

那么一沟绝望的死水，
也就夸得上几分鲜明。
如果青蛙耐不住寂寞，
又算死水叫出了歌声。

这是一沟绝望的死水，
这里断不是美的所在，
不如让给丑恶来开垦，
看他造出个什么世界。

《死水》与《爱》有异曲同工之妙，虽然它并不是十四行诗。这首诗每一行的字数和音尺数非常整齐，格律严谨，是典型的新月作品。更妙的是，它刻板得无法松动的形式用来表示“死水”这个主题真是让人叫绝，形式与内容结合得天衣无缝。在整体结构上，它也是一个二元对立结构：眼前的现实的“死水”与那个未曾出场的让人向往的“美的所在”相对立。与《爱》一样，“美的所在”也出现在诗歌结尾，它给诗歌穿上一件整体性的外衣。在以对立元素结构诗歌方面，新月诗人的成就不容小觑。

“死水”的情绪特点是“绝望”，诗人前四节的意象都围绕着这一特点选取，很显然从中能看到法国象征主义美学的影响。闻一多泼墨写“死水”的肮脏、腐朽，用去了十六行，诗歌给人的整体感却很强。孙大雨在《爱》中也是如此，他用去十四行中的十二行写世界壮美磅礴，但是在确立对立元素之后，整首诗的框架结构却十分明晰。“明晰”是整体性强的诗歌一个耀眼的美学特征。无论这条河流多么深邃如何蜿蜒，它都是一眼见底的清澈。对照李金发的《×》，经过前述梳理，这首诗的大意是清楚的，但能否把所有的诗歌元素整合到两个主题上来呢？比如，诗歌最后两行“多少舟楫来往——/夜亦得照着平静下去”，诗人想表达什么意思？如果接前句，诗人似乎想说，疗救灵魂之后的“我们”回到故乡过上了幸福的生活，那最后一行是想象中的幸福故乡还是眼前的留学生涯？我说的不是李金发式的佶屈聱牙，比如用“多么”修饰“舟楫来往”带来的不适——这个前面已经涉及——真正的问题在于诗句逻辑上的松散。同样的问题还存在于其他地方，比如“金秋痛哭”，这与思乡主题的关系同样不明确，这是一个非常模糊的表述。即使把“痛哭”与“残废的灵魂”关联起来，也无法使诗意逻辑变得清晰。这就是诗歌的整体性出了问题。

对立元素还有一个质地问题，就好像衣服。衣服的款式一样，但材料的质地不同，穿在身上也有不一样的观感。诗歌中对立元素的质地由什么决定？诗人的个人气质肯定发挥一定的作用，除此之外则是艺术直觉。传统会同时影响二者。一个显见的例子是卞之琳。他 1934 年翻译了艾略特的重要论文《传统与个人才能》，这一类外来影响改变了卞诗的走向。现在一般认为，1934—1937 年间的创作是卞之琳事业高峰。人们谈论的最多的是此一时期卞诗的“非个人化”或者戏剧性处境（客观化处境），这些照搬过来的术语有某种杯弓蛇影的作用，它们有威慑性——但对于真正的艺术品鉴活动则是隔靴搔痒。卞诗的时段性高峰现象与他的个人气质密不可分，“非个人化”导致真我退场，诗歌中的“你”、“我”、“他”可以随意置换，但更重要的是对立元素那黄金般的质感：

雨同我

“天天下雨，自从你走了。”
“自从你来了，天天下雨。”
两地友人雨，我乐意负责。
第三处没消息，寄一把伞去？

我的忧愁随草绿天涯：
鸟安于巢吗？人安于客枕？
想在天井里盛一只玻璃杯，
明朝看天下雨今夜落几寸。

第一节两行直接引语来自两个朋友，这从三、四两行可以推断得出。这一节对于诗歌整体性的价值在于，它揭示了诗人的现实处境：在旅途中。所以，空行后的“忧愁”就有本可依：诗人试图表达思乡之情吗？这个推测得到了“随草绿天涯”的支持，这五个字化自王安石《泊船瓜洲》中的名句，天下皆知“春风又绿江南岸，明月何时照我还”表达了思乡之情。如果是这样，《雨同我》不可能获得今天这样的知名度。这是卞之琳的幌子。整首诗的重量押在后面一行：“鸟安于巢吗？人安于客枕？”鸟不会安于巢，人更不会安于客枕，这首诗真正揭示的是人在“巢”与“客”之间的两难抉择，这是一个无解的二元对立，它触及了钱钟书《围城》暗示的人生哲理。这样，在思乡之情的假动作之后，《雨同我》抵达了可贵的哲理高度。“忧愁”的内涵历经华丽蜕变。

这是卞之琳的性格，他雅好深思。早在大学时期的习作《记录》就刻画了一个“白日梦”者形象，偶然听到“晚报”的叫卖声把他从沉思中惊醒，才恍悟又过去了一天。在这首诗中，卞之琳没有告诉我们他到底在沉思什么。他总有一种说一半留一半、欲语还休的内向。这在《车站》中表现得很突出。前述诗歌风格转变的同时，卞之琳受到佛教思想的影响，这从有些作品中的用词就可以看出来，如《旧元夜遐思》中的“独醒者”、“屠刀”，《雪》中的“善哉”、“感拜”，《泪》中的“因缘”，《妆台》中的“欢喜”等。佛教基因其实也是卞之琳性格亲近的结果。它赋予诗歌深邃的思想。《雨同我》中的两难处境其根源在于事物的“无常”本质，在某种人生状态中待得太久，无论“巢”还是“客”，这种状态的缺陷就会暴露出来，人们就会感觉腻味。所以，真正赋予二元对立黄金品质的是佛教思想，而不是时鲜的舶来品。

《雨同我》的整体性不像孙大雨的《爱》或者闻一多的《死水》那么明晰，这方面显示出了舶来品的影响。诗歌第一节的戏剧性情境很明显。两个朋友的话像是画外音，后两行则是诗人在舞台中央的独白，独白向下延伸到了第二节。然后一个转折，不经意推出诗歌主题。最后两行“玻璃杯”所测量的其实是“忧愁”的深度，关联着主题。这个整体性没有问题，削弱整体感的是第一节所刻意营造的戏剧性情境。在我们确立“忧愁”的准确内涵之前，这种感觉甚至相当明显。事实上，那是阅读的困境，诗意在朦胧中。其实，卞之琳营造这个情境还有一层深意：无处不在的雨关联着“随草绿天涯”的“忧愁”，二者都广泛而绵密。它在诗意水落石出之后补救了《雨同我》的整体性，虽然仍不足以抵达明晰。

对立元素可以形成嵌套结构，即对立之中包含对立。对于篇幅不甚长的抒情短诗来说，嵌套结构的外层很容易上升为诗歌主题。围绕诗歌主题构造整体性的技巧就有了用武之地。这种诗的整体感通常比较强。请看冯至《十四行集》中的名作《鼠曲草》：

鼠曲草

我常常想到人的一生，
便不由得要向你祈祷。
你一丛白茸茸的小草
不曾辜负了一个名称；

但你躲避着一切名称，
过一个渺小的生活，
不辜负高贵和洁白，
默默地成就你的死生。

一切的形容、一切喧嚣
到你身边，有的就凋落，
有的化成了你的静默：

这是你伟大的骄傲
却在你的否定里完成.
我向你祈祷，为了人生。

冯至二十七首十四行诗内含一个宏观的框架体系，《鼠曲草》是其中第四首。诗人借这首诗直出人生理想，为前三首阐明的歌德“蜕变论”指明演化方向。《十四行集》哲理性极强，《鼠曲草》是其圭臬。冯至提出了两种相互对立的人生，一种崇高而低调，一种卑污而浮躁。这是对立嵌套结构的外层。这两种人生具体内涵在诗歌中通过两组对立项得以明确：第二节中的“高贵”和“渺小”，第三节中的“静默”和“喧嚣”，对立项中的前项代表了诗人的人生理想。这两组对立项是嵌套结构的内层。接下来第四节诗人把这崇高的品性定义为“伟大”，把它的低调定义为自身的“否定”，即伟大而不以伟大自居，才是值得称颂的人生。这样，诗歌在第一节的“起”和最后一节的“合”之间，经由二、三两节通过一个嵌套的对立结构确定主题内涵，整首诗闭合成一个逻辑完整的阐释流程。这个阐释流程统 ·于十四行诗四四三三的经典结构，即诗意的完整性与诗歌形式的完整性充分契合。

为什么说第一节是“起”呢？为了人生向一丛小草祈祷，原因何在？因为它“不曾辜负了一个名称”。冯至曾在一篇散文中如此介绍鼠曲草："这种在欧洲非登上阿尔卑斯山的高处不容易采撷得到的名贵的小草。在这里每逢暮春和初秋却一年两季地开遍了山坡。我爱它那从叶子演变成的，有白色茸毛的花朵，谦虚地掺杂在乱草的中间。但是在这谦虚里没有卑躬，只有纯洁，没有矜持，只有坚强。……这使我知道，一个小生命是怎样鄙弃了一切浮夸，孑然一身担当着一个大宇宙。"[1] 在冯至的价值预设中，"鼠曲草"并不像名字听起来那样卑微，而是一种"名贵的小草"，这天生的名贵象征了人的"伟大"。所以，"不曾辜负了一个名称"是总起，《鼠曲草》存在一个围绕主题的总—分—总结构。它的整体性艺术不是单一的。

进入当代之后，中国新诗现代性的脚步陷入停滞，一直到朦胧诗出现才打破沉寂。朦胧诗人北岛（这个概念与风格转型之后的北岛相对）高分贝、震撼人心的诗作是对立元素支撑起来的。比如《回答》中的"卑鄙（者）"和"高尚（者）"、审判者（"我"）和被审判者（隐藏未现）、"世界"与"挑战者"，《界限》中此岸（隐藏未现）和"对岸"、"我"和"野鸽"，《彗星》中"回来"和"走开"、"石像"和"我们"、"黑暗"和"早晨"、"摈弃"和"沉溺"……我们来看《宣告——献给遇罗克》：

宣告——献给遇罗克

也许最后的时刻到了

[1] 冯至：《一个消逝了的山村》，《十四行集：冯至代表作》，华夏出版社，2011 年，第 165 页。

我没有留下遗嘱
只留下笔，给我的母亲
我并不是英雄
在没有英雄的年代里
我只想做一个人

宁静的地平线
分开了生者和死者的行列
我只能选择天空
决不跪在地上
以显出刽子手们的高大
好阻挡那自由的风

从星星的弹孔里
将流出血红的黎明

粗粗一看，这首诗的对立项包括："生者"和"死者"，"英雄"和"一个人"（喻指普通人），"我"和"刽子手"，"天空"和"地上"，"自由"和"不自由"（隐藏未现），"黎明"和黑夜（通过"星星"暗示）。每个二元项中，与"我"有关的是："我"即将成为"死者"，"我"只想做"一个人"，"我"选择"天空"，"我"向往自由，"我"在黑夜死去。二元项中的另一项则是"我"的对立面。对立项与对立项之间看起来没有什么关系，但它们都是围绕着"我"来构造的，"我"是所有对立元素凝聚的核心，这就是诗歌的整体性。北岛对朦胧期诗作颇为不满，他的不满指向言说姿态，而并不是以整体性为核心的诗歌艺术。事实上，朦胧诗人北岛已经表现出强健而灵动的想象力。

把自己置身于一个想象中的群体的对立面，是《宣告》如此丰富的对立性的根源。“文革”后的时代氛围给知识青年预设了启蒙者的角色，呼唤对立的情绪。也许对立情绪是人的一种本能，在它的催动下，小草甚至能与土地对立：“绿色的火焰在草上摇曳，/他渴求着拥抱你，花朵。/反抗着土地”。穆旦的《春》其实在描写情欲，向往与离开轻而易举激化为爱与恨，有多么强烈的爱就能培育同样能量的恨。如果用正值和负值标示两种能量，这里同样遵循能量守恒定律。《宣告》所有对立项中的一项可以归结到“我”之下，同样，另一项可以归结给那个想象中的对立面群体。这是诗歌整体性的必然要求。很显然，这也是对立元素的嵌套结构。“我”和想象中的群体构成外层对立结构，前述丰富的对立项构成内层结构。北岛此类诗歌都可以这样分析。曾经让冯至大放异彩的对立的嵌套结构成为常规操作。

再回过头去阅读《宣告》，“宁静的地平线”就能获得额外的意义补偿。它不仅分隔“生者和死者”，也是所有对立项的前项与后项的分割线，无论外层还是内层。刚才已经说过，对立的能量来自时代的预设，它不会永远存在。当地平线变得模糊，小草反抗的力量就会坍塌。无论当初的姿态激烈看起来多么难以调和，有一个事实毋庸置疑：小草扎根于土地之中。八十年代之后，朦胧诗的对立性迅速消解，作为一个诗歌流派它失去了继续存在的能量。

相比于北岛，顾城诗歌中的对立元素更普遍。“童话诗人”的称号指向思维逻辑和语言特色，而不是言说姿态。据顾城自述，“文革”中长大的他小时候有失语症，他不会说其他孩子惯常的话，也无法与成年人交流。有一次一群鸟落在他周围，热烈地向他诉说，他好像听懂了。“它们好像已经告诉了我什么，然后飞走了，大地掀动了一下。我聋了，天地万物洋溢着另一种语言。”[1] 这种神奇的事情不能完全当作呓语。徐訏的小说《鸟语》就描写了一个这样的女孩子，与顾城非常相似。顾城诗的童稚色彩很难模仿，画虎画皮难画骨。语言风格或许可以相似，但运行在诗行间的思维逻辑轻易暴露真相。朦胧诗人的时代预设和自身性格特质形成合力，造就了顾城诗独具特色的对立世界。比如《一代人》：

黑夜给了我黑色的眼睛
我却用它寻找光明

这首只有两行的诗作几乎成了早期顾城的代名词。“黑夜”与“光明”的对峙是诗歌主题，也是结构整体性的主要依据。亮点在第一行。其实，“黑夜”与“黑色的眼睛”的逻辑关联远远没有看起来那么通透明亮，但是顾城举重若轻。这首诗很容易让人想起洛尔迦的《哑孩子》，一个失去了声音的孩子寻找的姿态与顾城如出一辙：“在一滴水中/孩子在找寻他的声音”。顾城的失语症与失去声音的孩子有没有内在关联？他是洛尔迦的推崇者。“文革”结束后，知

[1] 顾城：《这一瞬间破译出全部飞翔的奥秘》，《顾城作品》，长江文艺出版社，2012年，第331页。

识青年普遍迷茫，“寻找”是时代预设的主题之一。在顾城那，除此之外，我们还能看见清晰的个人印记，如《指北针》：

指北针

我有过一个指北针
我用他换了一把刀
刀子不算太大
却砍倒过无数野草

后来，我就做梦
梦见在森林里迷了方向
走呵走，越走树越密
多大的刀也砍不光

我知道家在北边
但不知道北边在哪儿
这时多想那个指北针
把我一下带回家

我醒了，真算幸运
又能去换回指北针
以后我可以安心地睡觉
再不害怕会丢在梦里

从朦胧诗立场解读《指北针》难度不大。“指北针”和“刀”之间存在对立关系。“梦”可以映射到“文革”，“刀”则暗示暴力。“刀”无法提供出路，暴力解决不了问题。关键时刻还得依靠“指北针”，“把我一下带回家”，把国家民族从“文革”困境中解救出来。《指北针》的篇幅比《一代人》长得多，它不会只有一种整体性。比如这首诗还有一个非常明显的逻辑关系整体性：从“在森林里迷了方向”到最后找到回家的路，正是这个整体性暴露了顾城“童话诗人”的身份：“迷路”显得孩子气十足。就这首诗的整体性而言，朦胧诗立场和诗人的性格气质相互缠绕，共同发挥作用。

这就是顾城诗歌对立元素的意义双轨机制。以《指北针》为例，“指北针”和“刀”之间的对立存在于文本之中，是显在的。“刀”无法帮助迷路的我走出困境，最后求助于“指北针”解决问题。这是一个儿童视角的叙事，是顾城“童话诗人”身份制造的诗歌文本。这首诗还有一组潜在的对立元素，它们产自“指北针”和“刀”各自的喻意，放在“文革”之后的文学环境中，“刀”暗示暴力，“指北针”象征理性。这两个喻意都没有直接出现在的文本中，它们潜藏在文本之下。这是顾城朦胧诗人身份制造的诗歌的象征意义。新诗诞生之初，对立元素的意义双轨机制很不明显。随着象征主义日益显达，暗示成为最重要的表现手法，意义双轨现象就很普遍了。意象的暗示能和象征意义对我们来说并不陌生，但是对立元素的意义双轨机制情况就要复杂一些。它经常直接参与构建诗歌的整体性。顾城很多诗作中的对立元素，如《远和近》《错过》《小巷》《感觉》《昨天，像黑色的蛇》等都有明显的意义双轨现象，都可作为分析的典型文本。

早期海子留下了一些主题宏大、色彩明亮的诗歌，这些作品中的对立项相对稀薄。对立元素总是伴随着阴郁和痛苦的情绪。海子一生仅有三篇日记传世，写于1986年11月18日的第二篇提到他自杀未遂。“也是由此开始，海子那种有着深刻生命感伤和暴力性的精神烈焰，便触目地出现在他的诗歌中。”[1] 他早期诗歌中的温暖清澈被尖锐的对峙一扫而光。年轻诗人的痛苦是多方面的。初恋失败、现代性焦虑、死亡情结，每一样看起来都包含致死的能量。有些人认为海子诗歌没有现代性，这明显与事实不符。他将俄罗斯诗人叶赛宁引为知己，主要因为他俩都来自农村，对田园生活无限神往，对城市和现代性充满恐惧。海子此类诗歌中，农村与城市的对立触目可见。海子长诗《太阳·土地篇》有一个题记：“土地死去了，用欲望能代替他吗?”[2] 此诗第十二章：“现代人一只焦黄的老虎/我们已丧失了土地/替代土地的是一种短暂而抽搐的欲望/肤浅的积木玩具般的欲望”。[3] 积累“抽搐的欲望”和“玩具般的欲望”的地方当然就是城市。第二章分析过海子的《西藏》，为方便起见，这里再录一次。传统与现代的对峙是这首诗的主题。

西藏

西藏，一块孤独的石头坐满整个天空

[1] 燎原：《海子评传》，作家出版社，2016年，第146页。
[2] 海子：《海子诗全集》，作家出版社，2009年，第642页。
[3] 海子：《海子诗全集》，作家出版社，2009年，第726页。

没有任何夜晚能使我沉睡
没有任何黎明能使我醒来

一块孤独的石头坐满整个天空
他说：在这一千年里我只热爱我自己

一块孤独的石头坐满整个天空
没有任何泪水使我变成花朵
没有任何国王使我变成王座

这首诗的整体性是多方面的。海子喜欢复沓诗句制造反复吟诵的效果，“一块孤独的石头坐满整个天空”出现三次，占去全诗篇幅的八分之三。“没有任何夜晚能使我沉睡”及其类似句式出现了四次。从诗歌宏观结构来看，除去第一行，剩下的七行以第五行为对称轴形成对称结构。这都是参与建构整体性的重要因素。此外则是诗意方面的对立元素，“一块孤独的石头”极为形象出色地概括了西藏的特点：坚守自己的传统，不被外界所改变，其底色就是传统与现代的对峙。整首诗歌的意象都围绕这个主题选取，句式斩钉截铁，不容置疑。这首诗看起来就像是天空下“一块孤独的石头”：囫囵，完整，光洁，牢不可破。

综合以上论述，有几个要点值得总结。第一，整体性是衡量诗歌价值的一个要素。大致而言，百年新诗的发展历史，诗歌整体性逐渐增强，结构整体性的手段逐渐多样化。整体性是新诗审美效果不可替代不可或缺的组成部分。第二，对立元素是结构新诗整体性的重要手段。新诗发展初期，比如早期象征主义诗人对对立元素的重要性没有形成自觉意识，他们从自然中的对立受到启发或者仅凭艺术直觉，自发地在诗歌中注入对立元素。与此相应，部分诗作在结构和意象集成方面显得涣散。但是，中国新诗发展迅速，诗人们从中外诗歌艺术中汲取营养，尤其是西方现代诗歌带来巨大启发，卞之琳、冯至、穆旦等人的艺术佳作都显示出极强的整体性，对立元素在其中发挥了重要作用。新时期以来，时代氛围和现代性进程成为结构对立项的重要因素，诗人个性在诗歌的整体性中留下了清晰的印记。第三，很多现代诗人对诗歌中的对立元素及其重要性有自觉意识，但纵观其创作生涯，对立元素的浓度并不均匀。北岛朦胧诗时期作品中，对立元素在结构诗歌整体性方面起主导作用，转型之后，对立性大大减弱。当然，不能说北岛诗歌的艺术价值因此削减，事实上，这是时代因素不再制约诗人创作的必然结果。顾城也有一个类似的转变过程。海子的变化取向则相反，他早期诗歌对立元素相对较少，后来因为思想日益成熟，现代性体认加深，加之个人感情遭遇挫折，改变了对立元素的浓度。这些都是值得继续研究的课题。

第二节　对立元素的对峙与运动

上一节在百年新诗史的背景中探讨了诗歌中的对立元素，我们看到，对立元素在构建诗歌整体性时确实发挥了重要作用。在选择诗歌案例的时候，笔者主要选取对立项处于静态对峙的文本，但这远远不能覆盖所有情况。事实上，诗歌中的许多对立项都表现出运动的渴欲，或者已经处于激烈的运动进程中，或者刚刚结束运动而达到新的平衡状态。运动性是诗歌对立元素的重要特性，它必然也会影响诗歌整体性构成。本节主要讨论这个问题。与上节不同，这次我们聚焦于海子诗歌，以一位代表诗人考察对立元素的对峙与运动。

一、海子爱情诗中的对立元素

海子钟情爱情题材，对立性却不会光顾所有此类诗篇，他早期诗歌中对立元素相对稀薄。他在尝试、寻找自己的诗歌主题和表达方式。有些诗歌很明显有模仿顾城的痕迹，比如《春天的夜晚和早晨》《农耕民族》《村庄》等。乡村、自然意象弥漫在诗行中，散发出廉价的生态环保气息。开端美好的爱情成了歌咏的主要对象，才子佳人式的《爱情故事》走向高潮，海子甚至幻想起《海上婚礼》，《活在珍贵的人间》，“爱情和雨水一样幸福”[1]。这时候的幸福真材实料。“幸福”向痛苦运动最终成为死亡的代名词始于两年之后。1984 年 7 月，海子满怀喜悦写下了《新娘》，在海子诗歌生涯中，这首小诗不应当默默无闻。“故乡的小木屋、筷子、一缸清水/和以后许许多多日子/许许多多告别/被你照耀”[2]。混沌甚至略显弱智的温暖麻醉中，源自现实的二元对立几乎没有生存空间。“一缸清水”容不下杂质。

---

[1] 海子:《海子诗全集》，作家出版社，2009 年，第 61 页。
[2] 海子:《海子诗全集》，作家出版社，2009 年，第 7 页。

1983年海子北京大学法律专业毕业后到中国政法大学工作，女友是政法大学八三级学生，《海子评传》作者燎原认为两人应该在1984年秋季建立了恋爱关系[1]，从诗歌来看，时间可能要略早一些。这段恋情大约持续了两年。海子一生仅有三篇日记传世，第一篇记于1986年8月，第二篇写于1986年11月18日，其中提到他自杀未遂。这是海子诗歌风格发生巨大变化的时期，“也是由此开始，海子那种有着深刻生命感伤和暴力性的精神烈焰，便触目地出现在他的诗歌中。”[2]早期诗歌中的温暖清澈被尖锐的对立一扫而空。爱情仍有可能成为歌咏的主题，但方式迥异。如写于1987年10月的《石头的病》[3]。“石头的病”是一种陌生化表达，只能取其喻意。“如果石头健康/如果石头不再生病”，健康与生病二元对立。“看见美丽的你/石头竞相生病/我身上一块又一块/全部生病——全变成了柔弱的心/不堪一击”，诗人的意思是，爱情使坚硬的石头变得柔弱，这才是围绕诗歌主要意象而构建的对立，从坚硬向柔弱运动。坚硬是石头的天然属性，“柔弱”是其对立面，看起来不可能与石头有关。但通过这种与认知常识看似矛盾的表达，诗人歌颂了爱情的力量。对立元素制造的悖论不仅无损，反而加强了诗歌的整体性。

写于四川达县的《雨鞋》[4]关联着海子另一段爱情。他在诗中表达了两种相反的愿望：将一段感情化为灰烬——永远保存下

[1] 燎原：《海子评传》，作家出版社，2016年，第138页。
[2] 燎原：《海子评传》，作家出版社，2016年，第146页。
[3] 海子：《海子诗全集》，作家出版社，2009年，第354页。
[4] 海子：《海子诗全集》，作家出版社，2009年，第334页。

来。这段感情曾经很热烈，“就像火走在柴中”。但现在海子希望它熄灭。熄灭爱情也是此前不久另一首诗的主题：《七月不远》[1]。在其中海子形容自己食用了带毒的野花，他四处寻找解药：“青海湖，请熄灭我的爱情!”海子诗歌句末极少用标点，此处感叹号表达了强烈的吁请。为什么要杀死曾经美好、热烈的爱情呢？《七月不远》起首两句：“七月不远/性别的诞生不远”，1985年7月海子携初恋女友到北戴河游玩，留有相片，看起来相当快乐。“七月”从此成为具有特殊含义的时间标记。在海子潜意识中，他与初恋女友是有婚姻的，很多诗都表明这一点，比如《新娘》《海上婚礼》等。即使在表明感情危机的作品《得不到你》中，他依然把女友称为“妻子”[2]。《七月不远》要扑灭的是初恋的火焰，因为它还在制造痛苦。《雨鞋》要熄灭的则是新生的爱情。但海子并不将其弃之如敝履。他郑重保存为新女友写下的诗歌和见证爱情的书信，“我则把这些温暖的灰烬/把这些信塞进一双小雨鞋/让她们沉睡千年/梦见洪水和大雨”。“小雨鞋”有可能是那个女子的，《雨鞋》第一句透露了这个信息：“我的双脚在你之中”。在海子看来，爱情书信是行走人间的证物——双脚。把人生的一部分永远安放在你的小鞋子中，显然是婚姻之外的另一种永恒。因此，杀死爱情，却使之永恒，看起来对立又共存的两个愿望，却最真实地折射出海子感情上的内在矛盾。

爱情是海子诗歌最重要的主题，爱情与诗歌原无内在矛盾，但

---

[1] 海子：《海子诗全集》，作家出版社，2009年，第200页。
[2] 海子：《海子诗全集》，作家出版社，2009年，第68页。

在《十四行：王冠》[1] 中我们清晰地看到了它们的对立。诗人热爱的女子变成了一棵树，“你既然不能做我的妻子/你一定要成为我的王冠/我将和人间的伟大诗人一同佩戴”。这顶王冠很重，“石头开花”，这个说法可能来自保罗·策兰。爱情与诗歌对立，其中的逻辑让人费解。“秋天的屋顶又苦又香/空中弥漫着一顶王冠/被劈开的月桂和扁桃的苦香”。“被劈开”是海子常用的表达，如《幸福的一日》中有“在劈开了我的秋天/在劈开了我的骨头的秋天”[2]，《春天，十个海子》中有“你被劈开的疼痛在大地弥漫”[3]。这个说法比喻极端的精神痛苦。世人皆爱乐怕苦，海子却有自己的看法，《麦地（或遥远）》：“幸福不是灯火/幸福不能照亮大地/大地遥远　清澈镌刻/痛苦”[4]。对于诗歌来说，痛苦比幸福更有价值。有了这一环，爱情与诗歌的对峙就容易理解了。失去爱情，诗人痛苦，才可能诞生伟大的诗歌，诗歌的王者。海子并非天生有这样的自觉，初恋失败造成的巨大苦痛一点点揭开真理之镜，无常是一切痛苦的根源。海子在 1986 年 11 月 18 日日记中写道：“我一直就预感到今天是一个很大的难关。一生中最艰难、最凶险的关头。我差一点就毁了。两年来的情感和烦闷的枷锁，在这两个星期（尤其是前一个星期）以充分显露的死神的面貌出现。我差一点自杀……”，“他看到人生是一场无休、无歇、无情的战斗……幸福与爱情只是

[1] 海子：《海子诗全集》，作家出版社，2009 年，第 418 页。
[2] 海子：《海子诗全集》，作家出版社，2009 年，第 414 页。
[3] 海子：《海子诗全集》，作家出版社，2009 年，第 540 页。
[4] 海子：《海子诗全集》，作家出版社，2009 年，第 410 页。

一时的欺罔，为的是叫你精神解体，自暴自弃。”[1] 看透幸福的无常绝非海子无病呻吟，他几乎付出生命的代价才有此领悟。当然不是说海子以后不会有爱情，只是爱情不再成为灵魂的支点。以这个时间为节点，海子诗歌发生了明显变化。爱情的歌吟比重降低，源自现实的沉痛日益凛冽。

于是，事情就变得相当诡异：为了诗歌和精神的清澈，海子必须保持痛苦；美好的爱情是疗伤圣药，本能地对海子有无限吸引力。但他不能在幸福中走向永恒。初恋情伤也让他从心底产生抵触，不断制造新的痛苦。这种矛盾在《秋日黄昏》[2] 里表现得很突出。这首诗荆棘丛生的对立是矛盾的最好注脚。情绪起于黄昏，黄昏的华美壮烈使人“在心上滚动万寿无疆的言语”，从无限壮美走向无限的时间。但是，主体一旦把自我有限的生命与无限的时间想象关联起来，对立就产生了：“没有谁来应允我/万寿无疆或早夭褴褛”。很显然这是强力诗人的死亡焦虑。海子在这里没有停留多久，他的注意力迁移到眼前的爱情上，矛盾心理抓住了他：“愿有情人终成眷属/愿爱情保持一生/或者相反　极为短暂　匆匆熄灭/愿我从此再不提起”。其实爱情本身未必总制造如此尖锐的对立，非此即彼，非黑即白。也许确实是诗人的纯粹让他只能在刀尖上暴走。面对夕阳，一念即此，痛苦又痉挛性地袭来，第三重对立：“这个黄昏无限痛苦/无限漫长　令人痛不欲生/切开血管/落日殷红”。世人皆知“夕阳无限好，只是近黄昏”，但在海子的感觉中，

[1] 海子：《海子诗全集》，作家出版社，2009 年，第 1029—1030 页。
[2] 海子：《海子诗全集》，作家出版社，2009 年，第 429 页。

因为正经受切开血管般的痛苦，他度秒如年。这两个对立项，作为常识的那一个是隐藏的，诗歌对立艺术的常用手法。如此密集的对立只源于一点，海子爱情人生的内在逻辑矛盾。爱情要么永恒，或者速朽，从痛苦中解脱的强烈愿望驱动想象力以这组对立元素为中心，构造繁复的对立空间，让人震撼。

痛苦是必然。这已经成为海子最醒目的标志。痛苦伴随着强烈的女性崇拜情结上演永不结果的爱情传奇。《一滴水中的黑夜》[1]，这首诗的全部分量就压在这个标题之中。这句话及其衍生结构在全文中五次出现，还不包括标题。诗歌中并没有出现“痛苦”这样的字眼，但“黑夜”放在海子诗歌的阅读惯性中，除了痛苦别无可能。“黑夜”赋予痛苦广大无边、混沌沉重的特点，把这样的痛苦凝聚在水滴那样极小而透亮的身体之中，召唤出置身于星辰大海的神奇体验。很显然，这种力量的秘密就在于极端的对立与反差。对立元素出现在一行诗句而不是整首诗歌中，依然具有决定成败的力量，成为整体性的关键。另外，水在中国文化中象征女性特有的阴柔气质，所以这首诗最后的女性气息一点都不奇怪。我们看到，受难的诗人迷失了自己的性别归属，在母性崇拜的原始记忆里他把自己驱赶到女性经验之中。“一滴水有她自己的笑容/就像黑夜中闪闪的星星”，痛苦与笑容的对峙散发出奇特的张力，让人感受到女性独有的温暖和惊人的承痛能力。诗歌最后，被母性崇高唤醒的“陌生人”驰骋田野和树林的形象是海子后期诗歌难得一见的希望之光。

---

[1] 海子:《海子诗全集》，作家出版社，2009年，第439页。

二、现代性之殇

现代性是海子诗歌贯穿始终的主题。没有注意到这点，就理解不了海子的诗歌理想："我的诗歌理想是在中国成就一种伟大的集体的诗。我不想成为一名抒情诗人，或一位戏剧诗人，甚至不想成为一名史诗诗人，我只想融合中国的行动，成就一种民族和人类的结合，诗和真理合一的大诗。"[1] 海子在北京大学求学时，中国大地万物复苏，北大向来海纳百川，是新思想交汇碰撞之地。当时"朦胧诗"声名鹊起，强烈的现实指向和批判性不可能不影响海子。如何规划自己的诗歌道路？海子比较中国与西方、传统与现代，做出了明确的选择："比如说，陶渊明和梭罗同时归隐山水，但陶重趣味，梭罗却要对自己的生命和存在本身表示极大的珍惜和关注。这就是我的诗歌理想，应抛弃文人趣味，直接关注生命存在本身。这是中国诗歌的自新之路。"[2] 关注人的价值和生命存在本身，正是现代性的基本特征。海子强烈的现代性愿景与其诗歌创作是一致的。

发表《亚洲铜》[3] 时他第一次启用"海子"作为笔名，这首诗写了改革与保守的对立。第一节写祖父、父亲与我死在同一块土地上，以此表明农耕文明的保守、闭塞。第二节"爱飞翔的鸟"将动感带入诗歌，与"守住野花的手掌和秘密"的青草形成对立。

---

[1] 这句话不见于西川编的《海子诗全集》，但很多研究海子的文献均引用，罗宗强先生对此曾有说明。见罗宗强：《论海子诗中潜流的民族血脉》，《南开学报（哲学社会科学版）》2002 年第 2 期 36 页注释②。

[2] 海子：《海子诗全集》，作家出版社，2009 年，第 1047 页。

[3] 海子：《海子诗全集》，作家出版社，2009 年，第 3 页。

“淹没一切的是海水”，黄土地与海水的对立显然回应二十世纪八十年代大陆思想界“黄色文明”与“蓝色文明”之争。第三节屈原出场，自戕的改革者在沙滩上留下白鞋子：“让我们——我们和河流一起，穿上它吧”显示出运动的渴望，渴望变革，像屈原那样。这首诗对立项很丰富，但都围绕着改革与保守这个时代主题构造意象，整体感较强。

《亚洲铜》中的对立在1985年6月再现，《明天醒来我会在哪一只鞋子里》[1]。诗人小心翼翼降生人世，四肢手足俱全，不幸在于自己是历史的创造物：“我不声不响地带来自己这个包袱/尽管我不喜爱自己/但我还是悄悄打开。”他因此咒骂造物：“老不死的地球你好”。传统的力量禁锢着每一个人，“我以前睡在黑暗的壳里/我的脑袋就是我的边疆……或者我的脑袋是一只猫/安放在肩膀上”。到此为止，诗歌是静止的。但最后一节显示出强烈的运动渴欲：“我不能放弃幸福/或相反/我以痛苦为生/埋葬半截”。“幸福”之路在于摆脱这个诞生的地球，甩掉与生俱来的“包袱”。“痛苦”则是继续“睡在黑暗的壳里”。“幸福”与“痛苦”不能共存。很显然这就是标题：两只鞋，选择一只。

飞翔是海子诗歌非常瞩目的一个主题，飞翔的能量来自对民族血液黑暗基因的清醒自觉。《黎明：一首小诗》[2]对立元素非常明显，运动的渴欲成为现实：“我挣脱一只刻划麦穗的陶罐”，飞向天空和太阳。“陶罐”与天空和太阳对立。“陶罐”是双关语，形象上

[1] 海子：《海子诗全集》，作家出版社，2009年，第98页。

[2] 海子：《海子诗全集》，作家出版社，2009年，第338页。

它呼应第一节末“一只陶罐/或大地的边缘”，圆形地球，从太空看像一只陶罐，泥土质。另一方面，陶瓷与中国在英语中是同一个单词，所以这里“陶罐”与“亚洲铜”同义，“挣脱”则与怀疑、飞离、改革的姿态是一致的。在《水抱屈原》[1]中，同样的表述与运动姿态再现：“我要离开一只平静的水罐/骄傲者的水罐——/”诗歌中诗人打着火把寻找屈原，发现屈原已死，遂绝望于现实，带着对世界的美好祝福走向毁灭，与屈原合一：“水抱屈原是我/如此尸骨难收”。这几首诗中，亚洲铜、陶罐、水罐都指向自我与生俱来的困境，在向对立项的运动中，海子的离开姿态亦如出一辙。

如果说屈原尚隐身历史迷雾中若隐若现，尼采、普希金、叶赛宁等人则更常被海子用来折射现代性图景。如《尼采，你使我想起悲伤的热带》[2]：“一只陶罐上/镌刻一尾鱼/我住在鱼头/你住在鱼尾/我在冰天雪地的酒馆忙于宗教/冻得全身发红/你头发松开，充满情欲和狂暴”，这里“陶罐”代表禁闭的力量：同样被规训，“我”沦落为冰冷的宗教徒，尼采却充满酒神精神，十足反叛者。鱼头鱼尾，分别一目了然。鱼头鱼尾是对立，“我”与尼采禁闭中的精神姿态——冷和热——是更鲜明的对立。第一节为“我”朝对立面的运动灌注了强大的势能。以此为突破口，后面的解读势如破竹。第二节“我的梦之蛇”，蛇还是冰冷之物，与第一节相关，但“悲伤的热带”暗示正从梦中苏醒。第三节写尼采狂暴而天才的反

[1] 海子：《海子诗全集》，作家出版社，2009年，第357页。
[2] 海子：《海子诗全集》，作家出版社，2009年，第366页。

抗，第四节确认前辈的身影，正式皈依："水滴中千万颗乳房/歌唱我的一生/热带是/我的心情"。至此，向对立面的运动就完成了。

海子幻想与伟大诗人比邻而居：《两座村庄》[1]，一座是普希金的，一座是"我"的。但这首诗的对立元素不是普希金和海子。诗歌最后一句可能误导我们："两座村庄隔河而睡/海子的村庄睡得更沉"。这是类比而不是对立。诗歌中的普希金是海子诗歌愿望的自我靠齐。虽然在具体战场上，后辈诗人有杀死前辈的强烈冲动，但这里没有。在"和平与情欲的村庄"，海子"沉默孤独"。为什么呢？"闺女和鱼群的诗人　安睡在雨滴中/是雨滴就会死亡"。普希金只活了 38 岁，死亡对存在的压迫才是产生张力的源泉。所以，第一节海子就写道："村庄母亲昙花一现/村庄母亲美丽绝伦"。村庄的危机来自风："风吹在村庄/风吹在海子的村庄/风吹在村庄的风上/……夜里风大　听风吹在村庄"。复沓结构营造出强烈的压迫感，这是对立面的疯狂运动，不杀死不罢休。乡村死去是中国现代性进程中付出的惨痛代价。大衰落开始于九十年代农村青壮年劳动力外流，海子没有看到。这首诗像一个预言。所以后来欧阳江河才宣布海子和骆一禾死后，"源于乌托邦式的家园、源于土地亲缘关系和收获仪式、具有典型的前工业时代人文特征、主要从原始天赋和怀乡病冲动汲取主题的乡村知识分子写作，此后将难以为继"。[2]

俄罗斯诗人叶赛宁堪称海子的前辈知己，海子为他写下组诗

[1] 海子：《海子诗全集》，作家出版社，2009 年，第 341 页。

[2] 欧阳江河：《1989 年后国内诗歌写作：本土气质、中年特征与知识分子身份》，《如此博学的饥饿——欧阳江河集 1983—2012》，作家出版社，2013 年，第 290 页。

《诗人叶赛宁》[1]，其中包括九首诗歌。他俩有太多相似点：两人都来自农村，倾心田园，对城市和现代性心怀戒备，饱受爱情折磨，年纪轻轻自戕绝世。组诗第一首《诞生》："星日朗朗/野花的村庄/湖水荡漾/野花！/生下诗人"，《两座村庄》中有了海子的村庄和普希金的村庄，如今叶赛宁也有。组诗第7首《浪子旅程》，写叶赛宁离开农村来到城市，城市与农村的二元对立是这首诗的主题。"灯火吹灭我/家乡赶走我/来到酒馆和城市"。叶赛宁设想的生活是师范学校毕业后当一个乡村教师，娶一个农家少女，过简单淳朴的生活。但现代性逼人，事与愿违，诗人来到城市："我仍下到酒馆——俄罗斯船舱底层/啜饮酒杯的边缘/为不幸而凶狠的人们/朗诵放荡疯狂的诗"。海子长诗《太阳·土地篇》有一个题记："土地死去了，用欲望能代替他吗?"[2] 此诗第十二章："现代人一只焦黄的老虎/我们已丧失了土地/替代土地的是一种短暂而抽搐的欲望/肤浅的积木玩具般的欲望"。[3] 积累"抽搐的欲望"和"玩具般的欲望"的地方叫"城市"。海子写下这些诗行的时候，欲望刚刚睁开眼睛。如今，他已经膨胀为在柏油马路上咆哮的疯汉。

叶赛宁厌倦都市倾心农村是与海子重要的契合点。但现代性的洪流裹挟着所有人一路狂奔，小小诗人如何逆潮流而动？越是在现实中无力，海子就越渴望遇见精神上的同道。他在《重建家园》[4] 里直接表明了回到农村的渴望。有些人认为这首诗的主题是物质与

[1] 海子：《海子诗全集》，作家出版社，2009年，第377页。
[2] 海子：《海子诗全集》，作家出版社，2009年，第642页。
[3] 海子：《海子诗全集》，作家出版社，2009年，第726页。
[4] 海子：《海子诗全集》，作家出版社，2009年，第415页。

精神的对立，海子试图放弃精神追求回归物质世界。这种误会在诗歌里有迹可循，但与海子的总体追求相悖。海子在诗歌领域自封为王，他视诗歌大于生命，怎么可能放弃精神追求？这首诗真正的对立元素还是农村与城市，说到底，现代性之殇余音不绝。“如果不能带来麦粒/请对诚实的大地/保持缄默和你那幽暗的本性”，“来重建家乡的屋顶”。所谓“重建”，说明原有的已经损毁，什么被损毁了呢？纵观海子诗歌，可能性最大的，当然就是以土地为核心的农耕文明。所以，海子真正想说的是，人们与其在城市运用智慧，不如回到“家园”和“果园”。海子的思维逻辑中容不下冲动，他为此甚至“流下屈辱的泪水”。智慧呢？“生存无须洞察/大地自己呈现”，这才是《重建家园》的精髓。智慧来自大地，离开了大地，就没有智慧，只有欲望和疯狂。可惜诗人在现实中如此孤独，只能借诗歌演绎对立面的逆转。

上一节最后分析了《西藏》[1]，现在我们转换一个角度看这首诗。西藏与外部世界的对峙或许有助于我们思考现代性的永恒难题：传统与现代，如何相处？“西藏，一块孤独的石头坐满整个天空”，“孤独”与“石头”形成的偏正结构中，海子的重点在“石头”而不在“孤独”。石头坚硬、沉重、仿佛永恒般的存在就是西藏最好的象征：“在这一千年里我只热爱我自己”，“没有任何泪水使我变成花朵/没有任何国王使我变成王座”。短短八行，“石头”与“天空”的对峙出现三次。这是一场势均力敌的较量。站在西藏的立场上，也许抵御住现代性的疯狂进攻就是胜利。

---

[1] 海子：《海子诗全集》，作家出版社，2009年，第477页。

和平与战争在历史舞台上交替上演。走向和平或滑入战争，运动不止。《农耕民族》中海子写过“洗洗参加过古代战争的双手”，在《麦地》[1] 中，更浩大的和平降临，人类结束了所有纷争。“收麦这天我和仇人/握手言和……我们各自领着/尼罗河、巴比伦或黄河/的孩子　在河流两岸/在群蜂飞舞的岛屿或平原/洗了手/准备吃饭”，“一共有两个人/穷人和富人/纽约和耶路撒冷/还有我/我们三个人/一同梦到了城市外面的麦地”。尼罗河代表非洲，一直处在动荡和贫穷中。巴比伦在伊拉克，当时正在进行旷日持久的两伊战争，前后造成百万人伤亡。写下这些文字时海子正在热恋，他幻想地球所有纷争全都止息，爱情温暖的光辉照耀全人类。这么幸福纯粹的文字，在海子后来诗歌中十分罕见。

以人本主义代替神本主义为现代性赢得巨大声誉，但现代性召唤出来的大写的人被自身的欲望和世俗本性解构掉了。这无疑是现代性最大的难题。海子《九月》[2] 为我们描绘了世俗性向神性的进攻。“目击众神死亡的草原上野花一片”，似乎担心我们没有看懂这句“咒语”的逻辑关系，海子在第二节开头重复一遍：“远方只有在死亡中凝聚野花一片”，确实，逻辑关系明确多了，深刻尖锐的对峙如山峰般明朗：神性之死成全了世俗价值，象征世俗的野花把众神的尸体变成了自己的沃土。深刻领受的诗人在马头琴苍凉悲壮、高亢婉转的琴声中黯然离去。

有些人认为海子没写过现代诗。说海子不是一个纯粹的现代诗

---

[1] 海子：《海子诗全集》，作家出版社，2009 年，第 116 页。
[2] 海子：《海子诗全集》，作家出版社，2009 年，第 205 页。

人可以商榷，但不能说他没写过现代诗，更不能说“海子缺少历史和现实的关怀”[1]。很明显，他有强烈的现代意识，而且将之表现在诗歌中，比如上述诗作。与中国当代其他诗人相比，这些思考并不显得落伍，有些甚至有强烈的预见性。海子没写过现代诗是一种错觉，造成这误解的原因，以下两方面值得一提。一是海子诗歌中的农耕意识，人们认为这个与现代性对立，这方面有很多人研究，不赘述。第二是海子的痛苦。他被劈开的痛苦有相当一部分来自爱情。描写爱情的幸福或痛苦的诗作，从数量来说远远超过表现其现代意识的作品。这样，后者就处于被遮蔽的状态。除了早期诗作，海子诗歌中的现代性体验经常与他的人生痛感相互缠绕，其心理性状并不纯净。比如《九月》，神性死亡的虚无感伴随并加剧了爱情失败的痛苦经验。

三、死亡焦虑

爱情和现代性无法涵盖海子全部痛苦，这个笑容纯净的诗人就像哈尔遭受重创的城堡，仍能向前移动，零件却散落一地。孤独、丰收、记忆深处爱人的倔强身影以及浓重的死亡焦虑，这些都是产生对立的温床。

《在昌平的孤独》[2] 对立元素让人窒息，如鱼筐中的泉水与泉水，猎鹿人与鹿王，火苗与水。这些对立元素的作用在于呈现诗人的生存与精神状态。鱼筐中的泉水与整体流动着的泉水既隔离又联

---

[1] 西渡：《圣书上卷与圣书下卷——海子、骆一禾诗歌的同与异》，《文学评论》2012 年第 6 期。

[2] 海子：《海子诗全集》，作家出版社，2009 年，第 125 页。

系，鱼筐放在水中是一个相对独立的空间，提起来却一无所有。海子当时在昌平生活在北京工作，他与北京甚至整体的生活就是这样的关系。这个比喻揭示了一种空间上的对立关系。除此之外，第二节以猎取鹿王的猎鹿人自喻，说的是海子的诗歌理想，很有王者气息。海子说："我有三种幸福：诗歌、王位、太阳"[1]，诗歌的王者是海子的自我期许。这无疑是孤独的。第三节海子提到了中国诗人的诗歌传统，即诗经和楚辞，这个传统很高贵，是"柏木之舟"。可惜乘舟者因爱情失败而覆亡，火苗沉到水底，最后落得两手空空（第四节）。三组对立关系暴露了海子的生存状态与诗歌追求上的深刻孤独。孤独是这首诗的主题，为了表现这个主题，海子在前三节构造了三组对立项，它们构成了诗歌的主体，是整体性的根基。诗歌的意象是发散的，鱼筐、猎鹿人、柏木之舟，看起来相距遥远，但站在对立的角度看，又有极强的凝聚性。主题和对立元素都是构造整体性的方式，它们相互缠绕，离开了对立元素，主题就失去了依托。

海子的痛苦是世俗难以理解的，看起来明净的天空下有时候突然浓烟滚滚。《麦地（或遥远）》[2]的力量来自丰收后的麦地与痛苦灵魂之间的奇特对峙。诗歌开篇就在两极间摇摆，摇摆两次："发自内心的困扰　饱含麦粒的麦地/内心暴烈/麦粒在手上缠绕"，困扰—丰收—暴烈—丰收，情绪与现实的落差。第一行一个长句，一轮缓慢的回旋；二、三行变成短句，节奏加快，"暴烈"确认情

[1] 海子：《海子诗全集》，作家出版社，2009年，第444页。
[2] 海子：《海子诗全集》，作家出版社，2009年，第410页。

绪浓度的变化，对峙更尖锐，无法逃避。第二节：“麦粒　大地的裸露/大地的裸露　在家乡多孤独/坐在麦地上忘却粮仓　歉收或充盈的痛苦”，“痛苦”是情绪变化的终点，情绪调色板从光明以来的变化，抵达终极的黑色而不可再加深。为什么丰收会引发痛苦？“大地的裸露”重复出现，这就是答案。丰收后失去了麦子的陪伴引发孤独，孤独中想象远方，点燃痛苦。

这痛苦甚至无法让现代性背锅，它超越时代。海子同一时期有另一首诗，《五月的麦地》[1]，再一次揭开了他的孤独。他坐在麦地，幻想全世界的诗人兄弟从四面八方涌来，大家“背诵各自的诗歌/要在麦地里拥抱”。淳朴稚拙的友爱氛围从幻想中烟消云散后，“有时我孤独一人坐下/在五月的麦地　梦想众兄弟/……让大地上布满哀伤的村庄”。丰收无法解除孤独，因为孤独不是物质性的。它是命运：没有任何一个国度、任何一个时代能从东南西北涌现诗人兄弟。八十年代不行，现在更荒凉。

初恋结束后，爱情的足迹都成为痛苦的回忆。七月的特殊含义前已述及，1987 年 7 月，海子写下《眺望北方》[2]。1988 年 7 月，他重游北戴河，却没有了女友的陪伴。七月变成了一个深渊，在《眺望北方》里出现六次。这首诗分明可以看到诗人的分裂，其实是海子的本我与超我的对立。以“明天，明天起来后我要重新做人”为界，诗歌前后两部分分别描写本我和超我的活动。本我在爱欲的世界里沉浸难以自拔，“在岩石上凿出窗户”，为了“眺望北

[1] 海子：《海子诗全集》，作家出版社，2009 年，第 409 页。
[2] 海子：《海子诗全集》，作家出版社，2009 年，第 441 页。

方”，结果眼睛弄瞎了，双目失明还不罢休，“却用火热的嘴唇来眺望/用头颅上鲜红的嘴唇眺望北方”。火热或鲜红的嘴唇显然就是本我的欲望与冲动，这是生命本能。分界线之后诗人决定重新做人，“然后放弃爱情的王位/去做铁石心肠的船长”。这反映出超我的理性原则。本我与超我的对立需要自我来调节，这就是诗歌最后一节。铁石心肠周游世界的船长并没有完全摆脱痛苦：“我的七月萦绕着我，像那条爱我的孤单的蛇/——她将在痛楚苦涩的海水里度过一生”。《眺望北方》与弗洛伊德的人格结构理论有清楚的对位关系，本我、自我、超我的对立与调节关系自然而然构成了诗歌的整体性框架。

如果说《眺望远方》里自我的痛苦还有预言性质，那么到了《远方》[1]，痛苦与绝望就完全兑现了，远航没有解决问题。“远方除了遥远一无所有”彻底戳穿了“诗和远方”的浪漫谎言。这首诗有显在的对立元素，如幸福与痛苦；也有隐含的对立元素，如“远方除了遥远一无所有”暗示了曾经的希望。诗人希望到远方寻找寄托，如今这希望破灭。从希望到绝望，对立元素的运动已经完成，诗歌停留在一极上静止了。如果仅止于此，这首诗写完第三节就可以结束。第四、五节非常突兀：“这时　石头/飞到我身边//石头　长出血/石头　长出　七姐妹”。海子以前的诗歌《石头的病》里石头指恋爱的诗人，“七姐妹”显然就是以前的恋人。于是，痛苦而真实的一幕出现了：诗人走到远方，依然无法摆脱爱人的形象。接下来，由“那”和“这”引导的对立关系巧妙地置换了时空结构和

[1] 海子：《海子诗全集》，作家出版社，2009年，第471页。

幸福指向："那时我在远方/那时我自由而贫穷//这些不能触摸的姐妹/这些不能触摸的 血/这些不能触摸的 远方的幸福"，远走西藏的诗人无疑已经抵达远方，但"一无所有"和"贫穷"否决了远方的存在意义。而诗人所来之处， "这"——如今的"远方"——才是"幸福"所在，那里有复活石头的"姐妹"和"血"。这个吊诡的转向把诗人在远方重新压回痛苦的胶囊。

与强力前辈诗人的竞争意识滋生焦虑情绪，这是另一类型的死亡，被已死之人杀死。海子写过一些里尔克的同题诗歌，如《天鹅》《秋》。这些诗作连主题也与被模仿者一样。海子受伤的天鹅与里尔克优雅游行水面忘记飞翔的天鹅，最后都归结到死亡的迫近。海子有两首以"秋"为题的诗歌，立意也与里尔克的传世名作相同。追求不朽的意志与死亡尖锐对峙，死亡是进攻者。其中之一："谁的声音能抵达秋之子夜 长久喧响/掩盖我们横陈于地的骸骨"[1]，"声音"显然是诗歌的代名词，"骸骨"代表死亡，"抵达秋之子夜 长久喧响"则逆转了死亡的进攻，露骨地宣示胜利。比较而言，里尔克含蓄一些。海子迷信天才短命[2]，二十二岁的诗人创造传世之作、击溃死亡的焦虑肉眼可见："动物般的恐惧充塞着我们的诗歌"。

丰收的麦地再三拷问，诗人退无可退，无奈给出《答复》[3]。"我则站在你痛苦质问的中心/被你灼伤/我站在太阳 痛苦的芒上"，麦地与诗人对峙，直出"质问"，如同太阳无法对视的光芒。

[1] 海子：《海子诗全集》，作家出版社，2009 年，第 423 页。
[2] 西川：《死亡后记》，《海子诗全集》，作家出版社，2009 年，第 1158 页。
[3] 海子：《海子诗全集》，作家出版社，2009 年，第 413 页。

麦地咄咄逼人的姿态超越过往任何时刻。“麦地/神秘的质问者啊//当我痛苦地站在你面前……”被逼问几无立锥之地的诗人仓皇落魄，左右四顾而身无长物，“你不能说我一无所有/你不能说我两手空空”。这是放弃所有抵抗、狡辩之后的全面溃败，是浪迹天涯的游子返乡时的落魄和囊空如洗，它甚至比直接说“我一无所有两手空空”更让人撕心裂肺。这痛苦不仅属于海子，诗人大声宣告“麦地啊，人类的痛苦”。太阳照耀，麦地丰收，轮到人类反哺天地时我们却只能攥紧空空的拳头。行文至此，我们就更容易理解《麦地（或遥远）》中海子丰收的痛苦。孤独并不是痛苦触底的深渊，死亡焦虑才是碾压灵魂的绝对重量。

“我走到了人类的尽头”[1]。

1989年1月7日，海子收到初恋女友来信，信中告知，她正办理出国手续，将远赴美国。海子当天写下名作《遥远的路程——十四行献给89年初的雪》[2]。海子写道：“大雪今日为我而下，映照我的肮脏”，“我的灯和酒坛上落满灰尘/而遥远的路程上却干干净净”，肮脏与干净的对立如此瞩目。在海子的经验中，与前女友有关的一切都干净，与自己有关的一切、包括自己都肮脏。因此，“阳光下的大雪刺疼人的眼睛，这是雪地，使人羞愧/一双寂寞的黑眼睛多想大雪一直下到他内部”。被大雪清洗的愿望源自自身的肮脏感，这种感觉深深地折磨着海子。类似描写也出现在爱情幸福的日子，如《日出——见于一个无比幸福的早晨的日出》[3]。这首诗

[1] 海子：《海子诗全集》，作家出版社，2009年，第930页。
[2] 海子：《海子诗全集》，作家出版社，2009年，第502页。
[3] 海子：《海子诗全集》，作家出版社，2009年，第356页。

赞颂对立运动的终结，写得非常辉煌。“在黑暗的尽头/太阳，扶着我站起来”，光明与黑暗的对立在任何诗人那都能驱动诗歌，关键还是在于喻意。此诗最后一行揭开谜底，“她的存在”，“我是一个完全的人我是一个无比幸福的人/我全身的黑暗因太阳升起而解除”。重点在运动发生之前的状态：黑暗。海子认为他被爱情的阳光照耀之前全身黑暗，是自身黑暗而不是处在黑暗之中。也就是说，他认为自己自带黑暗属性。这绝不是取悦情人的戏语。无论阳光解除黑暗还是大雪荡涤肮脏，在诗歌中都转化为运动的倾向。诗人难以名状的本能打破了对立的平衡。

海子自我定义的黑暗属性与肮脏感从何而来？其实看看《亚洲铜》《明天醒来我会在哪一只鞋子里》《九月》等诗就知道了。中华民族在二十世纪经历了两次深刻的自我反省，“五四”是一次，八十年代是另一次。第二次自我荡涤开始的时候，海子躬逢其盛，《亚洲铜》应运而生。在《明天醒来我会在哪一只鞋子里》海子直陈“我不喜爱我自己”[1]，《九月》描绘了世俗性向神性的疯狂进攻。生命最后阶段海子写下《太平洋上的贾宝玉》，“只有这些美好的少女，美好而破碎的世界，旧世界”。女性崇拜情结依然清晰，破碎的旧世界看不到好转的迹象。贾宝玉的名言：女人是水做的，男人是泥做的。当我们联想到他与贾政所代表的传统世界尖锐对峙的时候才恍然领悟：海子对世界、对自我（男性）、对女性的观感如此圆融自洽地统一于贾宝玉这个人身上。莫不成这是海子最后的自我投射？

[1] 海子：《海子诗全集》，作家出版社，2009年，第98页。

如果 1989 年 1 月 7 日之后海子的情绪与创作确实由女友的信件引起，那他脑海里必定无数次翻腾过女友形象和与此有关的一切，如后续诗歌中频繁出现的“太平洋”意象（中美隔太平洋相望）。无论如何，海子至少要在心理上了断此事。我们在诗歌中可以看到一些线索。最后的了断应该是 2 月 23 日写下的《四姐妹》，此前则是《最后一夜和第一日的献诗》[1]，作于 1 月 16 日。心理上把女友排挤出去本身就是一个运动过程：“今夜你的黑头发/是岩石上寂寞的黑夜/牧羊人用雪白的羊群/填满飞机场周围的黑暗”。黑与白的对立如此浩大无边，女友的形象如黑夜一般笼罩大地。但诗人没有放弃，他试图用白色驱除黑色。当然不是“羊群”，而是“大雪”，诗歌第三节。这场雪在《遥远的路程》里出现过。诗歌最后出现了“雪山女神”的意象，“雪山高出天堂”。“天堂”当然与死亡有关，但这里有与白色驱除黑色相对应的对立关系，即用“雪山女神”取代“你”。而且更为巧妙的是，这两者刚好一白（“雪山”）一黑（诗歌中用“黑头发”代指“你”）。于是，两组对立元素的运动同时出现在诗歌中，它们方向一致，彼此呼应。

如今说《面朝大海，春暖花开》[2] 问世，标志着运动中的死亡在精神上抵达了终点，大概不会有人反对。此处要在另一个方向分析这首杰作。海子完全放弃了抵抗，这首诗的言说姿态就是与世界挥手告别。“房子”是这首诗最醒目的意象之一，它的真实含义是坟墓。这在诗歌史上不乏前例，海子自己的诗也有，如《天鹅》：

---

[1] 海子：《海子诗全集》，作家出版社，2009 年，第 546 页。

[2] 海子：《海子诗全集》，作家出版社，2009 年，第 504 页。

“当她们像大雪飞过墓地/大雪中却没有路通向我的房门”。此诗写于 1986 年。《面朝大海，春暖花开》作于 1989 年 1 月 13 日，距离海子逝世还有 72 天。其间他跟死神说了什么？也许秘密就藏在此后那二十多首诗里（有几首不能确定日期）。生与死的对立是这首诗的秘密，但不是全部。第二章第四节曾提到，《面朝大海，春暖花开》最让人骇异的地方在于，死亡的冰冷与言说方式的温暖如此巧妙地融合成为一个整体，就好像冰与火毫无违和感地深入对方。海子一直是深谙诗歌对立艺术的大师，他把最辉煌的篇章留到最后。《面朝大海，春暖花开》绝非等闲平地起波澜，《天鹅》《眺望远方》《日出》《秋日黄昏》等都可以看作前奏。另外，几乎可以肯定地说，艾米莉·狄金森是海子亟欲挑战的伟大前辈，《因为我不能停步等待死神》是《面朝大海，春暖花开》的光辉典范。它们都在相同意义上调用“房子”一词，都用温暖感人的方式谈论人生终极之事。

死亡前的秘密藏在《春天》[1] 里，草稿于 1987 年 7 月，二稿于 1988 年 2 月，定稿于 1989 年 3 月。全诗八十行，事理逻辑脉络清晰，可见此时海子非常清醒，否则不可能驾驭如此篇幅的诗作。诗歌核心事件是诗人抛弃自我走向无我，自我与无我的对立并且向无我运动将浩瀚的篇幅凝聚为一个整体。放下求生意志的海子分明看到人类痛苦的根源，他确定使用了“人类”这个词：“你照亮我们/给我们温暖的生命/但我们不是为你而活着/我们活着只为了自我……/哪儿有我们人类的通道”？“斧子”三次出现，象征人类的

[1] 海子：《海子诗全集》，作家出版社，2009 年，第 529 页。

危机。最终，一切只为自我的人类走向末日，“人类携带妻子/疯狂奔跑四散……/人类破碎”。太阳无私照亮并赐予生命，诗人受到感召而飞升，与“人类”在地面惊慌狼狈形成对照。抵达、进入太阳意味着对立元素的运动尘埃落定，海子甚至告诉我们太阳的质感：“我进入太阳/粗糙而光明”。始于《黎明：一首小诗》向着太阳飞行的崇高姿态与死亡的运动同时抵达终点。

海子诗歌中的对立元素多样而驳杂，这与诗人源自爱情、现代性、孤独、竞争意识和死亡焦虑的强大生命张力休戚相关。海子诗歌传记色彩浓厚，对立元素为解读诗歌另辟蹊径，同时为想象、意会海子丰富的内心世界提供了新的素材。笔者研究的240余首抒情短诗中，半数以上能发现清晰的对立结构。可以断定，从事创作活动时，把对立元素植入诗歌已经内化为海子的诗歌意识。与同时代其他诗人相比，海子这方面很有特点。朦胧诗当然不乏对立元素，那种对立尖锐而单一。单一的对立无论如何激烈，注定不能持久。朦胧诗八二年之后逐渐式微并非偶然，其代表诗人北岛对朦胧诗的问题看得很清楚，“现在如果有人向我提起《回答》，我会觉得惭愧，我对那类的诗基本持否定态度。在某种意义上，它是官方话语的一种回声。那时候我们的写作和革命诗歌关系密切，多是高音调的，用很大的词，带有语言的暴力倾向。我们是从那个时代过来的，没法不受影响，这些年来，我一直在写作中反省，设法摆脱那种话语的影响。”[1] 北岛此后的诗歌转型可以用断裂来形容。海子崛起于朦胧诗衰落之后，但运气似乎不足以解释一切。说到底，还

[1] 翟頔：《中文是我唯一的行李——北岛访谈》，《书城》2003年第2期。

是他强大的生命张力孕育了繁复的对立体系，对立元素辐射出超强的能量场，这正是我们阅读海子诗歌的直观体验。过于单一的对立格局无法容纳他的诗歌才能。

第三节　不在场者

第二章第四节谈论过主题的隐藏与诗歌整体性的实现，在对立元素中，隐藏对立项的一方甚至双方，在诗歌中同样常见。隐藏主题或者对立项都关联着现代诗歌最重要的表现手法：暗示。特拉克尔精通此道，他天启般的暗示让人印象深刻。不妨再次回顾《乌鸦》，生与死的对立是这首诗的主题，它与诗歌的字面价值相距遥远。乌鸦“粗厉”的叫声破空而来，未见鸟影，先闻其声。然后，它们的阴影掠过阴暗的角落和牝鹿，或者停下来歇脚。接下来写田野的沉醉，突然空气中传来腐尸的气味，乌鸦振翅飞走，“空气因情欲而微微颤抖”。诗歌整体性获证通常起于疑情，疑情来自分裂状态的不圆满。求得圆满是人的本能。比如《乌鸦》，这首诗的叙事性一目了然，描写乌鸦声色的部分有内在的事理逻辑关系。它的“嘶鸣”、“掠过”、“阴影”、“歇脚”、“闷闷不乐”、“狂吵一气”、“嗅”、“飞去”、“消失”这一系列的声相动作情绪灌注在诗行中，是构成整体性重要的因素。我们可以统称为叙事性。叙事的事理逻辑天然保证了诗歌的完整性。然而，《乌鸦》毕竟还有很多其他的因素，如田野莫名其妙的沉醉和空气中的情欲，在诗歌主题明晰之前，它们游离在整体之外。这里就产生了疑情。

解读诗歌的困难之处就在于诗歌的主题与整体性的共时性晦暗。“读懂”一首诗看起来分成两个层次：明确主题和厘清整体性。主题没有浮出水面，诗歌各部分必然涣散，无整体性可言，所以主题对整体性有决定作用。反之，整体性没有做到了了分明，每个部分与其他部分的关系幽暗朦胧，主题就会飘忽闪烁，难以钉死。主题与整体性这种共明共暗的关系，使诗歌阅读成为一种摸着石头过河的经验性探寻。也许，这是诗歌的魅力之一。结合本章，最重要的“经验”来自对立元素。它关联着诗歌主题，是主题的承载之物，同时对立元素又与诗歌的整体性密切相关，如我们所看到的。那么，寻找诗歌中的对立项是否可以成为诗歌阅读中的突破口呢？这是穿越共时性晦暗的一个法门。

诗歌肌体的异质性产生疑情，在疑情的推动下读者踏上探寻之旅。有经验的阅读者能嗅到对立元素的气息。海子喜欢在一首诗中反复吟诵某一个关键句，有时候改动一两个字，有时候一字不改。这一风格在他短暂而浩瀚的诗歌生涯中贯穿始终。比如我们多次提到的《西藏》，“一块孤独的石头坐满整个天空”出现三次，石头与天空甚至整个世界的对峙状态就由这句诗托出。重复诗句造成对立性的延宕，阅读过程中很难忽视。再如《秋》：“用我们横陈于地的骸骨/在沙滩上写下：青春。”这一句在第二节变为：“谁的声音能抵达秋之子夜　长久喧响/掩盖我们横陈于地的骸骨”，改动了几个字和句子结构，“我们横陈于地的骸骨”依然非常突出，显然就是生与死的对立，这就很容易把读者引向死亡焦虑。重复出现的诗句通常是对立元素藏身的地方，而且往往关联着诗歌主题。有时候某些句子并没有重复出现，它作为诗歌肌体的一部分，与其他部分也没有明显的耦合关系，却同样可以产生疑情。前述《乌鸦》中田野的沉醉和空气中的情欲就属于此类。这种情况需要更加细致和耐心。异质性的肌体与整体一定有关联的地方，站在诗人的立场来看，这是他的义务。《乌鸦》中与“情欲”关联的，比如“牝鹿”和“女人”，“情欲”与“如痴如醉”本身就有联系。诗歌中还有另外一组与死亡有关的意象，如“腐尸”、“阴暗的角落”、“送葬队列”以及乌鸦在民俗中的象征意义。这两个意象群的整体对立就这样显现出来了。在想象力的整合作用下，看起来异质性的诗歌肌体在一种更为宏观的对立结构中融合成为一个整体。

《乌鸦》的欣赏难度在于以情欲为核心的意象组并不直接与死亡对立，它需要一个转换过程，把情欲转换为蓬勃的生命力才能与死亡建立对立关系。作为诗歌异质性肌体的“情欲”显然并不止有生命力这一个倾斜方向，这就是为难之处。很多诗歌都如此。一些常见的意象在经年累月的考量中会形成阅读惯性，它们沉淀为经验。

围绕着对立元素的整体性困境并非仅止于此。我们先看波德莱尔的《兽尸》。这首诗的字面意义不难理解，叙事性很明显。诗人回忆与爱人（飞白译文）上午逛街时看到的一幕场景：一具兽尸躺在小路拐弯处，恶臭熏人，蛆虫翻涌。一条饿狗怒目而视，等待我们离开后享用“美食”。诗歌主体集中笔力描写这让人呕吐的画面。字面顺畅，并不等于没有疑情，比如，这是一首爱情诗吗？诗歌中多次提到“我的爱”、“爱人”等称呼，甚至也多有对爱人的赞美之词，如“我眼中的星星，我心中的太阳，/你，我的情爱我的天使”，以及“美的皇后”等语。诗歌最后，诗人发出爱的誓言：“我的爱虽然分解，/我永存她神圣的丽质。”即使爱人最后如兽尸一样分解为虚无，神圣的美也将永存。应该说，《兽尸》具足爱情诗需要的必备条件。但问题在于，诗人把爱人与这令人作呕的对象和场景关联起来用意何在？为什么非得用这种方式歌颂爱人和爱情呢？这个疑情在诗歌中是找不到答案的。现在关于这首诗的一般性理解认为，“兽尸”是当时社会丑陋现实的象征，波德莱尔以此挑衅崇尚高雅和惯于粉饰的社会和统治阶层，挑战传统的审美习性。在这个解读体系中，无论波德莱尔最终挑战什么，它都是一个二元对立结构。对立项的一方是丑，另一方是现行社会或传统的审美习性。对立结构中的后项在诗歌中没有出现，但有所“暗示”，如诗歌六、七两节：

它们（指蛆虫，引者注）或降或升，波浪起伏不停，
　　冒着泡沫，汹涌前进；
看来好像兽尸因呼吸而膨胀，
　　在繁殖中继续着生命。

于是这世界散发出仙乐奇幻，
　　如和风习习，流水潺潺，
如簸谷者有节奏地振荡簸箕，
　　把谷粒摇动又翻转。

这两节是理解诗歌主题的关键，它们的对立肉眼可见：现实世界的丑与审美习性中的美分庭抗礼，诗人如此醒目昭彰地推出世界的丑

恶，其目的就是用它来警醒甚至刺痛人们的神经。《兽尸》可否算作爱情诗已经很明显，其实它只是披上了一件情爱的外衣。

突围《兽尸》的解读困境，关键在于找准对立项，对立双方浮出水面各有其困难。赫然出现在路口的兽尸是一个象征之物，它象征着社会、世界中的丑恶部分。对立的另一方更加抽象，它压缩为寥寥数行隐藏在诗歌之中，只能依靠读者凭强健的想象力把它纳入整合的范围。有人用“以丑为美”来概括波德莱尔《恶之花》的美学特征，在我看来，这颇不当。美就是美，丑就是丑，蛆虫涌动的兽尸对谁都是一种恶心感，没有人因此感到愉悦，所以它不可能直接变成美。它真正的美学价值在于，这丑恶之物唤起了读者生命的痛感，人被刺痛后激发了灵性潜能，想象力继而领悟到丑物的象征价值和对立元素的内在张力，这一意义结构如果与读者内在的认知价值取向一致，就会产生强烈的审美愉悦。盯着横在路口的一具兽尸（作者的描写方式就有这种观看效果），就好像凝视社会肌体中的一个毒瘤，它有可能是社会不公或难以容忍的精神疼痛或者其他什么东西，任何一个对此有所领受的人都能从《兽尸》中获得美的享受。但是对于涉世不深的人来说，《兽尸》所激发的，可能更多只是一种惊奇。

隐藏主题和隐藏对立元素如此紧密相关，无论对诗歌创作还是诗歌解读，这都是一个不容忽视的秘密，尤其是现代诗。读者在想象中建构对立元素的努力与挖掘诗歌主题并进而理解整首诗的努力经常成正比。北岛的《宣告——献给遇罗克》存在相当明显的对立：“我只能选择天空/决不跪在地上/以显出刽子手们的高大”，“我（遇罗克）”与“刽子手们”的对立以及这对立的指向，当时读过这首诗的中国人都知道。这种清晰的对立关系决定了理解诗歌主题的难度。“朦胧诗”与其说诗意朦胧难解，不如说它中断了诗歌表达的语言惯性更为准确。相比之下，《兽尸》中的对立关系要“朦胧”得多，与此相应，其诗歌主题的阐释空间就更为宽广深邃。

隐藏对立元素的手段是多样的。最常见的手法，把真正的对立关系隐藏在象征之中。“兽尸”就是一个这样的意象，它有明显的意义指向，这个不在场的意义是对立项的一方。这是隐藏对立单项。也可能用这种方式隐藏对立双方。比如北岛的《无题（小号如尖锐的犁）》：

无题

小号如尖锐的犁
耕种夜：多久
阳光才会破土

多久那聆听者才会
转身，看到我们
多久我们才会
通过努力
成为我们的荣耀

直到谷粒入仓
这思想不属于谁

那有此刻与来世的
落差：巨浪拍岸
我们与青春为邻
听狂暴心跳

在更空旷的地方
睡眠塞满稻草

这首诗大约写于1997年，朦胧诗过去了十几年。这时候北岛诗歌中的对立性已经大为减弱，但有些东西没有变，如诗人启蒙者的姿态。有启蒙者就有被启蒙者，它们结成的二元项取代了早期诗歌中尖锐的政治性对峙。《无题》有一个非常明显的对立元素的嵌套结构。外层的对立结构由吹小号的"我们"与"聆听者"组成，内层包括"尖锐的犁"和被耕种的"夜"。两层对立关系中的前项通过第一行的"如"构成显在的比喻关系。在现实的认知体验中，被耕种的"夜"当然指土地，这一常识在第三节和第四节得到确认："谷粒入仓"和"睡眠塞满稻草"都确认了农耕场景，这似乎在暗示，诗人北岛潜意识中的被启蒙者，其主体是庞大而沉默的农民阶层。这个暗示相当隐晦，通过一个缺席的喻体（用"夜"代替）轻轻一带，然后用两个与土地/农耕相关的意象加以确认。这一策略也许没有其他考虑，仅仅是北岛的创作惯性：即使作为吹奏小号的喻体，他仍然不愿直陈其事。但是无论北岛如何操作这个内层的嵌套，它都不会给理解诗歌增加任何难度：阅读这首诗的难度由外层嵌套决定。"号"在中国文化中具有特殊含义，辛弃疾的"醉里挑灯看剑，梦回吹角连营”将号角与战争相关联，是这一文化的集中体现。在当代历史叙事和政治话语中，“革命的号角”成为一个出现频率相当高的固定搭配。所以对于北岛想象的阅读群体，吹小号的“我们”与“聆听者”的象征意义几乎不需要犹豫就能确定它的内涵，这是真正的对立项，也是诗歌主题。这里涉及诗人假想的阅读群体问题，即使对于诗人北岛来说，时至今日恐怕也难以确定这一假想是有意还是无意——虽然它确实存在。我们看到，外层嵌套和内层嵌套都不直接是诗歌主题，但它们在一系列相当复杂的映射、指向、暗示、偏移运动中，莫不与主题的象征意蕴相关。

并非在理解诗歌主题的难度方面，而仅仅从隐藏对立元素的角度来看，这首《无题》显示了相当繁复的技巧。这印证了后期北岛的努力方向，诗歌更多是一个形式的问题。启蒙者针对被启蒙者的行动——吹号，体现了对立元素的运动，在内层嵌套结构中，这一运动同样可以落到实处，那就是“尖锐的犁”对土地的耕种行为。诗歌后两节诗人展望了启蒙的结果，如聆听者转向我们或者耕种活动获得回报。“巨浪拍岸”和“狂暴心跳”表现号角动人心魄的鼓动力量。这首诗的整体性很高。与双层嵌套的对立元素有关的意象和表达轮流出现，推动了诗歌的发展。

如果诗歌意象与它象征的意义相距遥远，确定对立元素的困难会迅速增加。如策兰《雪的款待》：

雪的款待

你可以充满信心地

用雪来款待我：
每当我与桑树并肩
缓缓穿过夏季，
它最嫩的叶片
尖叫。[1]

"用雪来款待我"难以落到实处。在疑情的推动下，集中力量寻找对立项，似乎也不顺畅，有没有收获？还是有一些，比如"雪"和"夏季"。"雪"一般出现在冬季，冬季可以和"夏季"相对，这是一个突破口，它的价值现在还难以估量。"它最嫩的叶片/尖叫"，"它"就是桑树，"最嫩的叶片"当然就是新生的叶片，为什么"尖叫"呢？这又是一处疑情。六行小诗，粗略扫描一遍，发现了两处疑情，一组对立元素。解读活动停滞下来，再次呼唤想象力。其实想象力已经发挥了作用。比如在寻找对立项的过程中，从"雪"想到"冬季"，这是联想，但是把这一联想的结果与"夏季"综合起来，就是创造性想象的锋芒。没有想象，我们无法创建任何对立关系。想象的综合能力把诗歌中显存的和隐藏的元素统一起来，置于对立结构之中。

回到停滞的地方，停滞的原因在于隐藏。不穷尽诗歌元素之间的关联，阅读就无法走出泥潭。我们有可能具备这样的常识：桑树是一种落叶乔木，春季或夏初叶片发芽（具体视地区气温而定），冬季落叶。这一常识性的拓展其实也是联想，看到诗歌中的"桑

[1] 王家新：《雪的款待：读策兰诗歌》，《雪的款待》，北京大学出版社，2010年，第106—107页。

树”和“叶片”而想到这一树种的一些特性。常识性的描述涵括了一些诗歌元素，比如桑叶、夏季、冬季（通过“雪”联想得到）、“最嫩的叶片”，这些元素投入常识的容器发酵，我们仿佛看到桑树挺着光溜溜的枝干站立在寒冷的冬天，所有树叶全部掉光。这一场景与新生的叶片再次关联起来，于是神启般的灵感降临：桑叶从生到死的过程作为一段完整的情节在脑海里连贯起来。

这就是想象力最神奇的功能，人类漫长的想象研究史揭开了其中的奥秘。摆脱困境的过程中，想象力有没有其他运动途径？绝对有。想象力没有整合异质元素的固定模式，诗歌也没有创建对立结构的唯一套路。想象力在困境中上下求索，但它如此之迅捷，我们甚至感觉不到黑暗中曙光乍现的一刹那，愉悦已清楚地在头脑中爆炸。两个疑情都找到了答案。“它最嫩的叶片/尖叫”暗示桑叶的新生，所有人都在自己的哭声中来到人间，策兰把人诞生的行为嫁接给桑叶。“雪”则暗示死亡，“雪的款待”其实就是死亡的款待。从“雪”跨越到“死亡”是解读这首诗的关键之处，它经历了两次联想：雪——冬天——死亡。出现在诗歌里的只有“雪”，后两个元素依靠读者从黑暗的经验世界里打捞上来。“雪”象征着死亡，后者成为生—死对立的关键一环。这就是《雪的款待》的主题。夏季与冬季对立的象征意义浮出水面。

死亡是主题，但不是全部。诗人为什么用“款待”？策兰用的德语原文是 bewirten，这个单词有款待和宴请的意思。用雪来款待桑叶其实就是桑叶走向死亡，或者反向看来，死亡向生命步步逼近，这就是对立元素的运动。死亡迫人。偏偏还吁请“你”“充满信心”。无疑，这个“你”就是冬天或者死神。在这首诗的语境中，两者可以置换。我们看到了狄金森《因为我不能停步等待死神》中那个优雅的访问者，即将被死神带走的“我”已经够强大了，但与《雪的款待》中的“我”相比还有差距。与海子一样，策兰也是狄金森的强力挑战者。“并肩/缓缓穿过”六个字写尽了优雅从容，女性味十足！难道在策兰的潜意识中，坦然赴死的桑叶竟然是女性的化身?！策兰的死亡意识比海子要清晰得多，其核心内容是独活者焦虑。父母惨死纳粹集中营的经历让他背负了沉重的十字架，他在许多诗歌中都流露出对母亲的怀念和罪感。除此以外，是否还有狄金森的阴影？从后辈强力诗人求取生存的本能来看，并非不可能。

隐藏对立元素还有一种方式，那就是将对立关系弱化，北岛的《无题（小号如尖锐的犁）》中，启蒙者与被启蒙者的对立性就不是那么强。启蒙者自认为是觉悟者，他们认为被启蒙者需要一个从麻木向觉悟的转变过程。“小号”是一个外在机缘，它加速转变的过程。但无论如何，最终是被启蒙者的内在自我的蜕变，昨日之我死去，今日之我诞生，被启蒙者加入启蒙者行列。北岛可能对此有清楚的认识，“这思想不属于谁”暗示了赠予思想与赠予财富的区别：财富只能转移，从一处到另一处，自身总量没有增加。思想的赠与行为却无损于拥有者。开篇“小号如尖锐的犁”似乎暗示了尖锐的对立关系，但声音——这一物质性的尖锐改变不了北岛诗歌对立性趋向缓和这一总的发展趋势。从对立的主题类型来看，生死对立往往蕴含了巨大的能量，但策兰《雪的款待》似乎并不如此，诗歌标题中的“款待”就摆出了与死亡和解的姿态。这首诗的能量另有寄托，那就是面对死亡时的优雅和信心十足，甚至有可能因此激发读者的争胜之心。也许在强力诗人的序列之外应该还存在一个强力读者的序列，哈罗德·布鲁姆撰写《西方正典》的时候，其认知水平是否已经加入了这一行列？他把塞缪尔·约翰逊列入“正典”显示出这个倾向，这部分开头他简要列举了强力读者的骨灰级代表：“西方文学批评可以追溯至数个源头，包括亚里士多德的《诗学》，以及柏拉图在《理想国》里对荷马的攻击。我倾向于以布鲁诺·斯奈尔的《心灵的成长》为准，因为那本书高度赞扬了阿里斯托芬对欧里庇得斯的激烈攻击。”[1]

生死对立的哲理品相和死亡自带的神秘性让它成为诗人们的最爱，越靠近现代，死亡主题的浓度越高，诗歌越深刻地折射出现代人类的生命困境与绝望。从诗歌整体性和对立元素的角度看特拉克尔的《衰亡》，我们立刻能判断出这是一首不朽的杰作。

衰亡

在白色的池塘上
野鸟们已惊飞四散。
黄昏，寒风自我们星球吹来。

在我们的墓地上
夜垂下破损的额头。
橡树下，我们荡起银色小舟。

[1] 哈罗德·布鲁姆：《西方正典》，江宁康译，译林出版社，2005年，第140页。

镇上白墙不断鸣响。
在荆棘的拱门下，
噢我的兄弟，我们是攀向午夜的盲目时针。[1]

从诗歌字面很难看出对立性。最后一行的攀登姿态有克服欲和力量感，寓意何在暂付阙如。第一节交代环境，二、三两节中的“我们”是行动者，“我们”每节都有，极短的篇幅中出现四次，不可忽视。第一节所写的环境很有特点，白色池塘让人过目难忘。下一节出现了“银色”，同样是冷色调。黄昏时野鸟应该归巢，“惊飞四散”很反常，原因何在？节末轻轻点出：“寒风自我们星球吹来”。“寒风”惊动了野鸟，它带来了什么或什么伴随它而来？“星球”也许可以提供一些线索。这个词似乎大而无当，从中透出神秘，同时现代感十足，有末日气息。如果把这句改成“寒风向我们小镇吹来”，效果如何？指向性更明确，压迫性更强，但是失去了浩大无边无处可逃的绝望感，也就是刚才提到的末日气息。笼罩在席卷“星球”的“寒风”下，“夜鸟们”的逃亡显得十分无助。

有了这个分析，第二节“我们的墓地”就恰如其分，但依然隐藏了十分精彩的内涵。“墓地”直出死亡主题，这是全诗唯一与主题直接相关的部分，一个明确的暗示。“墓地”前面有个修饰语“我们的”，如果“我们”已经是死者，那后面一系列的行动怎么解释？结合上下文，“墓地”极有可能是镇上的公共墓地。这里造成

[1] 北岛：《特拉克尔：陨星最后的金色》，《时间的玫瑰》，江苏文艺出版社，2009年，第62页。

的误会不应该理解为诗人的失误，这是特拉克尔刻意制造的含混。注意到“我们的”所产生的含混效果，有助于解读诗歌并领会其中的美感价值。诗人为什么故意误导读者呢？这个含混传达出强烈的死亡压迫感。解读进行到这里，第一节与“寒风”有关的疑情就有了答案：笼罩“星球”的死亡压迫着所有生命。白色池塘那违背常识的真实感融入了诗歌主题的整体性之中。接下来，诗人写了死亡的“寒风”造成的伤害：破损的额头，“我们”开始行动，“荡起银色小舟”。在现实的伤害面前，优雅舒缓的划船动作奠定了行动者的情绪基调。死亡压迫下，“我们”的反应与“夜鸟们”形成对照，这有可能暗示了后者的拟人化象征意义。“银色小舟”呼应“池塘”和“白色”的冷色调，进一步渲染气氛。

白墙鸣响。如果这首诗里完全没有声音会不会觉得是一个缺憾？这样想就明白了这行诗的价值。夜晚白墙违反常理的响声暗示非同寻常，从事理逻辑的层面分析，白墙的“鸣响”显然就是“寒风”制造的回声，回声“不断鸣响”，从效果来说，就是死亡正式而浩大的登临仪式。与第二节我们的反应衔接起来，也可以说，这是死亡更加疯狂的示威行为。然后我们应该再次回应，如此整首诗就暗藏了两个完整的回合。第一节末尾寒风吹来，第二节末尾我们荡舟做出回应；第三节首行死亡声威更壮，我们再回应。第一个回合分散在两节中，第二个回合压缩在一节的篇幅内，节奏越来越快。这是《衰亡》的节奏完整性。“荆棘的拱门”是一个基督教意象。耶和华在荆棘丛里召唤摩西，让他带领犹太人离开埃及。所以“荆棘的拱门”暗示了人类的苦难，呼应“寒风”，死亡主题无可怀疑。最后一行，第一人称单数发出呼吁：“噢我的兄弟，我们是攀向午夜的盲目时针”，“我”从“我们”中分离出来，也许表明一种清醒理智的当下认知，这是诗歌写作者与行动者的重合？既然如此，为什么还有“盲目”？“午夜”大概率就是伴随着寒风降临的死亡，一个先知般的“我”突然降格为完全盲目的物化的、无知无觉的“时针”，最大可能，它指向死亡本身。只有死者才真正了解死亡，而“我们”，只是处在生死对立中的、死亡疯狂运动/进攻/压迫下的活人。走向死亡，但是对它一无所知。

刚才提到了这首诗的节奏完整性，此外它还有时间完整性。三节诗都有点明时间的词语，第一节“黄昏”，第二节“夜”，第三节“午夜”，黄昏—夜—午夜，时间在自然的流动中浑然一体。诗歌的对立性寓于时间之流中，准确说来，是在诗歌的文本时间和事件时间的双重流逝中，对立性逐渐加强。回顾刚才的分析过程，直到第二节的“墓地”我们才隐约猜到了诗歌的主题，通过回溯至第一节，领悟到“寒风”与“墓地”之间的呼应关系和隐秘关联。这又是想象力的神秘功能。“荆棘的拱门”确认了前两节的猜想，最后一行则是明确的对立关系中主体的姿态。把这首诗的标题改为“死亡”如何？确实不如“衰亡”。“死亡”暗示运动已经抵达终点，而“衰亡”则在运动的途中。“衰亡”与诗歌中时间的流逝和对立性的渐强效果是一致的。“夜鸟们”确实有象征意义，它们与诗歌中反复出现的第一人称复数形成对照。无论荡舟或者“攀向”，“我们”的行动保持高度一致。“惊飞四散”或者团结一致，诗歌结尾定格于人类努力攀登的姿态，难道在黑暗“星球”的“寒风”中，还有微弱的希望？或者，仅仅为了尊严？

第四章　诗歌结构

诗歌结构是整体性的一部分，是想象力必须要综合的对象之一。有些人认为诗行的排列，如缩进、特殊隔断或者一些特殊排列结构只具有形式的意义，或者忽视了换行、空行等对于表达主题的重要性，这都会导致整体性的损耗。诗行的反复一般与诗歌的节奏或者音乐性有关，是诗歌从原始歌谣分离出来成为独立的艺术形式之后所保留的分家前的特点。但反复的意义远不止此。反复出现的诗行往往具有表现诗歌主题的功能，诗行、意象等在反复的过程中其自身也会发生意义增殖。阅读诗歌的过程中，应当逐步训练想象力，把诗行的排列和反复纳入到综合的范围，成熟的诗人一般在这些方面都有独创的表现。

第一节　诗行的排列

说到诗行的排列，很容易想起威廉斯的名作《便条》：

便条

我吃了
放在
冰箱里的
梅子
它们
可能是
留着
早餐用的
请原谅我
它们太好吃了
又甜
又凉[1]

这首诗的主题不在于诗歌的内容，而是标题与内容的对立。“便条”是应用文体，诗歌乃文学体裁，所以它的主题是非文学文本与文学文本之间的对话。这是一个很严肃的话题，并非什么“游戏之作”。它可以很自然地延伸到其他重要论题，如文学语言的特点，关于文学性的讨论，甚至更宏大的问题，文学是什么。如果取消人为换行，《便条》就沦为真正的便条，它的作用就是传递消息和直接表

[1] https：//baike. baidu. com/item/便条/19292530? fr = aladdin，黍黎释译。

达情感。但是分行之后，情况发生了变化。比如很容易注意到全诗用短句，二字为主，最多六个字，为什么呢？写作者仿佛欲言又止期期艾艾，这显然与偷吃之后的羞涩心理有关，或者说，这是表达特定心理内容的一种手段。叙事部分最后用“请原谅我”挑明，作者和读者都松了口气。结尾三行，“它们太好吃了”，短短六个字，却是全诗最长的一句（原文“they were delicious”，音节数也是最多），诗行排列再次传递出精心设计的效果：由衷的赞美，但保持节制。关键的是最后两行，“又甜”、“又凉”恢复二字短句，在两个表达口感的字（词）处换行停顿，出脱味蕾回味无穷的感觉。一张真正的便条绝对无法产生这样的效果。所以一个简单的换行行为，开拓出丰富的审美想象空间，诞生了纯粹的文学文本。

这个例子给我们的启发是，换行是诗歌整体性的一部分。这个结论大而化之，把“换行”说成诗行排列也没有问题，研究的空间因此更为广阔。常见的诗行排列技巧包括换行、缩进、隔断（包括空行）以及某些特殊的排列结构。下面，逐一讨论它们与诗歌整体性的关系。

一、换行

强制性换行是诗歌的显著标志。诗歌的言说特点与一般文学体裁和应用文体不同，诗歌中句子与句子之间的跳跃性大，换行表停顿，朗诵时停滞的时间长于其他体裁标点符号造成的空白时长。超长的停顿时间有利于听者和读者充分领略诗意内涵。什么时候换行大有讲究，从换行可以看出诗人的经验和诗歌天赋，创造性的强制换行制造出人意料的诗意效果。换行造成的长短句本身就是主题的一部分，它往往传递特定的情绪，与诗人的心理内容有关。有时候换行使诗歌整体排列成特殊的形状，它有可能与诗歌内容相关，也能产生某种审美愉悦。很多诗歌按照自然句换行，就是说，出现了标点符号的地方就换，但也有很多例外，比如北岛和海子大多数诗行末尾都没有标点符号。句末不带标点增加了断句的难度，但拆除标点使诗意更连贯，具体情况还要具体分析。

所以，这不仅仅是一个形式的问题。换行最常见的目的就是得到充分的停顿时间。有些句子出现在诗行中，与其他部分存在逻辑关系上的中断，换行就是必须的。如特朗斯特罗姆《写于一九六六年解冻》：

写于一九六六年解冻

淙淙流水；喧腾；古老的催眠。
河淹没了汽车公墓，闪烁
在那些面具后面。
我抓紧桥栏杆。
桥：一只飞越死亡的巨大铁鸟。[1]

这首短诗有内在的空间顺序，一条河流从远处奔腾而来，“淹没了汽车公墓”，流到“我”面前，从远及近。“汽车公墓”就是停放废

[1] 此处译文引自北岛：《特朗斯特罗姆：黑暗怎样焊住灵魂的银河》，见《时间的玫瑰》，江苏文艺出版社，2009 年，第 176—177 页。或参阅《特朗斯特罗姆诗歌全集》，李笠译，四川文艺出版社，2012 年，第 158 页。

旧汽车的地方，李笠的译本直译为“废车场”。因为诗歌最后一行出现了“死亡”，北岛此处翻译为“汽车公墓”，提前暗示死亡，可谓神来之笔。汽车被淹没后在水中时隐时现，“闪烁”。身处奔腾的河流之上，一句话描写“我”的反应：“我抓紧桥栏杆”，紧张的心情一目了然。这首小诗有好几个地方非常妙。首先是标题中的“解冻”，因为解冻才有了河水的流动，水温极低，可想而知此时诗人在桥上必定寒气扑面。其次是“汽车公墓”传递出来的死亡气息，这个极具现代感的词语是死亡的代名词，其实这就是诗歌主题，人类的现代性困境。特朗斯特罗姆高明之处就在于，他没有静态描写“汽车公墓”的象征意义，他把死亡置身于极具动感的喧嚣之中，让人领略其撼人心魄的可怕力量。更绝的是最后一行，“桥：一只飞越死亡的巨大铁鸟”，这句话前两行都以句号结尾，其实都为这一句出现做准备。诗人对桥的一个解读已经完全偏离了全诗的叙事线索，是逻辑上的一个中断。然而它直出主题，把死亡从“汽车公墓”的象征意义现实化为“我”的处境：随时可能被冰冷的河水淹没，就像那些汽车。“我”在汹涌、寒气逼人的死亡轰鸣声中完全凌乱了：“抓紧桥栏杆”——多么生动形象地表明了人类的现代处境。

值得一提的还有《写于一九六六年解冻》的情绪线索。北岛的译文第一行用了三个短句，有标点而不分行，停顿但短促，犹如鼓点咚咚作响似闻喘息之声，传神地营造了死亡降临前的神秘感和压迫感。第二节“淹没”用了一个较长的句式，似乎不带情绪的白描其实暗藏揭露真相的凝重。之后又是一个短句，“闪烁”，两个字，仍然心怀侥幸。倒数第四行写“我”的反应，最后一行不得不分行，分行还不足以显示它的分量，所有侥幸轰然崩塌，真相以无可置疑的现实感呈现在眼前——“桥”被单独拉出来，诗人与死亡的对峙跃然纸上。第一行的“催眠”也极佳，到最后一行在死亡的强力压迫下睡意全无惊惶失措，实际上就是一个逐渐清醒的过程。北岛通过用标点符号和分行技术，把全诗暗藏的情绪转折通过句式长短变化曲折地传译过来，在有限的文字之外（全诗 46 个字）绑定了丰富的情感意蕴。比较李笠的翻译：

奔腾，奔腾的流水轰响古老的催眠
小河淹没了废车场。在面具背后
闪烁。
我紧抓住桥栏。
桥：一只驶过死亡的巨大的铁鸟

第一行的短句结构被一个十二字的句式取代了，随之失去的是死亡降临那绵密的节奏感。最后一行“驶过”与北岛的“飞越”相比，失去了铁桥腾空横越河流的气势。二者的翻译字面意思大同小异，但在长短句式、分行和关键词汇的处理上还是显示出不小差距。

最后一行以一个主观性的想象作结全诗，它切断了诗歌的叙事流，换行与“桥”字后面的冒号配合使用，停顿和强调最大限度争取到了阅读延时。阅读的时候，读者的想象力应当把这些微末的信息包含到综合的范围之内。威廉斯是使用换行的高手，本章开篇讲了他的《便条》，第二章第二节提到过他的《红色手推车》，也是巧用换行的杰作：

The Red Wheelbarrow

so much depends
upon

a red wheel
barrow

glazed with rain
water

beside the white
chickens.

关于这首诗的详细分析见前述章节，这里只讲第二节的一个细节。wheelbarrow是一个完整的单词，诗人把它拆开放在两行。分行之后，每行的音节数是四二、三二、三二、四二，富于规律，这显然是拆分的目的之一。另外一个考虑则是把这个单词分行后将它凸显出来，这是英文诗歌标举核心意象的常用手法。中文诗歌当然也可以用这种手法，只不过被拆分的是一个词语，如策兰《顺着忧郁的急流》的一个译本：

顺着忧郁的急流

顺着忧郁的急流而下

经过发亮的
创伤之镜：
那里，四十棵被剥皮的
生命之树扎成木筏。

单独的逆——
泳者，你
数着它们，触摸它们
一切。[1]

这首诗是策兰为自己四十岁生日所作。“创伤之镜”指木筏漂浮其上的那条河流，它与“被剥皮的/生命之树”形成双重创伤，共同指向第二节的“你”。“被剥皮的/生命之树”本来是一个完整的句子，从中间强制断开，换行之后“被剥皮的”悬在行末被凸显出来，一种极端沉痛的生命体验显得更加醒目。第二节写主体的行动，为了突出这个“你”，译者王家新把同位语“逆泳者”断开，把“逆”置于行末，并以破折号增加阅读延时。这样处理之后，读者不得不思考“逆”与整个文本的关系。虽然经历剥皮之痛，但诗人保持“逆”的决心和勇气还在，沉痛的生命体验就是“一切”。比较孟明的译本：

---

[1] 王家新：《雪的款待：读策兰诗歌》，《雪的款待》，北京大学出版社，2010年，第118页。

穿过忧郁的急流，
从明亮的
伤镜前经过：
那里漂来四十棵
被去了皮的生命树。

唯一逆流
而上的女人，你
数他们，你抚摸他们
每一棵。[1]

“伤镜”是一个生造出来的词，王家新的译本把“创伤之镜”单独成行，更加显眼。“去了皮”比“剥皮”少了辛辣的痛感，这种感觉主要来自后者在汉语中的表达惯性。孟明也把“逆流而上”断开，分行的思路与王家新相同，但是这个耳熟能详的词语隔断后也难以对读者产生足够的冲击。比较之下，王家新的“逆——/泳者”的视觉刺激强烈得多。分行技术与对语言的综合感觉（如词语、标点等）协同合作才能产生更好的效果。

刚才提到“经过发亮的/创伤之镜”，这个分行的目的容易理解。起句“顺着忧郁的急流而下”句式较长，接下来两个短句，更主要的目的是突出“创伤之镜”，让它单独成行，这是王家新与孟

[1] 保罗·策兰：《保罗·策兰诗选》，孟明译，华东师范大学出版社，2010年，第252页。

明译文的不同之处。这种技巧无论在中、英文诗歌都很常见。再看一首策兰的诗作《我仍可以看你》：

我仍可以看你

我仍可以看你：一个回声，
可用感觉的词语
触摸，在告别的
山脊。

你的脸略带羞涩
当突然地
一个灯一般的闪亮
在我心中，正好在那里
一个最痛苦的在说，永不[1]

“你”在策兰诗歌中是一个谜。含混导致诗歌多义，对“你”的理解不同，诗歌主题亦随之变化。一般来说，“你”不会是情人，所以这不可能是爱情诗，尽管它有一些这方面的元素。笔者认为解读为“上帝”的可能性较大，关联着策兰的宗教信仰。策兰是犹太人，父母二战时死于德军集中营，舅舅也死于奥斯维辛，他自己此

[1] 王家新：《雪的款待：读策兰诗歌》，《雪的款待》，北京大学出版社，2010年，第116页。

后长期在欧洲漂泊。上帝目睹犹太人的苦难而无动于衷，这让策兰加倍痛苦。这种感受在他很多诗歌中都留有痕迹。1948 年以色列建国，很多欧洲的犹太人都迁移过去，但策兰还是决定留在欧洲，他决心成为“欧洲犹太人的精神命运终结的最后一个人”[1]，做“单独的逆——/泳者”。回到《我仍可以看你》，诗歌前后两节明显就是对上帝的两种态度，第一节虽然有“告别”奠定基调，但与上帝尚处于蜜月期，“看”、“回声”、“触摸”等都表明留恋、亲密之意，包括下一节的“羞涩”，颇有热恋期少女的娇羞可爱。这也是人们误以为它是情诗的原因。但是“一个灯一般的闪亮”突然出现，照亮了内心最隐秘最痛苦的角落，指向策兰生命中最惨痛的经历。这一事实将第一节蜜月般的幸福荡涤一空，诗人清醒过来，“永不”显然就是最终的否决。

第一节末尾“在告别的/山脊”将一句话从中折断，“山脊”另起一行，含义颇深。孟明的译本与此一模一样，英雄所见略同。“山脊”前用“告别”修饰，已经点明了诗歌主题。所以“山脊”其实是一个分界线，是信仰的崩塌，与肉体的苦难相比，这更是策兰难以承受的精神苦痛。“山脊”后面有一个空行，那是无底的深渊，是痛苦中时间的无尽绵延。最终，策兰还是无法忍受时间的茫无涯际，投身塞纳河了结生命。“山脊”横亘在前后两节中间，是整体性不可分割的一部分，服务于诗歌主题。

---

［1］ 北岛：《策兰：是石头要开花的时候了》，《时间的玫瑰》，江苏文艺出版社，2009 年，第 125 页。

二、缩进

缩进是常见的诗行排列方式。被缩进的可以是一行或数行不等。西方诗歌发展到浪漫主义时期缩进还主要出于形式的考虑。比如雪莱这首《无题》：

那时光已永远死亡，孩子！
淹没、冻僵、已永远逝世！
　　我们回顾以往不禁吃惊，
　　见到的是些希望的亡灵，
你我在阴暗的生命之河上
消磨到死的那些一些希望：
　　苍白、凄惨、哭得伤心。[1]

此诗包含两部分，这是前者，两部分缩进方式是一样的。这种缩进与主题关系不大，其直接结果是不必每行对齐，看起来不那么呆板，在参差起伏中显出变化，属于形式美的范畴。二十世纪二十年代，闻一多提出“三美”主张，即诗歌应当符合音乐美、绘画美、建筑美的要求，为新月诗派奠定了理论基础。其中，建筑美就与诗行排列有关。用闻一多的话说，新诗的建筑美，主要表现为“节的

[1] 雪莱：《雪莱诗选》，江枫译，外语教学与研究出版社，2011 年，第 91 页。

匀称、句的均齐"[1]，可以《死水》为例。《死水》是典型的豆腐干体，全诗五节，一节四行，每行九字，忠实地体现了建筑美的要求。但是在徐志摩等人的实践中，很多诗作都采用缩进手法。比如《再别康桥》就是隔行缩进，顶格行一般六个字，缩进行七字，新月诸人从英文诗歌中引进音律，读起来也朗朗上口。《再别康桥》追求流动的画面感和美妙的意境，形式与内容是吻合的。现在大多数人可能并不觉得豆腐干体有多少美感，但在闻一多的实践中，这种机械的诗行排列与诗歌主题"死水"却相得益彰，形式成为诗歌整体性的有机组成部分。想象力一旦领会到这点，也能产生强烈的审美快感。

这些诗行缩进的意义大体都可以归于形式一派，但并不总是如此，请看张枣的诗作《那使人忧伤的是什么?》：

那使人忧伤的是什么?

那使人忧伤的是什么?
是因为无端失落了一本书?
你记得——
　　曾经为那些新页的气味激动不已
　　它曾带着许多声音和眼睛进入你
　　它有被忽略的角落

[1] 武汉大学闻一多研究室编:《闻一多论新诗》，武汉大学出版社，1985年，第84页。

　　而你曾在那儿躲藏
　　让别人的呼吸匆匆掠过
　　你不冷，腊月也有阳光

现在连那些插图也不见了
你想象上面的葡萄藤和少女
你想起一个孤独的英雄在流血

你花一整天时间寻找它
你让架上的书重新排列组合
你感到世界很大
你怀疑它是否存在过

那使人忧伤的是什么？

第一节有六行缩进，剩余十一行顶格排列，二者比例约为一比二。缩进排列的部分夹峙在两个与时间有明显关联的词语中间：“记得”和“现在”，表明这六行是与过去有关的内容。“记得”后面的破折号表提示，为记忆部分出场争取了充分的时间延迟。这六行写“你”当初阅读那本书时的体验，这些体验非常感官化，新书页的气味、声音、眼睛所看甚至还有腊月的温暖阳光。如此一来，丢失的那本书对我来说不仅仅是一本书，而是现实存在着的曾经被高度物化的生命体验。“你花一整天时间寻找它”，在可以想见的沮丧中，你甚至“怀疑它是否存在过”。至此，诗人开篇提出的问题

“那使人忧伤的是什么”就有了答案：“你”失去的不仅仅是一本书，而是有关过去的一段记忆和感官体验。这是否足以引起“忧伤”呢？

缩进部分携带的意义不止于此。花了一天的时间找寻那本丢失的书却没有找到，于是，“你让架上的书重新排列组合”，这是另一个重要暗示。被“重新排列组合”的绝不只是图书，其本质是“你”的记忆，就是说，在记忆的重整过程中，与那本图书有关的部分——其实也就是第一节中的缩进部分——被轻轻地删除了。于是，代表过去的诗歌中的缩进部分，那时间的凹陷，被抹平了。这一切在虚拟中进行。时间的凹陷，高度感官化的记忆，在我们的生命旅途中不断被抛弃。这件事情“使人忧伤”。因此，缩进就不仅仅是形式问题，它存在于诗歌中带来的不是视觉美感，它是时间的凹陷，是被删除的感官记忆，是生命中让人忧伤的“失落”，其实也就是这首诗的主题。如果想象力对这个缩进与诗歌其他部分不能进行充分整合，潜藏的意义和美就始终处于遮蔽状态。

张枣是使用缩进的高手，再如《高窗》：

高窗

对面的高窗里，画眉鸟。
对面的隐密里，我看到了你。
对面的邈远里，或许你，是一个跟我
一模一样的人。是呀，或许你
就是我。

你或许也看到我在擦拭一张碟片如深井眼里的
白内障。是的，我在播放，但瞬刻间我又
退出了那部电影，虚空嘎地一响，画眉鸟
一惊。我哚嗦在沙发上，
　　　　　　　　　　剥橙子。
我说，你在剥橙子呀，你说：
没错，我在剥橙子。我说：
瞧，世界又少了一颗橙子。
　　　　　　　　　　　而你

把眉毛向北方扬起，把空衣架贴上玻璃窗，
把仙人掌挪到旋梯上拍照。
这时，长城外，

风沙乍起。这时，
　　　　　　　你和我
几乎同时走到书桌前，拧亮灯，但
我们唯一的区别是：只有你，写下了
这首诗。

张枣喜欢用缩进，他的诗歌很难懂，要理解他的缩进首先要克服这个困难。理解诗歌主题和理解缩进的价值可以看作同一件事情的两面，但它们还是有先后。一般来说，我们总是先对主题有一定把握之后，或者最低限度，并非一筹莫展，才能对诗行缩进有所领悟。这反过来肯定又会加深对主题的理解，从而更全面深入地评估面前这个作品的整体价值。张枣受美国诗人华莱士·史蒂文斯影响很大，诗歌立意玄奥艰深，表达方式隐晦抽象。比如这首《高窗》，它谈论的是创作主体的身份裂变或分离问题，这种问题一般人很少有体验。缺少现实感受而想理解这首诗，无异于天方夜谭。这里不妨先举一些例子。比如写《狂人日记》的鲁迅与周树人是什么关系？按照《狂人日记》的说法，人人都参与吃人，那么，周树人也不能幸免。然而，那个叫鲁迅的作家却写下了批判吃人文化的小说。这不是自相矛盾吗？如果没有创作主体的分离，这个现象就难以解释。同样的道理，北岛在悼念亡妹的诗歌《安魂曲》中说“诗在纠正生活”[1]，这也不好理解，但站在分离理论的立场问题就简单多了：这是北岛对赵振开的纠正。作为哈特福德意外事故保险公司副总裁的华莱士·史蒂文斯与获得普利策诗歌奖的华莱士·史蒂文斯存在身份裂变，说他们是两个人未尝不可。史蒂文斯可以在两种身份之间自由切换反而让人惊讶。作为切换失败的一个例子，《月亮与六便士》中的伦敦证券经纪人思特里克兰德值得一提，当他在绘画方面的天赋觉醒之后，分离就发生了，忍无可忍的思特里克兰德被迫放弃社会地位和家庭角色，离家出走。

这样说，我们就明白了《高窗》里“你”和“我”的关系。诗歌末尾点明主题，《高窗》的创作主体是从“我”中分离出来的“你”。这首诗所写的，就是分离的过程。第一节中的“画眉鸟”隐

---

[1] 北岛：《北岛诗精编》，长江文艺出版社，2014 年，第 211 页。

喻歌者“你”，不过这时候的“你”还隐藏在“稳密”和“邈远”之中，“你”跟“我”“一模一样”，这是分离之前的状态。引发分离的事件是播放碟片，“我”反复擦拭，但依然模糊如“白内障”；播放了，但马上又后悔，不想看，结束播放。这一系列的行为矛盾、混沌，反映的是行动主体“我”的认知和思想状态。“虚空嘎地一响，画眉鸟/一惊”，“你”觉醒的标志，分离开始了。后面这句话强制换行，“一惊”顶在行首，强调。接下来的“剥橙子”与播放碟片形成对照，行动主体变成了“你”，“我”与“你”的对话表明，“你”对自己的行为清清楚楚，“没错，我在剥橙子”，斩钉截铁，与播放碟片的“我”的内在矛盾完全不同。“我”还是一样，“世界又少了一颗橙子”，哀叹声中“我”与“你”进一步分离。跨行之后，坚定的行动者，“你//把眉毛向北方扬起”，一举一动不再犹豫。直到最后，诞生了诗歌的作者。

全诗有三处缩进，“剥橙子”是分离启动之后“你”的第一个举动，“剥”这个动作显然与作为诗歌主题的分离一语双关，这是缩进表强调之外的附加值，是它与主题和诗歌整体性的关系。第二处缩进了“而你”，如果说“剥橙子”暗示分离的发生，那么，到这里，“你”已经彻底独立出来，“而你”缩进之后还跟着一个空行，是为了跨越到新的行动主体自信而富于创造性的行为。第三处缩进“你和我”，这发生在诗歌创作开始之前，是创作主体诞生的响亮宣示。“长城外”与“风沙乍起”之间有一个空行，这个想象跨越从书房到塞外的辽阔空间，一个空行就交代了。三处缩进见证了“你”的整个分离过程，成为诗歌主题最主要的受力点。

策兰有些诗歌也把诗行缩进艺术发挥到极致，如下面这首：

再没有沙的艺术，没有沙书，没有大师。

没有任何事物被骰子赢回。多少
哑了的？
十七个。

你的问题——你的回答。
你的歌，什么是它知道的？
Deepinsnow，
　　　　Eepinnow，
　　　　　　　　E—i—o.[1]

这是策兰晚年诗作，收在1967年出版的诗集《换气》中，没有标题。“据说犹太教礼拜仪式中心一般由18位祷告者组成。还有一位没有哑。但他从深陷的雪中发出的呼喊也几近一种谁都不懂得哑语！”[2] 这首诗的主题也是控诉德国纳粹和奥斯维辛对犹太人造成的毁灭性精神创伤。十八位祷告者（“大师”）仅存其一，死去的十七位没有赢回什么，如同沙地作书，转瞬即逝。这仅剩的一位看来也难逃厄运，如今他死亡覆顶：“Deepinsnow”。这其实是三个单词，但策兰把它们压在一起，表示深陷雪中。后两行去掉deep和

[1] 王家新：《雪的款待：读策兰诗歌》，《雪的款待》，北京大学出版社，2010年，第111页。

[2] 王家新：《雪的款待：读策兰诗歌》，《雪的款待》，北京大学出版社，2010年，第112页。

snow首字母表示已经被大雪吞噬，最后一行还剩下三个字母，表示覆亡在即。诗歌最后两行巧妙运用缩进艺术，用缩进表陷入。这三行在诗行排列和字母拼写两方面呼应主题，真是妙不可言。德文原文相应部分是“Tiefimschnee，/Iefimnee，/I-i-e.”，英译者在诗意和韵律上同时保留原文，十分难得。

三、隔断

诗歌中的隔断是指节与节之间的分隔标志，一般以空行居多，也有一些特殊的分隔标记，如数字。诗歌分节的原因是多方面的，如方便阅读，篇幅较长的诗歌一节到底让人疲惫。有些出于韵律的需要，为了避免音律单调，不少西方诗歌采用节转韵，每节换韵，这样节就成为韵的最小单位。也有些出于诗意的递进、转折或反复的需要。与缩进一样，本书主要关注与诗歌主题和整体性有关的隔断。先看空行，下面是北岛的诗歌《远景》：

远景

海鸥，尖叫的梦
抗拒着信仰的天空
当草变成牛奶
风失去细节

若风是乡愁
道路就是其言说

在道路尽头
一只历史的走狗
扮装成夜
正向我逼近

夜的背后
有无边的粮食
伤心的爱人

“乡愁”赫然出现在第二节，非常醒目，这显然就是诗歌主题。北岛漂到欧洲和美国，漂泊是“乡愁”的直接原因。诗歌前两行交代漂泊的缘起，激烈地“抗拒着信仰的天空”，海鸥尖叫表明姿态，高分贝然而痛苦。《远景》有一个非常明显的言说逻辑，每节的第一行通过一个名词衔接上一节最后一行，在空间上从眼前推向远方，抵达“伤心的爱人”，这是“乡愁”的具体指向。这样看，换行就是自然而然的。换行之后，每一节形成一个场景。第一节写诗人眼前的海鸥、草、风，这些都是承载思乡情结的常见意象。第二节由风想到道路，不断延伸的道路仿佛是无尽的“乡愁”诉说。第三节的场景隐约交代“我”不能返回故乡的原因。第四节落实到爱人，“无边的粮食”暗示在国外的物质困境。节与节之间（各个场景之间）通过空行相连，浑然一体。所以，空行是诗歌整体性的一部分。

空行可以连接场景形成特定的逻辑顺序，也可以连接对立项。这种对立元素的前后项至少由一个小节构成，相对而言就显得比较宏观。比如特朗斯特罗姆的《尾声》：

尾声

我像一只抓钩在世界底部拖滑
抓住的都不是我要的。
疲惫的愤怒，炙热的退让。
刽子手抓起石头，上帝在沙上书写。

宁寂的房间。
月光下家具站立欲飞。
穿过一座没装备的森林
我慢慢走入我自己。[1]

诗歌第一节描绘了一幅末法时代饮狂泉止渴的众生相。现代性激发了人的欲望，或者说，它自身就是欲望的产物。人在其中迷失自我，失去内心的安宁。愤怒与疯狂中，他们相互折磨甚至毁灭。上帝？"在沙上书写"，无能为力。上帝的无力与刽子手的凶狠形成对比。第二节切换场景，从"世界底部"到"房间"，从"炙热"和"愤怒"到"宁静"，"月光下家具站立欲飞"给人以轻盈美好的感觉。诗歌中显在的对立是"世界"和"森林"，诗人渴望返回自然。

[1] 特朗斯特罗姆：《特朗斯特罗姆诗歌全集》，李笠译，四川文艺出版社，2012年，第242页。

自然真正的对立面是工业文明，就像特朗斯特罗姆自己所说："我的诗是聚点。它试图在被常规语言分隔的现实各领域之间建立一种突然的联系：风景中的大小细节汇集，不同的人文相遇，自然和工业交错等等，就像对立物揭示彼此的联系一样。"[1]

很难说科学技术和工业文明到底把人类引向何方。迷失了的个体企图抓住族群、国家作为救命稻草，在其中寻找安全感实现自我价值，它带来的是地域性行业性种族性的壁垒森严。2020年爆发的新冠病毒展示了现代人类极其丑陋的一面：一边是病毒肆虐荼毒人类，一边是各个国家相互甩锅推诿拦路打劫，国家与国家之间的对立仇视不仅没有因为共同的灾难有所消减，反而空前高涨。在萎缩退化的人性面前，矛盾确实具有联动性。由美国非洲裔男子乔治·弗洛伊德之死引发的示威活动在全美乃至全球风起云涌，这个时候爆发巨大的种族冲突绝非偶然。乔治临死前那句"I can't breathe"成为特朗斯特罗姆《尾声》的最好注脚，它代表了现代性背景下每一个人的内心呼喊。由几个核大国发起的防止核扩散运动注定将以失败告终，因为科学技术日新月异，拥有核武器的门槛将不断降低。只要有一个疯子掌握了核武器，人类的灭顶之灾就不远了。

特朗斯特罗姆给出的方案是"走入我自己"。也许这是唯一的出路。法律治身难治心，没有每个人内在自我的觉醒，未来就难见光明。《尾声》为我们呈现的是一个巨大的对立，一边是现实中人

---

[1] 李笠：《特朗斯特罗姆诗歌全集·译者序》，李笠译，四川文艺出版社，2012年，第9页

性迷失后的愤怒与疯狂，另一边是返归自然后的自我觉醒与安宁，二者中间空行相隔。特氏对人类的未来缺乏信心，也许那个空行是我们永远无法跨越的天堑。

此外，空行还可以表示省略。被省略的部分落在文字之外却在情理之中，读者一旦领会，也能自得其乐。这与现代诗暗示的手法异曲同工。下面这首是里尔克的名作《天鹅》：

天鹅

这艰辛，因未完成的事业
困难地，被捆绑似的前行，
恰如天鹅笨拙的步态。

这死亡，再也不立足于
我们朝夕站立的地面，
恰如它胆怯卧身于

水面，水温存地承受着它，
幸福地，一去不复返地
在它身下退去，一波又一波
此刻它无限恬静安稳，
愈发娴熟，愈发高贵

愈发从容不迫地飘逸。[1]

《天鹅》有一个陷阱，第三节六行写天鹅在水面上游动，“幸福”、“恬静安稳”、“高贵”、“从容不迫”、“飘逸”，这些美好的词语堆砌在短短数行的篇幅内，把读者导向一个错误的方向，认为诗歌意在赞美天鹅游戏水面的优美姿态。回溯到第二行，“这死亡，再也不立足于/我们朝夕站立的地面，”第一节写了天鹅在地面行走的笨拙步态，死亡不在于地面，那在哪里呢？这个疑情一旦涌起，破解诗歌主题就不难了。全诗只写了天鹅的两种活动状态：地面和水中，地面不是死亡发生之所，那自然就只剩下水面了。问题在于，天鹅在水里那么优美安适啊！这才是问题所在。里尔克在诗歌中隐藏了天鹅的飞行能力，天空才是它最终的归宿。天鹅经历了地面的“艰辛”和水面的“飘逸”之后，还有没有飞向天空的愿望和勇气呢？如果没有，那这水面岂不就是死亡立足之所？

《天鹅》有两处空行。第一处分隔一、二两节，这两节由“这艰辛”和“这死亡”领起，是一个并列结构。第一节写天鹅行走地面，第二节转向水面，中间一个空行理所当然。二、三两节间的空行耐人寻味。“恰如它胆怯卧身于//水面”，一句话断成两行我们已经分析过，这里却断成两节。很显然，分行不足以产生足够的时间容量来消化诗意。这里省略了天鹅初次下水时的小心翼翼，探向水面直到感受水“温存”的浮力，获得充分的安全感，丢掉地面的笨拙迎来“自由”的欣喜……所有这些全都交代在一个空行里面——

[1] 这是林笳的译文，参见 https：//www. douban. com/note/569428281/。

省略之后，泼墨写天鹅水中的姿态。省略的部分不是诗人的重点。他希望对比地面和水面的姿态得出结论，死亡立足之所。空行在这里主要是一种功能性的作用。诗人把天鹅水面姿态写得越优美，主题水落石出时得到的张力就越大。

再提一下特殊隔断。有时候使用空行隔断效果不好，这时就需要特殊隔断。最常见的特殊隔断符就是数字。有些组诗也用数字为题，一般来说，作为隔断符的数字与作为诗歌标题的数字还是比较好区分的。最显著的区别是，组诗的每一首可以独立成篇，比如冯至二十七首十四行诗，每一首都自成一体，合起来又有内在的逻辑肌理。但隔断符分隔的是诗歌的节，是一首诗的一部分，不能独立存在。出现特殊隔断的情况比较少见，比如雪莱的短诗《新国歌》《无常（今天……）》和《无题（那时光已永远死亡……）》等。长诗这种情况多一些，如雪莱《勃朗峰》、洛尔迦《挽歌》等。下面举一首短诗为例，请看特朗斯特罗姆《致防线后面的朋友》：

致防线后面的朋友

1

我写给你的如此贫乏。而我不能写的
像老式飞艇不断膨胀
最终穿过夜空消失。

2

这信此刻在检查员那儿。他开灯。

强光下，我的词像猴子蹿向栅栏，
哐啷摇晃，停住，露出牙齿。

3

请读这字行之间。我们将两百年后相会
当旅馆墙壁中的扩音器被遗忘
终于可以睡去，变成三叶虫。[1]

第二节的“信”也许只是一个隐喻，诗人所写的应该是诗歌。“我们将两百年后相会”，这可算作一个间接的证据，喻示作品传世。这个细节显示特朗斯特罗姆对他的诗作挺有信心。这首诗的主题与书报检查制度有关，受制于此，“我”不能畅所欲言，笔下“如此贫乏”。对于诗歌来说，也许这算不上什么大问题。即使没有书报检查制度，也没有多少现代诗人选择直抒胸臆。潜藏的诗意“像老式飞艇不断膨胀”，它们离我而去。在正式出版之前，要接受检查，第二节写检查员在检查“我”的作品，“强光”暗示标准之严苛。词之“猴子”龇牙咧嘴的形象暗示反抗。第三节写通过检查之后，作品与两百年后的读者相遇，通过解读“字行之间”的意义，他收到了诗人传递的信息。“旅馆墙壁中的扩音器被遗忘”暗示检查制度的衰落。最后一行，完成传递任务的诗人沉沉睡去，变成三叶虫的标本。三叶虫是特朗斯特罗姆独特的童年记忆，小时候他家附近有自然历史博物馆，他一度对古生物标本着迷。

[1] 北岛：《特朗斯特罗姆：黑暗怎样焊住灵魂的银河》，《时间的玫瑰》，江苏文艺出版社，2009年，第169—170页。

九行小诗被三个数字分隔为三节，分别对应对立双方的行动和对将来的想象。这三者之间存在时间和空间的巨大跳跃，也许特朗斯特罗姆觉得空行不足以产生这么大的跳跃性，于是选择数字作为分隔符。读者看到这些数字，心理上会产生撕裂感，这正是诗人需要的效果。“我”（化身为那只激烈反抗的猴子）与“检查员”的对立就是一种深刻的撕裂。从这个角度来说，分隔符不仅仅出于形式的需要，也是主题的一部分，强化诗歌的整体性。

四、特殊排列结构

特殊排列结构指诗行排列的宏观视觉效果，前述换行、缩进、隔断主要发生在微观层面。有些诗人会把诗意编织进诗歌的宏观结构中，解读的时候，如果没有发现这一因素，就会发生诗意的丢失，美感体验被削弱。从创作的角度来看，新手一般很难有这样的意识，或者即使受到启发，也难以在短时间内做到形式与内容的高度耦合。豆腐干体也是一种特殊的诗行结构，新诗早期曾经流行过一段时间，现在则少有人用。前面提到过闻一多的《死水》，豆腐干体呆板固结的排列与诗歌主题不谋而合，可谓大放异彩。可见没有失败的形式，只有失败的诗人。诗行排列结构应当不断创新，衡量标准还是形式要服从于内容的需要。北岛向来不喜欢豆腐干体，但《回答》第五节的排列就是整齐的豆腐干：

我不相信天是蓝的，
我不相信雷的回声，
我不相信梦是假的，

我不相信死无报应。

《回答》其余部分的排列都还比较正常，这一节则“过于”整齐，惹人注意。四个“我不相信”排在一块，传达出强大的意志力，这是表现诗人怀疑精神的主要部分。整齐甚至死板的排列方式又与怀疑精神所指向的对象的特征一致，年轻诗人渴望在不正常的固化中呼吸自由的空气。再来看顾城的《感觉》：

感觉

天是灰色的
路是灰色的
楼是灰色的
雨是灰色的

在一片死灰中
走过两个孩子
一个鲜红
一个淡绿

《感觉》第一节与北岛《回答》第五节有相似之处。四个“灰色的”整齐排列，毫无变化，暗示世界呆板固化死气沉沉，第二节句子的长短发生变化，变化与“孩子”有关，他们是“灰色”世界中仅存的亮色。最后两行“鲜红”、“淡绿”代指两个孩子，诗行长度骤然缩短，长短变化与颜色变化同步，其实质是诗行排列与诗歌主题一致。

诗歌结构可以在更宏观的层次上与诗意互动，如海子的《黎明，一首小诗》：

黎明
我挣脱
一只陶罐
或大地的边缘

我的双手　向着河流飞翔
我挣脱一只刻划麦穗的陶罐　太阳
我看见自己的面容　火焰
在黎明的风中飘忽不定

我看见自己的面容
火焰　像一片升上天空的大海
像静静的天马
向着河流飞翔

这首“小诗”初稿完成于1985年，彼时海子的精神世界相对还比较明朗纯净，痛苦未铺天盖地降临。此诗主题是飞翔，诗歌给人向上、轻盈而浩大的感觉。“陶罐”其实就是地球，是“大地”，它们不仅源自同一个英文单词，其圆形的泥土质也一样。在《亚洲铜》中，海子表明了出离黄土地的意愿，时隔一年，如今他飞离的对象更加整体而辉煌，动作更加熟练、流畅、坚决。一个觉醒了的二十岁的青年感觉到了尘世中拉住自己的力量，他在诗歌中挥手告别。第二节“一只刻划麦穗的陶罐”明确了出离的对象：种植着麦子的大地。飞离了大地之后“我”在天空中赫然看见太阳，在太阳飘忽的“火焰”中看到了自己的“面容”，多么崇高的时刻，诗歌潜藏的逻辑是：只有“挣脱”那向下的力量，才能迎来这神圣的时刻。诗歌第三节就停留在飞翔和崇高的感觉中。

回到诗行排列的主题上来。请逆时针旋转此书九十度看着这首诗，我们就能看到一只展开翅膀向上飞翔的大鸟！第三章第二节谈论这首诗的时候，我没有揭示这个秘密。倒数第三行也许不是那么规则，但正因为它有一点突出，更传达出扇动翅膀的效果。一、三两节是两个大翅膀，第二节是身子和头部，其中最长的那一行（鸟的脑袋）直直地顶着“太阳”，或者说，向着太阳飞翔。这首诗的排列结构就是一只朝着太阳飞翔的大鸟，“太阳”被一个空格顶在前面。这绝不可能是偶然。诗歌中看似偶然的东西，往往都是崇高诗艺的必然。我甚至觉得这首诗的标题“黎明，一首小诗”就在提醒我们，要注意“小诗”的整体性。海子为什么不命名为“黎明，飞翔”或“黎明的飞翔”呢？“一首小诗”作为标题显得非常突兀，好像大家不知道它是一首小诗似的。也许他就是在提醒我们注意这首诗的整体排列，他发出了信号：形式与主题的整体性同一。

这首诗在诗行排列的整体结构方面已经做到了极致，但作为海子在中国当代诗坛最有力的竞争者，北岛有可堪媲美的佳作。下面这首《桥》大概写于1991年，它可以证明朦胧诗之后北岛诗歌技艺大大前进了。

桥

我调整着录音机的音量
——生存的坡度
旧时代的风范和阳光一起
进入某些细节，闪烁

早晨的撑船人穿越墙壁

被记录的风暴
散发着油墨的气息
在记忆与遗忘的滚筒之间
报纸带着霉菌，上路

海子经常无缘无故地飞翔，即使身体受伤也姿态不改："有一只天鹅受伤/其实只有美丽吹动的风才知道/她已受伤。她仍在飞行"。（《天鹅》）北岛诗歌没有这样轻盈的时刻，我相信他即使在梦中依然负重前行。就如同《桥》的开头："我调整着录音机的音量/——生存的坡度"，这两行诗测试读者的年龄。"录音机"对今天的年轻人绝对是古董，如果对音量按钮旁边的图标没有概念，下一行“生存的坡度”就会死机。假设你爬上了坡，还是要面对这个问题：《桥》到底想说什么？

第三节提供了一些线索，如“记录”、“油墨”、“滚筒”和“报纸”。诗歌的主题与回忆往事有关，用文字记录下来，投给报纸发表——大致如此。“油墨”和“滚筒”让人联想到北岛们创办《今天》的时代，那时，北京一群年轻人为这份新生的民刊踌躇满志。我猜测第一节“旧时代的风范”就是这件事。《今天》创办于1978年12月，诗人回忆往事，历史感极强的北岛当然知道那件事的分量，阳光闪烁，欣慰之情溢于言表。第二节只有一行，“早晨的撑船人穿越墙壁”，这一行出现了与诗歌标题相关的元素：撑船人，船穿墙而过是站在桥上的视角，“我”确实在桥上，不是刚刚爬上“生存的坡度”吗？

这样说，我们就知道北岛想象中的是一座什么桥。“被记录的风暴”暗示写作已经完成，这就是“穿越墙壁”，可见写作过程并不轻松。何以谓之“风暴”？1980年底《今天》停刊。在诗人想象中，印刷好的报纸带着他的文章“上路”，“霉菌”其实就是“旧时代”，北岛自嘲。最后请注意这首诗的诗行排列。九行的小诗被分为三节，行数分别为四一四，这不就是一座拱形桥吗？中间点明穿墙而过的那一行就是桥的顶点，它把整个过程一分为二，上坡（桥）的部分喻示诗人的写作，下坡（桥）的部分喻示印刷和发行。上坡的困难与当初创办杂志的艰辛类比，下坡的轻松愉快则对应完成写作后盼望作品与读者见面的喜悦心情。一切都是象征。

第二节　诗行的反复

诗歌中的反复现象很常见。反复出现的有可能是一个或几个词语或句子。与反复相关的术语还有一些，比如复沓、叠句等。有些人认为反复就是词语或句子的重复出现，复沓则是固定的句式反复使用，叠句是让诗歌前一小节的最后一句在下一小节的第一行出现。也有人对这些技巧的艺术效果进行深入分析，探讨得失。本书不打算详细分析这些概念术语的内在差别，而将其统一称为“反复”，不管是词语的反复还是句子的反复。朱光潜在《诗论》中曾经论述过这个现象，颇有探本溯源的意思：“诗歌虽已独立，在形式方面，仍保存若干与音乐、舞蹈未分家时的痕迹。最明显的是‘重叠’。重叠有限于句的……有应用到全章的……这种重叠在西方歌谣中也常见。它的起因不一致，有时是应和乐、舞的回旋往复的音节，有时是在互相唱和时，每人歌一章。”[1] 朱光潜论述的主要是诗歌中的重章叠句现象，这在《诗经》中尤其多见。《诗经》现存 305 篇，半数以上使用这一手法。朱光潜认为诗歌中的词句重复与音乐和舞蹈有关，诗歌独立成为一种艺术样式后保留了音乐和歌谣这一特点。这个论断应该是有道理的。

研究诗歌中的反复现象的相关成果有不少，我们还是集中精力于反复与诗歌的整体性关系，即，诗作中的反复如何作为一个特定因素参与诗歌整体性构建。第二章第二节曾讨论过北岛的诗歌

[1] 朱光潜：《诗论》，生活·读书·新知三联书店，1984 年，第 11 页。

《画》，为方便起见，再罗列一次：

画——给田田五岁生日

穿无袖连衣裙的早晨到来
大地四处滚动着苹果
我的女儿在画画
五岁的天空是多么辽阔
你的名字是两扇窗户
一扇开向没有指针的太阳
一扇开向你的父亲
他变成了逃亡的刺猬
带上几个费解的字
一只最红的苹果
离开了你的画
五岁的天空是多么辽阔

这首诗前四行与后三行存在比较复杂的反复，既包括词语也有句子。词语涉及“苹果”和“画”，句子则是“五岁的天空是多么辽阔”。除去这七行，全诗剩下五行，这是诗人从女儿的画展开的联想，是展示主题的重点部分。如“一扇开向你的父亲/他变成了逃亡的刺猬”，即父亲因为逃亡而缺席女儿的成长。对主题的展示延续到了后三行，“一只最红的苹果/离开了你的画”。重复“苹果”和“画”使整首诗形成了一个闭环结构，它保证了诗歌的形式完整性。同时，"苹果"和"画"第二次出现的时候，它们的意义变化了。"苹果"第一次出现时（第二行）象征着美好的事物，这是北岛诗歌的意象惯性。第二次出现，"最红的苹果"则是"父亲"的代称，指向更明确。"画"第一次出现（第三行）是实物，第二次出现则可以引申为"生活"或"成长的历程"等。重复元素意义的变迁体现了诗歌的主题，这是它的内容完整性。同理，"五岁的天空是多么辽阔"也可以做类似解读。第一次出现是诗人看到女儿画时的反应，可以看作一种惊叹、赞美，最后一行再次出现，则是对女儿的祝福，回应诗歌副标题中的"生日"。意义也变化了。重复元素意义的变化发生在中间五行之后，也就是说，这是诗人的联想自然而然的结果。所以，整首诗没有空行和分节，一节到底，甚至没有标点的隔断，诗人的情绪和诗意非常连贯，这些都是分析诗歌整体性时应该考虑到的。

当代没有哪个诗人比海子更热衷于反复，他许多作品都可以作为反复技艺的精品展开分析。上一节我们刚分析过《黎明：一首小诗》，我把这首诗反复的地方罗列如下：

1. 我挣脱/一只陶罐（第一节）
   我挣脱一只刻划麦穗的陶罐（第二节）

2. 我的双手向着河流飞翔（第二节）
   像静静的天马/向着河流飞翔（第三节）

3. 我看见自己的面容火焰（第二节）

我看见自己的面容/火焰（第三节）

这首诗只有十二行。第三章第一节曾提到过《西藏》，这也是反复艺术的经典。“一块孤独的石头坐满整个天空”在全诗中反复出现三次，“没有任何”领起的句式重复出现四次，这两处反复占去七行，而这首短诗只有八行。大量的反复使海子诗歌极具吟诵性和抒情性，他很多诗歌只要谱上曲子就可以歌唱，有些还不止一个版本，如冬子、熊汝霖和胡畔都唱过《面朝大海，春暖花开》，周云蓬唱过《九月》，黄金刚唱过《姐姐，今夜我在德令哈》（改编自《日记》）。对立元素之外，反复也是海子诗歌中非常值得研究的一个现象。比如有时候他整个句子一字不改多次重复，形成回旋复沓的效果。有时候为了避免反复造成的单调，海子通过修改一些元素形成变化，《黎明：一首小诗》就使用了多种技巧。第 1 处反复的时候在“陶罐”前设置一个定语“刻划麦穗的”，这个定语当然还另有作用，它进一步暗示“陶罐”其实就是地球。第 2 处则只重复一个句子的一部分，第 3 处把一个句子折断，通过换行改变了强调的重点。海子诗歌中的反复技巧太丰富了，再如《日出》：

日出

——见于一个无比幸福的早晨的日出

在黑暗的尽头
太阳，扶着我站起来
我的身体像一个亲爱的祖国，血液流遍

我是一个完全幸福的人
我再也不会否认
我是一个完全的人我是一个无比幸福的人
我全身的黑暗因太阳升起而解除
我再也不会否认　天堂和国家的壮丽景色
和她的存在……在黑暗的尽头！

这首诗的反复罗列如下：

1. 在黑暗的尽头（第一行）
   和她的存在……在黑暗的尽头！（末行）
2. 在黑暗的尽头/太阳，扶着我站起来（第一、二行）
   我全身的黑暗因太阳升起而解除（第七行）
3. 我的身体像一个亲爱的祖国，血液流遍（第三行）
   我全身的黑暗因太阳升起而解除（第七行）
4. 我是一个完全幸福的人（第四行）
   我是一个完全的人我是一个无比幸福的人（第六行）
5. 我再也不会否认/（第五行）
   我再也不会否认　天堂和国家的壮丽景色（第八行）

海子说："我有三种幸福：诗歌、王位、太阳"[1]，他的诗歌确实自带王者气象。"在黑暗的尽头/太阳，扶着我站起来"，极其朴素

[1] 海子：《海子诗全集》，作家出版社，2009年，第444页。

的常识，震撼人心的气魄。黑暗、太阳、“我”就这样自然而然地组合在一起，仿佛本来就该如此，在无穷尽的沧桑感之外，散发出无可置疑的自信。死亡降临时海子依然保持了帝王般的从容：面朝大海，春暖花开。无论最终死因是什么，海子从不曾埋怨过什么，一埋怨品格就降低了。死亡前不曾彻底落魄，幸福时更气吞山河。《日出》其实是一首情诗，诗歌最后暴露了幸福的原因：她的存在。第1处末行的反复把这个因素加进去，让“黑暗”和“太阳”的内涵更丰富。“黑暗”不仅是黑夜，也是心灵的孤独与痛苦；“太阳”则成为“她”的一个暗喻。这与北岛的《画》有异曲同工之妙。第2、3两处的反复看起来都相距遥远，前者“太阳”与“黑暗”在第七行反复出现，确认二者的逻辑关系；后者则通过“血液流遍”与“全身”达成事理逻辑方面的反复。第4处通过把“完全幸福”拆开形成第六行的反复，也避免了单调的重复。第5处通过改变“否认”的宾语造成变化传达诗意。这五处反复涉及全诗九行。诗歌每一行都参与反复，但读起来完全没有单调的感觉。每一个初次出现的元素在后面都以相同或不同的方式再次出现，就好像织布机上的梭子，来回往复地跑，词语组织殚精竭虑而又举重若轻，大大增强了诗歌的整体感。

洛尔迦把他的诗歌与西班牙民间歌谣结合起来，创建了一种易于吟唱的新的诗体，反复功不可没。他的代表作《梦游人谣》起于“绿啊，我多么爱你这绿色/绿的风，绿的树枝”，这两行以及围绕着“绿”建构的意象元素反复出现，配合着吉普赛姑娘在阳台上的梦境，在亦真亦幻中展开叙事主体。“船在海上，/马在山中”象征着美好爱情的期待，起于斯亦止于斯，火热爱情、白色恐怖和死亡相互交织在一起，优美的景色和旋律与残酷的现实形成了巨大的张力。虽然是一首长诗，但它围绕着故事自身叙事逻辑，妙用多重反复，构建了极严密的整体性。这还远远不是全部，当反复发挥到极致，它在洛尔迦笔下制造了让人惊艳的审美效果，比如《吉他》：

吉他

吉他的呜咽
开始了。
黎明的酒杯
碎了。
吉他的呜咽
开始了。
要止住它
没有用，
要止住它
不可能。
它单调地哭泣，
像水在哭泣，
像风在雪上
哭泣。
要止住它
不可能。

它哭泣，是为了
远方的东西。

南方的热沙
渴望白色山茶花。
哭泣，没有鹄的箭，
没有早晨的夜晚，
于是第一只鸟
死在枝上。
啊，吉他！
心里插进
五柄利剑。[1]

《吉他》第一节充斥着“呜咽”和“哭泣”，第二节死亡亮相，情绪基调一目了然。造成这种情绪的现实原因从诗歌中看不出来。它显著的成就是音乐性。第一节全部用短句，节奏很快，第二节句子拉长，节奏便慢下来。所以，从第一节到第二节有一个变奏。变奏的衔接点很明显，“它哭泣，是为了/远方的东西”，这引起下一节的“南方”，二者中间一个空行，代表空间的跳跃和节奏的变化，这个空行是音乐性的一部分，吟诵的时候应当有较长的停顿。

反复参与建构第一节的音乐性，并且延续到下一节。“呜咽”

[1] 北岛：《洛尔迦：橄榄树林的一阵悲风》，《时间的玫瑰》，江苏文艺出版社，2009年，第8—10页。

或“哭泣”作为动作重复五次，分别在第一节第1、5、11、17行和第二节第3行（不包括第一节“像”字引起的两处）。前面两次用“呜咽”，后面三次用“哭泣”，避免单调。第一节“黎明的酒杯/碎了”，这个比喻非常棒，得意处却难以言传。微明的天空笼罩四野，大地依然漆黑一片，感觉里就像一个至大无外的酒杯，上面大下面小，立在那，一切皆在其中。这个酒杯碎了，就是没有黎明，其实已经暗示了死亡。这两行出现在两处“呜咽”中间，肯定与哭泣有关，这点在第二节点明：“没有早晨的夜晚”，所以这一行与“黎明的酒杯/碎了”也是反复。它们表达的意思完全相同，改变说法而已。第一节还有一处重复，“要止住它/没有用”类似句式反复了三次，它看起来是说吉他的声音无法停止，但“止住”这个说法很容易让人联想到流血。所以伴随着音乐的流淌，眼前却是一幅血流不止的画面，这又与后面的死亡联系起来了，再次成为预言。通观全诗，这三处反复都参与建构诗歌的音乐性，也是主题的重要表现手段：没有黎明，死亡降临。

深歌是一种古老的安达卢西亚吉卜赛民歌，洛尔迦被它的热情、音调和语言深深吸引。“洛尔迦试图通过短句和单纯的词，以及主题的变奏重复，找到与深歌相对应的诗歌形式。”[1] 在具体的作品中，“单纯的词”和“主题的变奏重复”尤其是“重复”无法截然分开。被重复的通常就是这些“单纯的词”，而它们通常又承担着表现主题的功能。洛尔迦的努力无疑是成功的，他的诗作广为

[1] 北岛：《洛尔迦：橄榄树林的一阵悲风》，《时间的玫瑰》，江苏文艺出版社，2009年，第10页。

流传。下面，再来看看著名的《伊·修·桑切斯·梅亚斯的挽歌》，这首长诗有四个部分，这里选取第一部分“摔与死”：

一、摔与死

在下午五点钟。
正好在下午五点钟。
一个孩子拿来白床单
在下午五点钟。
一筐备好的石灰
在下午五点钟。
此外便是死。只有死
在下午五点钟。

风带走棉花。
在下午五点钟。
氧化物散播结晶和镍
在下午五点钟。
现在是鸽与豹搏斗
在下午五点钟。
大腿与悲凉的角
在下午五点钟。
低音弦响起
在下午五点钟。

砒素的钟与烟
在下午五点钟。
角落里沉默的人群
在下午五点钟。
只有那牛警醒！
在下午五点钟。
当雪出汗
在下午五点钟。
斗牛场满是碘酒
在下午五点钟。
死亡在伤口生卵
在下午五点钟。
在下午五点钟。
正好在下午五点钟。

灵车是他的床
在下午五点钟。
骨与笛响在他耳边
在下午五点钟。
那牛向他额头咆哮
在下午五点钟。
屋里剧痛大放异彩
在下午五点钟。
坏疽自远方来

在下午五点钟。
绿拱顶中水仙喇叭
在下午五点钟。
伤口像太阳燃烧
在下午五点钟。
人群正砸破窗户
在下午五点钟。
在下午五点钟。
噢，致命的下午五点钟！
所有钟表的五点钟！
午后阴影中的五点钟！[1]

梅亚斯是西班牙最负盛名的斗牛士，同时也是文人，他是洛尔迦的朋友，文学品味很高。作为斗牛士他本来已经退休，但不愿终老于床上，于是以英雄的姿态重返斗牛场。1934 年 8 月 11 日下午，梅亚斯在斗牛场受重伤，两天后死亡。洛尔迦万分悲痛，独自关上门哀悼好友。两个月后，他开始创作《伊·修·桑切斯·梅亚斯的挽歌》，这是他最长的一首诗，也是代表作。全诗四部分的标题分别为“摔和死”、“流出的血”、“存在的肉体”、“失去的灵魂”[2]。

第一部分最显著的特征是“在下午五点钟”反复出现，非常密

[1] 北岛：《洛尔迦：橄榄树林的一阵悲风》，《时间的玫瑰》，江苏文艺出版社，2009 年，第 31—34 页。

[2] 此处四节译名据戴望舒译本，北岛在戴译基础上改译了一、四两节，第四节标题他译为“缺席的灵魂”。

集。下午五点是为梅亚斯送葬的时间，第三节“灵车”表明出殡典礼。但洛尔迦没有详细写送葬的现场，他把斗牛场的突发事件和死亡降临的过程拧成两股力量，交织着延伸发展，展现各自的生成过程。第一节“白床单”和“石灰”是与死亡相关的意象，然后“死”神降临。描写伤口及处理流程形成了一个庞大的意象群，它们散落在诗行间，伴随着“在下午五点钟”鼓点般的节奏呼啸而来，让人呼吸困难。在叠句营造的紧张节奏中，场景不断切换，短促又坚决，显示了死亡压倒一切的气势。前面两节“在下午五点钟”几乎隔行出现一次，到第二节末尾则连续闪现三次，第三节末尾连续出现五次，越来越密集的鼓点伴随着牛的愤怒咆哮和伤口的“燃烧”，把诗歌节奏推向了高潮。

这真是反复技艺的奇观。就好像海浪一波接一波涌来，到了跟前因为遇到阻挡而加倍愤怒，爆发出更强大的力量而吞噬一切。这一部分的标题是“摔与死”，死亡是主题。反复营造出来的紧张密集的节奏其实就是死亡降临的脚步。梅亚斯之死让洛尔迦深受震撼，促使他重新思考生与死的永恒对峙。《刀锋》中，毛姆把莱雷的觉醒时刻也放置在战友死亡的背景之中，那是第一次世界大战。“在下午五点钟”不仅用于控制诗歌节奏，也表现了死亡经过计量的精确特性，仿佛一切都被神奇的力量操纵。

《伊·修·桑切斯·梅亚斯的挽歌》后续还有反复的精彩表演。如第二部分表达生者对死者的怀念，展现梅亚斯的优雅、勇敢、刚强、温和等宝贵品质，节奏逐渐缓和。这一部分以“我不要看它”揭开序幕，大致每节反复一次，重复的频率较之第一部分大大降低，以此控制节奏。第三、四两部分以长句为主，契合诗歌标题

“挽歌”的需要，节奏更加舒缓。第三部分末尾“我要认识那带走他的死亡”诡异地预言了诗人自己的死亡。

北岛偏爱短诗。《杜伊诺哀歌》和《献给奥尔普斯十四行》是里尔克的经典长诗，在现代诗坛有崇高的地位，他依然不买账，只崇拜里尔克的几个短篇佳构：“总体而言，我对长诗持怀疑态度，长诗很难保持足够的张力，而那是诗歌的奥秘所在。”[1] 诗歌主题、对立元素和反复都是与张力有关的几个方面，也许从比较成功的长诗作品中，我们能窥见一些保持整体性的奥秘。诗人构建具备充分整体性的短诗也需要耗费巨量心力，长诗要达到短诗那样的完美程度，当然是对想象力更大的挑战。

里尔克从罗丹那里学会了用具有雕塑感的语言表现真实性，创作了一批咏物诗，《豹》是其中的代表作。

豹

它的目光被那走不完的铁栏
缠得这般疲倦，什么也不能收留。
它觉得只有千条的铁栏杆，
千条的铁栏后便没有宇宙。

[1] 北岛：《里尔克：我认出风暴而激动如大海》，《时间的玫瑰》，江苏文艺出版社，2009 年，第 101 页。

强韧的脚步迈出柔软的步态，
这步态在极小的圈中旋转，
仿佛力之舞围绕着一个中心，
在中心一个伟大的意志昏眩。

只有时眼帘无声地撩起。——
于是有一幅图像浸入，
通过四肢紧张的静寂——
在心中化为乌有。[1]

这首诗的标题下面有一个说明：巴黎植物园，很多译本将其弄丢。当然，没有这个说明，也能领会这头豹子现在的被囚状态，最明显的证据是“铁栏”。《豹》有一组潜在的对立元素：被囚的状态和“伟大的意志”，“伟大的意志”就是它作为猛兽的原始野性，向往自由的世界。野性世界的残留记忆突然以“一幅图像”的形式侵入眼帘，豹子四肢骤然紧张，这是野兽的本能。刹那间激活的野性与被囚的现实产生了尖锐的张力，诗歌就定格在瞬间。里尔克把人的现代性困境与被囚的豹子联系起来，写成不朽经典。卢梭说，人生而自由，却无往不在枷锁之中，可做这首诗的注脚。人类对自由的向往对应到豹子“伟大的意志”，它作为潜在的能量在梦境中造访我们。

[1] 这是冯至的译文，参见 https://site.douban.com/106369/widget/notes/134616/note/251929147/。

为了突出被囚的生存状态，第一节使用了反复。第一行“走不完的铁栏”，三、四两行“千条的铁栏”重复两次。野兽被囚后，少有安静时刻，通常都来回走动。无论怎么走，铁栏都把外在的世界隔离开。“走”是一个细节，非常真实地表现了豹的焦虑。里尔克没有详细描写铁栅栏，他选择反复，用在读者眼前闪现的频率类比豹子眼中无尽的铁栏杆。对比另一个译本的第一节：

他因望穿栅栏
而变得视而不见。
似有千条栅栏在前
世界不复存在。[1]

其他姑且不论，译文减少了“栅栏”出现的次数，反复的艺术效果被削弱，这个处理值得商榷。里尔克反复艺术的代表作是《严重的时刻》：

严重的时刻

此刻有谁在世上某处哭，
无缘无故在世上哭，
在哭我。

[1] 北岛：《里尔克：我认出风暴而激动如大海》，《时间的玫瑰》，江苏文艺出版社，2009年，第94页。

此刻有谁夜间在某处笑，
无缘无故在夜间笑，
在笑我。

此刻有谁在世上某处走，
无缘无故在世上走，
走向我。

此刻有谁在世上某处死，
无缘无故在世上死，
望着我。[1]

每个人略一思考，对这首诗可能都会有所领悟。有些人认为这是存在主义作品，“哭笑走死”就是人的存在，生命除此之外没有意义。有些人认为这是象征主义作品，“哭笑走死”象征了人的一生。有些人抓住“无缘无故”而解读出宿命感，认为人的出生和死亡都是命运操纵下的强行带入与带出，根本而言人无法左右自身命运。这些解读当然不能说没有意义，但它们有一个共同点，都忽视了它显而易见的形式特点。如此富于特色的形式，不可能与主题没有关系。整体性的观点也许会带给我们不一样的视野。

“哭笑走死”确实可以代表人的一生，或者更准确说，我们的

---

[1] 这是陈敬容的译文，参见 https://www.douban.com/group/topic/21054765/? type=like。

生活。先分析第一节，世人哭泣皆有其原因，怎么可能“无缘无故”？但是如果把他人的哭泣与我联系起来，这就可以说得通。他与我如果没有现实的联系，那么，他的哭泣行为对于我就是“无缘无故”。第三行，这个哭泣的人在“哭我”，他与我没有现实的联系，不可能“哭我”，这是另外一个疑情。怎么解释呢？最大的可能，我的处境与导致他哭泣的原因相同。托尔斯泰在《安娜·卡列尼娜》中说，幸福的家庭家家相似，不幸的家庭各个不同。其实，无论家庭也好个人也罢，幸福不幸福都很相似。不幸的情况大抵不过事业不顺、家庭不睦、身体不佳等几种情况，幸福的反面就是不幸，幸福的有限就是不幸的有限。正因如此，世人为自己哭泣，因为大家的不幸相同相通，感觉就好像为我哭泣。这样两处疑情都解决了。

但这首诗并非仅此一节。诗人把每节三行相同的句式复制了三次，每行改动同一个字，造成了句式结构完全相同的四节诗。目的何在？这就需要运用诗歌解读的整体性思维。形式的单调一定与主题有关。如果前面的解读大致不差，那答案就呼之欲出：我们每一个人看起来千差万别，其实每一个人的悲欢喜乐——或者说大一点，人生——基本相同。让别人快乐的也能让我们快乐，让别人悲哀的也导致我们悲哀。太阳底下没有新鲜事，不仅今天这样，往前推多少年多少代也是如此。所谓“严重的时刻”，那些让我们“哭笑走死”的时刻，对我们似乎是了不得的大事，其实只不过是无限循环链条上的复制粘贴。所有别人家看起来的“无缘无故”，其实都通向我们自己。所以，里尔克这里谈论的仅仅是人与人之间的相同相通，是寓于形式的单调性之下的内容的同一性。

想象力只有把所有诗歌元素综合起来才能得到最全面的整体性，这是想象诗学的精髓。《严重的时刻》可以从任一诗歌元素入手，某一意象某些词语的连缀或者某种情绪，随机地在我们的意识中激起浪花，我们一个猛子扎下去，越走越远，沉醉在自我的世界中难以自拔。对这首诗来说，这样做很容易，这就是我们觉得它简单的原因。但是如果综合考虑所有的诗歌元素：每一节内部的事理逻辑关系，四节诗歌形式的单一性，标题，以及每一行用词上的反复……把这些综合起来，我们发现，其实留给读者自由发挥的空间不是太大。通常，这是经典之作与赝品的分界线。解读一首成功的作品就好像组装一台精巧的机器，组装前千百个零件散落一地，零件之间看不出有什么关系，也看不出每个部件构造上的奥秘。但是一旦组装起来，每个零件都恰如其分地处在它自己的位置上，成为整体的一部分，不可稍作更改。赝品则完全无法提供这样的整体性。

另外，还有一种特殊的反复被称作“连环诗”。“连环诗”中西都有，形式上相去甚远。先看一首据传是苏东坡所作的《赏花》：“赏花归去马如飞，去马如飞酒力微；酒力微醒时已暮，醒时已暮赏花归。”《赏花》形式上的特点就是后一句重复前一句3—4个字，第一句的开头与最后一句结尾相同，首尾相连，其状如环，即所谓“连环”。中国的“连环诗”主要是一种文字游戏，其文字的反复和首尾连环主要制造一种形式的美感，一般与诗歌主题没有太大关系。西方的连环诗与此颇不同，请看波德莱尔的《黄昏的和声》：

黄昏的和声

黄昏降临，每朵花在茎上战栗，
每朵花都在熏蒸，像香炉一般；
各种声音、香气在晚风中搅拌，
忧郁的华尔兹旋转得昏眩无力！

每朵花都在熏蒸，像香炉一般；
小提琴像受伤的心一样战栗，
忧郁的华尔兹旋转得昏眩无力！
天色悲惨而华丽，像一个祭坛。

小提琴像受伤的心一样战栗，
温柔的心恨这空虚——无边黑暗！
天色悲惨而华丽，像一个祭坛。
太阳淹死在自己凝结的血里。

温柔的心恨这空虚——无边黑暗！
从光明的往昔收集每个足迹！
太阳淹死在自己凝结的血里……
对你的思念啊，像圣物照我心间。[1]

---

[1] 这是飞白的译文，参见 https：//www. douban. com/group/topic/28886716/。

与中国古诗前后句部分重复不同，《黄昏的和声》是前后节部分重复，具体来说，每节第二行和第四行在下一节第一行和第三行重现。给人的感觉就是整首诗一直在向上涌动，形式上具有动感。全诗只有两个韵，第一节是 ABBA，第二节随着向上涌动自然变成 BAAB，第三节变回 ABBA，第四节又是 BAAB，韵式因为诗行排列的规律性而获得特点。

第一节起兴和写景，第三行点明标题中的“和声”：声音与香气混合搅拌，仿佛华尔兹的旋律。这与波德莱尔《感应》中穿越神秘森林的观感相似。表明情绪的词“忧郁”不可忽视，目前还看不出产生情绪的原因。第二节向上涌动之后，新的音乐元素加入进来，“祭坛”喻示不祥。第三节继续涌动，奠定情绪基调的“空虚”和“黑暗”出场，但具体指向依然不明了。继第二节“祭坛”之后，摆明太阳之死，呼应“无边黑暗”。第四节继续涌动，新出现的第二行表明怀旧主题，第四行予以确认：“思念”。至此，前面三节所有表明情绪的词语都找到了落脚点，“太阳”象征着“你”，“淹死在自己凝结的血里”。

纵观《黄昏的和声》，伴随着整体向上不断涌动，新的诗歌元素加入进来，诗意逐渐明朗，感觉就像花儿慢慢绽放，直至每一花瓣明白清朗。诗歌向上涌动和诗意逐渐绽放是一致的、同步的，就是说诗歌的形式与内容结合得很完美。读者一旦领悟到这点，审美愉悦是非常强烈的。其实苏轼的《赏花》也有类似效果，随着前句后半句成为后句前半句，也必须补充新的内容，比如第二句出现了“酒”，第三句出现了表明时间的“暮”。只不过《黄昏的和声》体量更大，它涌动的视觉效果就更明显更有冲击力。诗歌中的“和声”与诗歌体式的运动相得益彰，真的就像伴随乐曲翩翩起舞。没有整体性思维，就不可能获得如此丰富的审美效果。

欧阳江河诗歌以细腻的质感著称，比如《美人》。他也善用反复，比如《一夜肖邦》。这首诗共五节，除了负责起兴的第一节，二三四五节开头第一句分别为：“可以把已经弹过的曲子重新弹过一遍”、“可以把肖邦弹得好像弹错了一样”、“把肖邦弹奏得好像没有肖邦”、“可以把肖邦弹奏得好像没有在弹”，四个句子句式相同，内容有异，总体上越来越轻盈空灵不落言筌。《寂静》的篇幅短得多，有连环诗的味道，但它用了不止一种反复技巧：

寂静

站在冬天的橡树下我停止了歌唱
橡树遮蔽的天空像一夜大雪骤然落下
下了一夜的雪在早晨停住
曾经歌唱过的黑马没有归来
黑马的眼睛一片漆黑
黑马眼里的空旷草原积满泪水
岁月在其中黑到了尽头
狂风把黑马吹到天上
狂风把白骨吹进果实
狂风中的橡树就要被连根拔起

当然，并非真有大雪落下。冬天大风，橡树落叶纷纷，遮天蔽日的树冠逐渐显露天空，亮光下泻，配合落叶飘零的动感，好像“一夜大雪骤然落下”。“狂风把黑马吹到天上”描写了黑马的悲惨命运，“狂风中的橡树就要被连根拔起”是橡树即将上演的悲剧，站在橡树下的“我”呢？“我停止了歌唱”。这首诗的特色之一是死亡恐怖中的戛然而止。它每一行都在渲染狂风中的恐怖气氛，既成事实的，将要发生的，以及那个开头一闪而过的“我”——恐怖最终的承受者——隐身了。“我”虽然隐身，但诗歌中的所有观感又都来自“我”。这是一首非常奇特的诗。

《寂静》的反复同样很有特色。除了起首第一行，它每一行都建立在前一行既有的诗歌元素之上，一行连一行，所以有连环诗的味道。而且第一行起于“橡树”，最后一行终于“橡树”，终点扣到起点，形成一个完整的闭环。《寂静》反复的部分与苏轼《赏花》不同，没有那么强的规律性，归纳如下：

第二行重复第一行的“橡树”；
第三行重复第二行的“下”和“一夜大雪”；（后者有改变）
第四行重复第一行的“歌唱”；
第五行重复第四行的“黑马”；
第六行重复第五行的“黑马”；
第七行重复第六行的“黑”；
第八行重复第六行的“黑马”及第七行的“黑”；
第九行重复第八行的“狂风”；
第十行重复第九行的“狂风”及第一行的“橡树”。

欧阳江河吸收了中国古代连环诗的特点，加以改造，淡化重复色彩，适当保留其歌咏的特点。他的改造包括减少重复的内容以及重复部分长短变化造成更可观的丰富性。歌唱过的黑马与停止歌唱的“我”显然有对应关系，黑马的命运象征着我的命运。最后三行“狂风”连续出现三次，突出其摧枯拉朽的可怕力量。死亡不可逆转。这种普通的反复不止一处，比如“黑马”在第四至第八行连续出现五次（其中第七行只有“黑”，避免单调）。普通反复主要与诗歌主题有关，连环反复则重在音乐性。

反复有时候插入到诗歌叙事进程起到背景音乐的作用，这也是一种音乐性，比如张枣的《刺客之歌》。张枣诗歌节奏感很强，反复必不可少。他的名作《镜中》前两行：“只要想起一生中后悔的事/梅花便落了下来”，这两句的妙处在于，情绪的沉降与梅花的飘落相呼应，景致赋予情绪轻盈灵动的感觉。张枣不断给《镜中》注入动作，“她”是动作的发出者，“游泳”，“登上松木梯子”，“骑马归来”，“低下头”，“回答”，“坐”，“望着窗外”。诗歌开头获得的轻盈感与她的女性身份相得益彰。最后两行重复开头，既是叙事逻辑的终结，也构成诗歌形式的闭环。下面请看《刺客之歌》：

刺客之歌

从神秘的午睡时分惊起
我看见的河岸一片素白
英俊的太子和其他谋士
脸朝向我，正屏息敛气

"历史的墙上挂着矛和盾
另一张脸在下面走动"

河流映出被叮咛的舟楫
发凉的底下伏着更凉的石头
那太子走近前来
酒杯中荡漾着他的威仪

"历史的墙上挂着矛和盾
另一张脸在下面走动"

血肉之躯要使今昔对比
不同的形象有不同的后果
那太子是我少年的朋友
他躬身问我是否同意

"历史的墙上挂着矛和盾
另一张脸在下面走动"

为铭记一地就得抹杀另一地
他周身的鼓乐廓然壮息
那凶器藏到了地图的末端
我遽将热酒一口饮尽

“历史的墙上挂着矛和盾
另一张脸在下面走动”

这首诗写于1986年11月，这一年张枣远赴德国留学。诗中所写荆轲刺秦是著名历史事件，《战国策》和《史记》都有记载。第一节“英俊的太子”是燕太子丹，当时燕国受秦军威胁，太子丹想到刺杀的主意，他是事件发起者。第二行“我看见的河岸一片素白”也是写实，荆轲临行前，太子丹和宾客穿白衣白帽到易水边送行。高渐离击筑，荆轲和之，唱“风萧萧兮易水寒，壮士一去兮不复还”。第一节很出色，行列整齐，韵律清短，大有肃穆之意，最后一行从中断开，众人呼吸急促。只有必死的刺客进行“神秘的午睡”，气定神闲。

易水送别是主要事件，叙事部分由一、三、五、七节承担。临行前太子丹对舟子殷切叮嘱，最后端着酒杯送行，“发凉的底下伏着更凉的石头”，这一句来自荆轲那没有出场的唱词，改编之后“石头”坚硬的质感象征刺客的意志。第五节写荆轲的决心并交代承担任务的原因。第七节“为铭记一地就得抹杀另一地”写历史的本质，“抹杀”与第三行“凶器”对应。我们都熟悉“图穷匕见”，这个成语用于描绘刺杀现场，此处让历史的证物提前出场，很有真实感。这几节张枣从史书中选取若干细节，稍加点染，化入诗歌，既真实又凝重，很见功力。

最后说一下二、四、六、八四行，其实就是重复出现的两行。“历史的墙上挂着矛和盾”意思是说历史其实就是对立双方的你死我活，这句话与“为铭记一地就得抹杀另一地”的意思差不多。“另一张脸在下面走动”，这显然就是说“刺客”，“刺客”要以一己之力改变力量对比，其实就是第五节的“血肉之躯要使今昔对比”。这两行都带着引号，说明是直接引语，谁说的？不可能是荆轲，更不可能是其他人。我们有可能注意到，负责叙事的四节就好像一出四幕的戏剧，慢慢将故事推向高潮。重复出现的两行其实就是画外音。从刚才对这两行的解读可知，它们实际上高度概括刺杀任务的本质。“另一张脸”反复出现，把“刺客”置于叙事的中心，突出主要人物。他要承担改变历史进程的使命。这是《刺客之歌》反复部分与主题的关系。另外，这两行还是诗歌节奏的助力器。第一节凝重缓慢，朗诵第二节（反复部分第一次出现）的时候声音节奏、音量相应要有所控制。反复部分第二次出现在太子的“威仪”之后，而且第三节写刺客石头般冰冷的意志，所以声调应该坚定沉稳。第五节写承担使命的前因后果，为“朋友”赴汤蹈火，所以第三次应当高昂诚恳。第七节是全诗的高潮部分，饮酒辞别，英雄豪迈，第四次就应该更加雄浑慷慨义无反顾。由此可知，《刺客之歌》“歌”的节奏实际上是由反复部分控制的。

第五章　时间、空间、节奏

时间、空间、节奏是诗歌的秘密，常被忽略。诗歌在一个特定的时间和空间结构中诞生，它不会孤立在一个时空点上。它在时间轴上滑行，往前回溯至历史或向后移动到未来。空间方面则表现为位置感或不同方位间的延展或跳跃。诗人要展开诗歌，在不同的时空中运动是最常见的策略。时间和空间是诗歌获得逻辑整体性的内在依据。中国古诗都有节奏，它骨子里带有音乐性。心理学上，节奏是某种声音现象间隔一段时间的反复，所以节奏总与时间有关。很多优秀之作暗藏节奏的变化，但这并不是判定诗歌是否成功的必要条件。时间和空间是诗歌存在的前提，节奏则是运动的结果，它们都是诗歌整体性的组成部分。

第一节　诗歌中的时间

诗歌中的时间不是阅读诗歌文本所需要的时间，而是诗歌语言所包含的时间跨度。这一跨度在读者的阅读感受中，有些是显性的，有些是隐性的。比如叙事诗《木兰辞》所包含的时间跨度是十二年，作者详写木兰从军前的矛盾心理和出征前的准备工作以及凯旋后与家人团聚的喜悦心情，略写木兰在军中的生活和战争场景。这一时间跨度也许是虚指，但它在诗歌中是清楚显明的。《木兰辞》时间上的写作详略服从于诗歌的整体性。这首诗的重点并不是塑造一个能征善战的女英雄形象，它创作的主要目的是以中国特有的喜剧精神描写一个女子代父从军的传奇故事。抓住木兰出征前后的心理和归来后的喜庆场面展开描写符合这一主题要求。如果忽视这一时间选择，阅读就可能产生偏差，如无视《木兰辞》的传奇性而夸大花木兰的英雄品性。诗歌中，木兰拒绝天子的封赏而回归田园，表现了她不慕名利向往和平生活的朴实愿望，这与战争英雄的想象明显矛盾。阅读过程中，把时间因素作为整体的一部分加以考虑，有助于更准确地解读作品。

有些作品中的时间是隐性的，诗人没有明确说明诗歌文本的时间跨度，或者干脆将其泛化为内在的时间观念，使时间成为阅读过程中无意识的因素而贯穿流动。唐张若虚《春江花月夜》可为代表。这首诗包括两种时间体验，二者都隐藏在全诗的主题结构之中。诗歌大致可以分为三部分，第一部分写春江美景，第二部分写面对江月美景产生的人生观照，第三部分写人间思妇游子的离愁别绪。诗歌文本展开过程中，伴随着月亮的运动，即月亮在一夜之间升起—高悬—西斜—落下的过程，其实质就是诗歌中的隐性时间。除此之外，诗歌第二部分借景抒情：“江畔何人初见月？江月何年初照人？人生代代无穷已，江月年年只相似。”这几句话诗人把思绪远抛到自然和人类诞生之初，把人的生命的有限与“江月”的无限并立，引发了无穷的哲理思考和生命慨叹，同时为下文写思妇游子张本。这显然是另一种时间体验。哲理性是这首诗区别于一般的山水景物诗和思妇游子诗的重要特点。哲理性如何产生？就在于诗人泛化的时间观念，在时间有限和无限的对照中，哲理品质浑然天成。

由此看来，诗歌文本的诞生离不开时间，而且时间也是决定诗歌品质的重要因素。究竟诗歌如何在时间中展开，时间又如何决定诗歌的质量，即时间在诗歌这个整体中如何存在及发挥作用，这是一个比较复杂的问题，也是本节的重点。一般而言，叙事诗的时间问题比较简单。事件在时间中前后相连，有其内在的事理逻辑。因此，诗人只要按照时间顺序构造文本，诗歌自然就会获得逻辑整体性。大多数叙事诗都如此。我们主要讨论抒情诗，它的时间问题复杂得多。以当下为界，时间可以分为过去、现在和未来，诗歌中的时间亦如是。诗人立足当下，要么回溯到过去，要么流动到未来，或者二者兼而有之，在过去未来之间双向运动。还有一种抒情诗中的时间不涉及过去未来，但其中有明显的时间流动感并因此获得诗歌整体性，可以称为抒情诗中的自然时间。为方便讨论，我们就按照这四种情况展开。

一、时间回溯至过去

中国古代怀古诗都属于此类，其言说策略大都是从景入手，由景色及人事，最后借古慨今。苏轼《念奴娇·赤壁怀古》堪为代表。“大江东去，浪淘尽”是写景，“千古风流人物”摆出了怀古的架势，下一句“三国周郎赤壁”明确缅怀的对象。但苏轼并没有顺势写下去，叙事文学有所谓打岔艺术，诗歌也类似。苏轼写完周瑜，马上又转向写景："乱石穿空，惊涛拍岸，卷起千堆雪"，然后才说"江山如画，一时多少豪杰"。很显然，下阕开始就要大书特书周瑜了。"遥想公瑾当年"，"遥想"二字是时间回溯的显著标志。百忙中插一笔小乔，英雄总离不开美女，接下去写盖世功业："羽扇纶巾，谈笑间，樯橹灰飞烟灭"，这才是直出周都督。这一幕战争场面与上阕"惊涛拍岸"那几句遥相呼应，原来写景也是怀古，这才见出苏轼的功力。人事已了，接下去就要慨今，肯定结合自己来谈："故国神游，多情应笑我，早生华发"，与古人相比自己年华虚度一事无成，这几句老生常谈无甚新意。作结时归到"人生如梦"也是中规中矩。

怀古的目的是为了慨今，没有人为怀古而怀古，"古"是"今"的对照，古今对比是诗人们常见的时间观念。苏轼不遗余力出脱周都督的潇洒从容志得意满，最终都为了反衬自己的落拓无为。就这个构思思路而言，怀古水平如何，实在是决定创作成败的大关键。再如骆宾王《于易水送人》："此地别燕丹，壮士发冲冠。昔时人已没，今日水犹寒。"公元 678 年，骆宾王忤逆武后获罪，随后遇赦出狱，远走幽燕，侧身军幕，《于易水送人》作于此时。这首诗既是送别诗也是怀古诗，古事就是荆轲刺秦的典故。此诗重点不是羡慕荆轲的功业惭愧自己的落魄，它的真正目的在于抒发自己的幽愤之情。历史上荆轲本无意刺秦，后来被太子丹礼贤下士的仁君之风所感动，这才答应承担刺杀任务。骆宾王满怀报国之志，却被君主猜疑，两相对比，有感而发写成此诗。诗歌中"今日水犹寒"既是描写自然景色，更讽喻朝廷气候。诗人把目光投向浩瀚空濛的历史，编织了谜一般的诗歌文本。读者要解码，必须对历史本事有相应的了解才行。想象力的综合作用必须触及时间的“底色”，才能将历史事件、诗人人生境遇和诗歌文本三者整合成一个逻辑圆满的整体。

怀古诗在时间轴上的运动一般是由现在滑向过去，然后再回到现在。过去与现在的界限，有时清楚，有时模糊。《念奴娇·赤壁怀古》上阕主要写景，这部分立足当下，苏轼摆了一个怀古的架子，但周瑜并没有出场。下阕以“遥想”领起，那才是时间的回溯。写完战争场景之后，出“故国神游”，“神游”的动作发出者是“我”，这就回到了现实。所以，这首词现在与过去的分界点是比较清晰的。骆宾王《于易水送人》也有明显的今、昔界点，那就是最后一句“今日”二字。这首诗篇幅短小，诗人没有足够的空间现在过去来来回回，所以开篇直接出古，末句古今对比，借他人酒杯，浇自家块垒。这两首诗都有清晰的表示时间界点的词语，但也有例外，如崔颢《黄鹤楼》：

> 昔人已乘黄鹤去，此地空余黄鹤楼。
> 黄鹤一去不复返，白云千载空悠悠。
> 晴川历历汉阳树，芳草萋萋鹦鹉洲。
> 日暮乡关何处是？烟波江上使人愁。

站在想象诗学的角度看，《黄鹤楼》前四句与《于易水送人》的时间结构是一样的，都是直接入古，最后折返当下，整体性高度相似。“黄鹤”二字在前三句出现三次而不觉重复，让人惊叹崔颢的胆气和技艺，也许这就是当初令李白胆寒之处。但《黄鹤楼》还另有奥秘。一个显见的问题是，这首诗前半部分的怀古与后半部分的思乡是怎么联系起来的？“日暮乡关”在逻辑上的呈现如何解释？其实这首诗如果只保留前四句也是一首完整的诗作，这就足以见出两部分之间的“沟壑”。当然，我们不能说后半部分因此就是鸡肋，事实上，它的整体性依然很强。关键就在“空悠悠”，尤其“空”在第二句之后再次出现特别醒目。《黄鹤楼》所怀之古与前两首不同，驾鹤远去的是古仙人，时间轴上的运动一下子高蹈虚幻起来。仙人乘鹤而去，黄鹤不再归来，现在的人成仙无望，诗人感到很失落。这就是“空”。当然，所谓成仙，极有可能指向诗人追求功名利禄的仕宦生涯。“成仙”无望就是现实中的挫折。在这种惆怅失落的心情主导下，诗人把目光投向远处，想到了“乡关”。所以，故乡在这里代表了人世倥偬人生失落之后的一个慰藉，这才是“日暮乡关”的逻辑情由。这样看来，“空”其实是这首诗决定整体运转的大枢纽，是《黄鹤楼》的精髓和难点。而“黄鹤一去不复返，白云千载空悠悠”这两句，正是诗人从古转向今的过渡。这个过渡没有时间状语或动词引领，相对来说是比较模糊的。伴随着诗人思绪在时间轴上的移动，有一股情绪的潜流左右着文本的流向，这是《黄鹤楼》整体性的奥秘所在。

并非只有怀古诗才滑向过去时间，只要今昔对比还是构造诗歌文本的方式，回流就不可避免。比如陆游《沈园》（其一）：“城上斜阳画角哀，沈园非复旧池台。伤心桥下春波绿，曾是惊鸿照影来。”诗歌中的“旧”字表明后半部分的时间立场，情感之“哀”源于时过境迁物是人非，过去的“惊鸿照影”之人无法在今日重现。再如李清照《清平乐·年年雪里》："年年雪里，常插梅花醉。挼尽梅花无好意，赢得满衣清泪。"小时候下雪，年幼的"我"常常沉醉在插梅花的乐趣之中；如今长大了，梅花在手，却没有了好心情，只是把它揉碎了与泪水一起沾满衣裳。这还是今昔对比。古诗中的时间向过去滑动，作为一种结构诗歌整体性的方式是最常见的。

有些诗歌向过去滑动的方式非常巧妙，请看北岛的《战后》：

战后

从梦里蒸馏的形象
在天边遗弃旗帜

池塘变得明亮
那失踪者的笑声
表明：疼痛
是莲花的叫喊

我们的沉默
变成草浆变成
纸，那愈合
书写伤口的冬天

如果忽略标题，这首诗将难以索解。所谓"战后"其实已经暗示了时间滑动的方向：当前时间轴上的坐标是战争之后的某个点，向战争时期滑动。那么，何种契机引起诗人的思绪向从前移动呢？前面提到的那些古诗都是由当前诗人面前的景致引起的，以至于借景抒情、怀古慨今成了一种固定的整体性模式。北岛这首诗有所不同，他从现在“穿越”到过去的方式是梦境。“旗帜”象征战争，它代表了特定的立场，战士不惜用生命来维护的某种存在。这首诗难就难在必须把“旗帜”与标题关联起来，才能找到突破口，否则就一筹莫展。“遗弃旗帜”就是厌弃战争，经历了战争的人经过梦境的“蒸馏”——这个词与纯净有关，似乎不经过梦境的净化就无法达到新的认识层次——对战争感到厌倦并付诸行动。所以，《战后》是一首反战题材的作品，这在北岛诗歌中是不多见的。

很难判断第二节是梦境还是现实，这四行是一个宏观的隐喻。“失踪者”就是“莲花”，与战争联系起来，就是战争中的死者。莲花从水面消失之后，池塘变得明亮起来，这个细节非常棒。这一节最了不起的地方在于通感手法：由明亮的视觉效果诗人想到了死者的“笑声”，并进而在极其独特的个人经验中（战争体验）将这声音与死者痛苦的叫喊混淆了。尊重生命是反对战争最主要的理由，这一部分是第一节“遗弃旗帜”的原因，其实也是梦境“蒸馏”所得到的净化。第三节要回到北岛诗歌的书写惯性才能理解，他喜欢用“书写伤口”之类的说法来统指历史书写中的人为因素，写历史的人出于某种目的而赋予战争神圣光环，这就是历史书写中的“伤口”。“我们”用新的书写将它愈合。这也许是对将来的期待，时间轴上的运动滑向将来。

“遗弃旗帜”表示对昨天的否定，从此远离战争珍惜生命。其实这也是今昔对比，但与中国古代怀古或怀旧类诗歌还是有明显不同。后者觉得以前很好，今天不如从前，昨是而今非；北岛的《战后》则反省从前的战争行为，认为从前不对，今后改过从善，属于昨非而今是。站在诗歌整体性的角度看，诗人都用过去与现在做对比来结构文本，这是相同之处。中国古诗谋篇立意与《战后》相似的也有不少，如刘禹锡《秋词·其一》："自古逢秋悲寂寥，我言秋日胜春朝。晴空一鹤排云上，便引诗情到碧霄。"古诗中叹秋悲秋之作甚多，刘禹锡反其道而行，大力讴歌赞美秋天，思维异于常人。联想到这是诗人贬谪朗州后的作品，更觉难能可贵。

二、时间流动到未来

诗歌中涉及未来的作品比过去少得多。这可能与未来的不确定性有关。既然不确定，就失去了与现在比较的基础。当然也不是完全没有，如王维《送元二使安西》："渭城朝雨浥轻尘，客舍青青柳色新。劝君更尽一杯酒，西出阳关无故人。"渭城在今之陕西西安西北，唐朝长安附近，自然繁华。安西在今之新疆库车，元二要到这样遥远的地方去，王维给他饯行。这首诗的对比是非常明显的，但容易做简单化理解。"西出阳关无故人"显然将时间的坐标移到了将来，王维劝朋友多喝酒，他劝酒的方式与众不同，他说，你出了阳关就没有像"我"这样的朋友陪你喝酒了。阳关乃今之甘肃省敦煌西南，当时是通往安西的必经之路。这个对比是字面的，容易想到。其实还有一重对比，就藏在前两句景色之中。王之涣有诗描写塞外风光："春风不度玉门关"，可想而知，元二到安西后不仅没有"我"这样的朋友陪他喝酒，而且也看不到"客舍青青柳色新"

这样的景色了。未来与现在在朋友圈与景色两方面的对比，是《送元二使安西》构造整体性的方式。二者一个在明，一个在暗。

未来既然不确定，那就值得期许，这是很多诗歌提及未来时的应有之义。如李白《行路难·其一》：

金樽清酒斗十千，玉盘珍羞直万钱。
停杯投箸不能食，拔剑四顾心茫然。
欲渡黄河冰塞川，将登太行雪满山。
闲来垂钓碧溪上，忽复乘舟梦日边。
行路难，行路难，多歧路，今安在？
长风破浪会有时，直挂云帆济沧海。

这首诗写于李白赐金放还离开长安之际，诗人心情可想而知。他面对珍馐美酒难以下箸，内心茫然，不知前路何在。“欲渡黄河冰塞川，将登太行雪满山”同时暗示了自然道路和人生之路的双重艰辛。后两行迎来转折，这符合李白的性格。“垂钓”和“乘舟梦日边”包含两个典故。姜子牙九十岁在磻溪钓鱼，尚有文王知遇之恩；伊尹受汤聘前曾梦见自己乘舟绕日月而过。也许那天他确实做了一个与伊尹类似的梦，这两个典故给了李白很大信心。但是梦中醒来，现实的困境没有改变分毫，所以诗人再一次慨叹“行路难”。这样就在有限的篇幅中造成了激荡起伏一波三折的效果。现实的艰难迷茫难以摆脱，李白把眼光投向未来：“长风破浪会有时，直挂云帆济沧海”，高昂地表达了对未来的信心。

这种调用未来的方式还是没有摆脱对比的窠臼。在李白的想象中，未来会走向现在的对立面。但在《山中与幽人对酌》中，他显示了对未来的另一种寄托：“两人对酌山花开，一杯一杯复一杯。我醉欲眠卿且去，明朝有意抱琴来。”世人皆知李白好酒，这首诗表现他恣情畅饮、任性豪放、不拘小节的特点。“幽人”指幽居之人，此人与李白应当非常熟悉，否则他绝不可能如此放诞：“一杯一杯复一杯”。极平常的一个词一句之中重复出现三次，有违常理，却制造了意想不到的效果。从中可见诗人饮酒之多、之速、之随意，如此饮法，焉得不醉？“我醉欲眠卿且去”，这一句化用了一个典故。据说陶渊明有一张无弦古琴，每次喝酒高兴时就搬出来抚弄。陶渊明如果先喝醉，就对客人说：“我醉欲眠，卿可去。”李白化用陶潜之言自然如捻须，究其根由，“一杯一杯复一杯”功不可没，这句话描摹饮酒情态与陶渊明的适情随性一脉相承。明白了这个典故，第四句就不至于偏得太远：“明朝有意抱琴来”，李白的意思并不是说今天喝酒无琴助兴觉得遗憾，叮嘱朋友明天一定要抱琴而来。如果是这样，那就又成了对比。这种解释与前面三句的纵情随性不拘小节相矛盾，你看他“一杯一杯复一杯”，哪有半点遗憾的样子？所以，李白的本意完全是仿照古人真率脱略的风度，他希望未来是今日美好自然而然的延续。

希望未来延续今日景况，这今日肯定不会太差。再如陆游《游山西村》：

> 莫笑农家腊酒浑，丰年留客足鸡豚。
> 山重水复疑无路，柳暗花明又一村。
> 箫鼓追随春社近，衣冠简朴古风存。

从今若许闲乘月，拄杖无时夜叩门。

标题表明这是一首纪游诗，所以颔联两句就容易理解，其中颇有庆幸、自得之情。这也是诗歌的整体性，否则这两句在首联之后就显得突兀。想象力把标题涵括进来，游历中的种种情状就如在眼前。误打误撞进入村中，被好酒好菜热情招待，诗人目睹村民吹箫打鼓迎接春社，不由得赞叹古风的淳朴可爱。最后两句"乘月"点明时间，这也侧面说明诗人这一天过得很愉快。最后的"拄杖无时夜叩门"因此显得自然，诗人的意思是，以后"我"随时会拄着拐杖来敲你家大门，未来是愉悦现实的自然延伸，也可能借此对主人表达感谢。

从当下看未来，未来与现在的关系，要么好于现在，成为一种对照，表达良好的愿望，或者成为美好现实的继续，与当下连成一片。这都可以成为承载诗歌文本整体性的内在逻辑。这里显然还遗漏了一种情况，那就是将来不如现在。将来怎么可能不如现在？这不符合泛进化论的世界观，但它符合现实。既然符合现实，就肯定有人写这样的诗歌，比如欧阳江河的《美人》：

美人

这是万物的软骨头的夜晚，
大地睡眠中最弱的波澜。
她低下头来掩饰水的脸孔，
睫毛后面，水加深了疼痛。

这是她倒在水上的第一夜，
隐身的月亮冰清玉洁。
我们看见风靡的刮起的苍白
焚烧她的额头，一片覆盖！

未经琢磨的钢琴的颗粒，
抖动着丝绸一样薄的天气。
她是否把起初的雪看作高傲，
当泪水借着皇冠在闪耀？

她抒情的手为我们带来安魂之梦。
整个夜晚漂浮在倒影和反光中
格外黑暗，她的眼睛对我们是太亮了。
为了这一夜，我们的半生将瞎掉。

然而她的美并不使我们更丑陋。
她冷冷的笑着，我们却热泪横流。
所有的人都曾美好的生活过，
然后怀念，忧伤，美无边而没落。

中国古代从来不缺描写美女的好文字，如宋玉《登徒子好色赋》："东家之子，增之一分则太长，减之一分则太短；著粉则太白，施朱则太赤；眉如翠羽，肌如白雪；腰如束素，齿如含贝；嫣然一笑，惑阳城，迷下蔡。”这是直接描写。也有间接描写，通过旁观者的反应进行暗示，如汉乐府《陌上桑》写罗敷之美：“行者见罗敷，下担捋髭须。少年见罗敷，脱帽著帩头。耕者忘其犁，锄者忘其锄。来归相怨怒，但坐观罗敷。”这段文字视觉效果差一些，想象空间却更大。

那么，欧阳江河怎么写呢？如何才能在这个传统题材上与古人一决高低？

诗歌中的美人刚刚获得选美冠军，第三节末尾“皇冠”是一个暗示。选美结束，最美的女子俯视众生，“这是万物的软骨头的夜晚/大地睡眠中最弱的波澜”——“软”和“弱”本来是形容女子的常用词汇，但在诗人的感觉中，整个世界被强大的气场女性化了。万物和大地的女性化是世界审美化的开端。这个开头颇有感染力。

> 她低下头来掩饰水的脸孔，
> 睫毛后面，水加深了疼痛。

似乎只能这样写。这辉煌的时刻，流泪是必然的。但她试图控制情绪，不让眼泪掉下来，这引来痛感。幸福与疼痛交织。水，女人是水做的，极致的柔软。从“软骨头”到“水”，是柔软的升华。“这是她倒在水上的第一夜，/隐身的月亮冰清玉洁。/我们看见风靡的刮起的苍白/焚烧她的额头，一片覆盖！”观众终于出场了，不能遗忘他们的反应。汉代乐府的成就摆在那，欧阳江河不可能视若无睹。她控制自己的眼泪，但是观众泪如泉涌，多么浩大的泪水，她冰清玉洁，额头苍白。“苍白”与“焚烧”形成了巨大的张力，既陌生又贴切，真是神来之笔。

第三节新的元素加入进来：声音，她在弹琴：“未经琢磨的钢琴的颗粒，/抖动着丝绸一样薄的天气。”她软化了万物，软化了大地，现在又软化了天气。钢琴声在空气中传播，产生了这样的效果。柔软是美人的特征，是这首诗的质地，是欧阳江河的秘密，是超越前人的不二法门。欧阳江河调用汉语词汇的神奇能力来自他对世界惊人的感受力。

> 她抒情的手为我们带来安魂之梦。
> 整个夜晚漂浮在倒影和反光中
> 格外黑暗，她的眼睛对我们是太亮了。
> 为了这一夜，我们的半生将瞎掉。

光，从写实走向神圣与崇高，这是经验，所有杰出诗人都洞悉这个奥秘。海子之前也是这样描写他的《新娘》，“故乡的小木屋、筷子、一缸清水/和以后许许多多日子/许许多多告别/被你照耀”。诗歌最后一行是一个悲观的预言，眼睛瞎掉与上一行的“太亮”有因果关系，它的潜台词是，我们见识了无与伦比的美，今后无法再超越这个时刻。未来在现实不可逼视的亮光面前突然黑暗而坍缩，这必然引发强烈的情绪反应：“热泪横流”与“怀念”、“忧伤”。请注意，前者属于当下，后面两个属于未来，那是自我移动到未来之后可预见的损耗。

不可否认，这还是对比。真相是，只要未来不与现在连成一片，对比就不可避免。但我猜测欧阳江河对未来的坍缩不很在意，《美人》追求的是当下这一刻的极致明亮。为了这个目标，他不惜代价。

未来坍缩到极端就是死亡。李金发《弃妇》：

弃妇

长发披遍我两眼之前，
遂隔断了一切羞恶之疾视，
与鲜血之急流，枯骨之沉睡。
黑夜与蚊虫联步徐来，
越此短墙之角，
狂呼在我清白之耳后，
如荒野狂风怒号：
战栗了无数游牧。

靠一根草儿，与上帝之灵往返在空谷里。
我的哀戚惟游蜂之脑能深印着；
或与山泉长泻在悬崖，
然后随红叶而俱去。

弃妇之隐忧堆积在动作上，
夕阳之火不能把时间之烦闷
化成灰烬，从烟突里飞去，

长染在游鸦之羽，
将同栖止于海啸之石上，
静听舟子之歌。

衰老的裙裾发出哀吟，
徜徉在丘墓之侧，
永无热泪，
点滴在草地
为世界之装饰。

李金发是中国早期象征主义重要诗人，这首《弃妇》是他的代表作。“弃妇”象征什么？当时落后愚昧闭塞的中国是当然选项，但他创作这首诗的初衷可能并非如此。李金发去欧洲留学三年后，留守广东梅县的妻子朱亚凤服毒自杀。朱氏的自杀，与弃妇心理有很大关系。这首诗第一节主要描写弃妇的生存状况，“羞恶”惹人注目，这是弃妇最显著的心理特征，具有鲜明的旧时代印记。第二节写弃妇无谓的挣扎，她企图用虚幻的仪式摆脱“烦闷”。这些古怪的事情也许是朱亚凤在信中告诉李金发的。这一节后四行写得很有诗意，似乎弃妇得到了解脱，但倒数第五行的“不能”是一个整体性的否定，解脱只是一种幻想。

最后一节弃妇“徜徉在丘墓之侧”显然暗示结局，这种展示未来的方式比较含蓄。在这首诗中，未来当然不是现在的对立面，它再次成为当下的自然延伸：一个被抛弃的旧式女子理所当然的结局。在李金发看来，这既是情理之中的事情，又是现实中无法愈合的创伤。实际上李金发并没有抛弃朱亚凤，在诗歌中写成如此也许暗示了他悔恨自责的心态，他认为自己应当为妻子的死担责。与李白和陆游希望延续快乐的心愿相比，《弃妇》中的未来，是现实自然而然的延伸，这无关愿望，只是坚硬的逻辑。

对个人而言，死亡是终极未来。窥探死亡的秘密必定要飞离当下。北岛在梦中回到过去抛弃曾经的“旗帜”，梦境是飞离当下的一种方式。但特朗斯特罗姆清醒的时候同样可以预知未来。请看《足迹》：

足迹

夜里两点：月光。火车停在
平原中心。远处，城市之光
冷冷地在地平线上闪动。

如同一个人深入梦境
返回房间时
无法记起曾到过的地方。

如同某人生命垂危
往事化作几粒光点，视平线上
一抹冰冷的小旋涡。

火车完全静止。

两点：明亮的月光，两三颗星星。[1]

诗歌第一节交代背景事件。也许是临时停车，火车没有到站，城市还在远方。夜晚两点的月光冷冷照耀。意识到火车停在“平原中心”让人惊异，这绝不是乘车人的正常直觉。第二节出现了“梦境”，《足迹》的梦境显然没有获得与《战后》相同的意义，它更容易让人想到雪莱关于睡眠与死亡关系的判断：“死去的人们熟睡在他们的墓穴”。（《夏日黄昏墓园》）这一节难解之处，到底什么东西如同梦境返回时的遗忘？答案在第三节，二、三两节都由“如同”领起，显示它们的亲缘关系。第三节“生命垂危”暗示时间轴上的移动行为。停车在“平原中心”的特朗斯特罗姆突然预知临死前的意识：“往事化作几粒光点”，在微弱的意识中闪动。它们就好像梦境返回后闪烁在记忆深处的模糊片段。

“火车完全静止”暗示生命活动结束，最后一行再现永恒的自然之光，与生命的短暂形成对照。我猜测这才是特氏在“平原中心”的深切感受，当时他头顶有“明亮的月光”和“两三颗星星”。诗歌标题“足迹”，其实也就是临终之际往事的那“几粒光点”，多么微末的生命。《足迹》收录于《途中的秘密》，这是特朗斯特罗姆第二本诗集，发表于1958年，当年他二十七岁。一个青年居然有如此强烈的死亡意识。

---

[1] 特朗斯特罗姆：《特朗斯特罗姆诗歌全集》，李笠译，四川文艺出版社，2012年，第54页。

三、时间的双向运动

与前两种情况相比，诗歌中时间的双向运动更少见，诗人投向过去未来的原因更多样化。想象诗学以主题为核心，想象力综合诗歌各要素，统合成一个整体，这是不变的原则。时间的双向运动必须符合表达主题的需要，它使诗歌更紧致。这方面最短小精悍的例子当数陈子昂的《登幽州台歌》:“前不见古人，后不见来者。念天地之悠悠，独怆然而涕下!”这首诗中的感伤突兀而磅礴，让人有点摸不着头脑。陈子昂那天登上幽州台，为什么爆发出如此强烈的情绪？联系诗人的人生经历来理解是很自然的想法。比如因直言敢谏屡被武则天打击，跟随武攸宜讨伐契丹不受重视等等，登高望远之际情绪突然喷发也在情理之中。这种解读未必不对，但是陈子昂在文本中淡化了创作诗歌的背景，甚至连暗示都没有，这一模糊化处理非常关键，否则它绝不可能在今天的读者中产生如此广泛的共鸣。诗歌第一句写古人，第二句写来者，其实就是过去未来，整个时间轴都在其中。第三句写天地，也就是无限的空间。前三句营造了一个无限的时空结构，然后第四句隆重推出孤单悲苦的情绪主体，把他放大让他清晰，无限的时空结构全部是他的舞台。这就是这首诗的整体性，它最震撼人心的效果就在于此。把时代背景打上去产生了理性考量，反而弱化了审美冲动。任何人被某种情绪完全控制，都会与过去未来所有人乃至与整个时空结构割裂开来，把自己凸出为没有参照样本的独特个体。这才是《登幽州台歌》的普遍性奥秘。

与这种情绪化的壮阔穿越行为不同，我们有时也能看到绵密细致的叙事理路，如李商隐的《夜雨寄北》：“君问归期未有期，巴山夜雨涨秋池。何当共剪西窗烛，却话巴山夜雨时。”相比之下，《夜雨寄北》在时间轴上摇摆的幅度小得多，但是过去、现在、未来三者相互在对方区域投影，产生了如真似幻斑驳迷蒙的美学效果。现在的时间点是“巴山夜雨涨秋池”，与“君”相对的第一人称叙事主体全程隐身，此时他正在巴山夜雨、水满秋池的环境中，也许正在给你写回信吧。第一句“君问归期未有期”是你来信中的内容，询问“我”何时回去，这代表过去。所谓回信，总要回忆来信内容，所以这个移动完全在情理之中，天然有整体性。后两句用“何当”引起，这是滑向未来的标志。“共剪西窗烛”暗示“我”与“你”已经会合，这与我现在在巴山的情况相对，未来作为现在的对立面出现。这首诗最了不起的地方在第四句：“却话巴山夜雨时”，就是说团聚之后二人聊到了今天晚上的情况。我们不妨设想诗人回信的内容，大抵总是说现在天天下大雨，到处都涨水了，“我”暂时回不去。这种对现在的埋怨之词合乎情理。但诗人没有一味埋怨现实，现实中的困难时过境迁之后常常显示出美好的一面，诗人抓住这种心理给现实的无奈打上了温暖感人的情绪底色，用它来安慰对方。时间在移动到未来之后（团聚），又从未来折返当下，于是在诗人想象的时间体系中，未来成为现在，巴山夜雨现实的当下则绵延成过去。时间复杂运动的价值建立在“我”与“你”深厚的情感之上，它潜藏在文字之下，想象力必须整合到这一点，才能获得叙事线索中的整体性。

《夜雨寄北》的叙事线索由收信（过去）、回信（现在）、团聚（未来）三部分构成，诗歌的叙事时间保证其整体性。有时候时间的整体性没有这么明晰，要仔细甄别才能理出头绪。下面是李白的名作《宣州谢朓楼饯别校书叔云》：

宣州谢朓楼饯别校书叔云

弃我去者，昨日之日不可留；乱我心者，今日之日多烦忧。
长风万里送秋雁，对此可以酣高楼。
蓬莱文章建安骨，中间小谢又清发。
俱怀逸兴壮思飞，欲上青天揽明月。
抽刀断水水更流，举杯消愁愁更愁。
人生在世不称意，明朝散发弄扁舟。

李白送别族叔李云之作。这首诗有两处提到过去时间，分别是第一行和第三行。这两行内容不同，表达的侧重点有异，对诗歌整体性各有贡献。“弃我去者，昨日之日不可留”，“弃”字充分表露时间无情流逝给李白带来的焦虑。这首诗写于唐天宝十二年，即公元753年，李白已经五十二岁，受谗离开长安已近十年，政治上却毫无建树，时间焦虑不言而喻。第三行两句分别自比叔侄二人，以建安风骨和小谢才华自诩，恐怕自负的成分更多一些。

现在时间就更多了，最明显的是“乱我心者，今日之日多烦忧”，此诗诞生了写愁绪的千古名句，还有最后一行“人生在世不称意”也是现在，都极写诗人内心烦闷。读者不禁要问，诗人为什么如此烦恼？诗歌字面上没有写，这种东西不好随便说。但是，李白不可能无缘无故说自己才华堪比谢朓，他无比烦闷的时候提到这个，潜台词就是说我这么有才华却得不到朝廷重用，一大把年纪还四处漂泊。这种牢骚话当时只能靠读者自己领会。于是，昨日和今日就联系起来了，时间焦虑（昨日）是造成今日“烦忧”的原因之一。未来时间就是最后一句“明朝散发弄扁舟”，它有一个显眼的时间副词。烦闷而没有出路，年纪又大了，自然产生弃世念头。这首诗起于时间弃“我”，终于“我”弃红尘，也算是环形结构。由过去—现在—未来支撑的逻辑理路还是相当完整。

最后谈一首现代诗，它的时间线索更朦胧。张枣《镜中》：

镜中

只要想起一生中后悔的事
梅花便落了下来
比如看她游泳到河的另一岸
比如登上一株松木梯子
危险的事固然美丽
不如看她骑马归来
面颊温暖
羞惭。低下头，回答着皇帝
一面镜子永远等候她
让她坐到镜中常坐的地方
望着窗外，只要想起一生中后悔的事
梅花便落满了南山

《镜中》是张枣成名作，写于1984年。我总觉得这首诗与他赴德国留学有关。人民文学出版社《张枣的诗》作者介绍页上说他1985年去德国，更多地方说是1986年去的。值得一提的是，《张枣的诗》作者介绍页右上角放置简介文字，左下角即是《镜中》，也许这只是巧合。笔者的观点，张枣去国前曾有过长时间犹豫，很显然他不愿离开中国，又被某种强大的力量推动一步步促成此事。《镜中》真实记录了他当时的矛盾心情和自我劝导。

如果这个观点成立，诗歌开头那个难题就迎刃而解。究竟谁在回忆“一生中后悔的事”？这关系到张枣写这首诗的目的。把回忆者等同于诗歌中的“她”似乎是很自然的事情。从“她”与皇帝的关系来看，其身份非同一般，在河中游泳和攀爬梯子都是不可想象的，是越界行为。诗歌叙事逻辑表明，最后“她”放弃了越界，回到皇帝身边。“皇帝”这个意象非常突兀，它承担了这首诗一半重量。在我的解读体系中，“皇帝”象征中国。“她”越界离开皇帝，就是张枣离开中国的隐喻。“她”的越界失败了，这是一种假设。现实中的诗人张枣说，假如不去德国，将来想起这件事情，他一定后悔。

所以，诗歌第一句话的言说者依稀可见诗人张枣的影子，听者也是他，这是他的自言自语、自我说服。其言说姿态不经意间把时间的指针指向过去，预设了非同寻常的过往：“危险的事”，“危险的事”就是“她”的越界行为。“她”放弃越界，回到皇帝身边，“一面镜子永远等候她/让她坐到镜中常坐的地方”。直到这里，时间指针一直都在过去——也许开头那两行除外。倒数第二行，“望着窗外”提示读者诗歌时间的跳跃，回到现在，在一个标准的闭环中结束全诗。“只要……便（就）……”的语言结构暗示了未来无穷多次“后悔”，这种心理活动在未来将重复出现。很显然，这是言说者站在当下这个时间点的预言。但是，“当下”是虚拟的，它一直在时间轴上滑动，滑向未来，其速度与现实时间的流速相同。

八十年代中期，用“皇帝”象征中国是一种非常容易引起共鸣的知识分子心理，其动机约等于“五四”时期与传统彻底决裂的姿态。我猜测张枣在极其轻盈、婉约的女性自比中获得了相当大的快感。“镜”象征了对自我的留恋与守成，与越界行为刚好相反，其内在张力是这首诗的整体性因素之一。由“后悔”引起的诗歌叙事部分长时间停留在过去，只在形成闭环的一刹那从现在突然跳跃到无穷无尽的未来，它赋予“后悔”须弥山般沉重的分量。这是张枣真正恐惧的。他从恐惧中获得动力。

四、诗歌中的自然时间

诗歌中的自然时间就是按照时间顺序展开文本。叙事诗这样做是很自然的，比如《木兰辞》就按照出征前—出征—凯旋及庆祝的时间顺序展开。其实，很多抒情诗也有内在的时间顺序，如前述《春江花月夜》，月亮的运动轨迹暗示时间变化。时间作为一个整体性因素常常或显或隐存在于文本中。对于时间感不那么强的作品，读者的想象力要努力将它纳入统合范畴，这需要一些训练。

这种情况如此常见，诗歌因此获得整体性的方式大同小异，没有必要多举案例。下面，仅就一些特殊情况略提一下。有些诗歌不是按照时间的自然顺序展开，而是让时间倒流，这种方式与倒叙不同。倒叙是先把事情的结果呈现出来，然后再叙述起因和经过。叙述的过程其实还是时间的自然顺序。而时间倒流的每一步都是后退，就像一个人慢慢退回到童年。根本而言，这也是一种时间顺序。笔者曾在网上看到一首《以倒叙的方式给一只羊生路》，作者谢瑞。全诗如下：

以倒叙的方式给一只羊生路

飘散的气又聚了回来
羔羊的呼吸渐渐粗重
它开始扑腾、喘息
刀子从脖子倒退着出来，血回到了腔子里
最初的捆绑一圈圈散开
它挣扎着站起，倒着追赶手提刀子的人
像刚开始被追赶一样，它跑不过他
那人退出了羊圈，它退回到母亲身边
绝望的表情重又恢复了安详
它们站在一起，呼吸平静
回头，那人没有拿刀子
站在羊圈外
微笑着看它们将一堆青草
越吃越丰盛[1]

[1] http://blog.sina.com.cn/s/blog_13781927c0102w5b5.html

作者以“倒叙”为题，显然赋予了它新的含义。羔羊从死到生最后回到母亲身边，经历了从恐慌绝望到平静安详的过程，时间倒流制造了新鲜感。新鲜感不仅来自时间的流动方式，还有事理逻辑的悖逆。比如最后一行羊吃草，“越吃越丰盛”，这就与常识相反，从而产生陌生化效果。由于读者的阅读还是遵从自然时间，所以这首描写死亡的诗歌最后却停止于生命的从容安详，读者历经死亡恐怖之后意外回归平静，更容易领悟到生命的渺小和宝贵，反感残忍的杀生行为。

这种极端的例子毕竟是少数，多数按照自然时间获得整体性的诗歌都是依序展开。许多抒情诗因为自然时间而获得叙事性，这显然与时间自然流动天然具有的内在逻辑有关。比如特朗斯特罗姆的《果戈理》：

果戈理

外套破旧得像狼群。
面孔像大理石片。
坐在书信的树林里，那树林
因轻蔑和错误沙沙响，
心飘动像一张纸穿过冷漠的
走廊。

此刻，落日像狐狸潜入这国度
转瞬间点燃青草。

空中充满犄角和蹄子，下面
那马车像影子滑过我父亲
亮着灯的院子。

彼得堡和毁灭在同一纬度
(你看见倾斜的塔中的美人了吗)
在冰封的居民区像海蜇漂浮
那披斗篷的穷汉。

这里，那守斋人曾被欢笑的牲口包围，
而它们早就去往树线以上的远方。
人类摇晃的桌子。
看外边，黑暗怎样焊住灵魂的银河。
快乘上你的火焰马车离开这国度![1]

这首诗的叙事性体现在二、三、四节，分别对应果戈理的童年生活、彼得堡时期和死亡。用自然时间结构诗歌文本，使《果戈理》散发出传记文学气息。果戈理出生于乌克兰乡村，童年生活给他留下深刻印象，第二节许多意象与农村生活息息相关。节末“马车”暗示他离开乡村闯入城市，从诗歌来看，彼得堡让人失望。“倾斜的塔中的美人”与“冰封的居民区”中的“穷汉”形成对立，暗示

[1] 北岛:《特朗斯特罗姆：黑暗怎样焊住灵魂的银河》,《时间的玫瑰》,江苏文艺出版社，2009年，第150—151页。

城市贫富分化严重，“冰封”同时指自然气候和阶层固化。果戈理是狂热的东正教信徒，1852 年他在封斋期拒绝进食大病而死。第四节“守斋人”就是果戈理，他在奄奄一息中回到童年，“牲口”呼应第二节“犄角和蹄子”。“它们早就去往树线以上的远方”指死亡，如今诗人也要步童年玩伴后尘。“人类摇晃的桌子”显然与第三节有关，喻人类社会。这显示了特朗斯特罗姆诗歌的特点，看似普通的意象一击必中。“黑暗怎样焊住灵魂的银河”试图展现人类不平等和苦难的根源，贪婪和私欲泯灭人性。这句话表达了诗人对果戈理的同情，同时也是对现代性的质疑。在特氏笔下，乡村淳朴美好，大城市罪恶堕落，二、三两节为这一行埋下了伏笔。最后一行“马车”再现，喻诗人死亡，在“冰封”的苦难面前，也许死亡不是更坏的选择。按自然时间展示一生，诗人把果戈理的死与人类现代困境关联起来，揭示诗歌主题。

如果只有这些，这首诗无法获得完美的整体性，在作者和果戈理之间缺少通道。第一节把他们联系起来。北岛认为这部分描写特朗斯特罗姆阅读果戈理的过程和体验。“外套”也许是书籍封面上的果戈理画像，三、四行是书籍内容，后两行是诗人阅读的感受。有了这一节，就好像给诗歌的叙事部分外加了一个包装，末句“快乘上你的火焰马车离开这国度”是作者情不自禁对困境中的果戈理发出劝告，诗歌从叙事部分返回阅读体验并戛然而止，整体性的闭环这才圆满。

还有一种特殊情况，有些诗歌虽然时间流动感较强，却并没有明显的叙事性，诗歌所展示的，主要是诗人的意识跟随时间的流动。卞之琳很多诗作有独语特点，比如下面这首《音尘》：

音尘

绿衣人熟稔的按门铃
就按在住户的心上：
是游过黄海来的鱼？
是飞过西伯利亚来的雁？
“翻开地图看，”远人说。
他指示我他所在的地方
是那条虚线旁那个小黑点。
如果那是金黄的一点，
如果我的座椅是泰山顶，
在月夜，我要猜你那儿
准是一个孤独的火车站。
然而我正对一本历史书。
西望夕阳里的咸阳古道，
我等到了一匹快马的蹄声。

《音尘》从邮递员上门送信写起，诗人情不自禁猜测哪里来的信。然后开始阅读信的内容，朋友在信中告诉他所在位置，接着写诗人由此而产生的一些联想。整首诗呈线性结构，时间线索清晰。邮递员的门铃声引起诗人一系列意识活动，所有意识活动围绕“音尘”——其实也就是信件——展开，这就是诗歌的整体性。从朋友来信和位置，“我”推测到他（她?）的孤独，于是有了诗歌最后两行，它们显然来自李白的《忆秦娥·箫声咽》："箫声咽，秦娥梦断秦楼月。秦楼月，年年柳色，灞陵伤别。//乐游原上清秋节，咸阳古道音尘绝。音尘绝，西风残照，汉家陵阙。"诗歌标题也来自于此。李白写的"秦娥"是一个苦苦思念爱人的女子，爱人音讯全无。与此相反，《音尘》中的"我"却等到了朋友的来信。这一部分出现在诗人意会到友人的"孤独"之后，难道仅仅传达一种自我的欣幸之情？诗人以"秦娥"自比，其实看中的是"思念"。通过这个典故，他很婉转地向朋友传递思念之情，以此安慰那颗"孤独"的心。这才是卞之琳的性格。这种含蓄婉约的心态，实在是《音尘》绝妙的个人性。

第二节　诗歌中的空间

时间之外，空间也是诗歌展开的重要依据。诗歌中表明时间的方式很多，可以直接点明，也可以暗示。比较而言，空间的符号特点更鲜明。当然，有时候出现了空间符号，但并不表示明确的空间方向或位置，中国古诗尤其如此。如汉乐府《江南》："江南可采莲，莲叶何田田。鱼戏莲叶间。鱼戏莲叶东，鱼戏莲叶西，鱼戏莲叶南，鱼戏莲叶北。"这里的东西南北并非实指。诗歌通过并列方向名词描绘了一幅祥和生动的水乡风景画，莲叶下的鱼儿自由欢快任意东西，其中隐含着青年男女欢悦的恋爱情思和青春活力。空间符号没有确指意义，但它们是传达诗歌主题的载体，当然是整体性的一部分。类似的例子很多，再如《木兰辞》："东市买骏马，西市买鞍鞯，南市买辔头，北市买长鞭。”这是木兰出征前的准备。东西南北的并列结构表达了军情的紧迫，也暗示出木兰的紧张和干练。这些虚拟的空间符号潜藏着丰富的文本内涵。

中国古诗的叙事性比较强，空间的组装和跳跃是传达主题、结构诗歌的方式之一。对叙事文学而言，跌宕起伏的情节和丰满典型的人物形象必须依附于特定空间，但也遮蔽了空间的重要性。以抒情为主的诗歌则没有这个问题，空间在意识中往往被推到更突出的位置，空间的层次经常成为结构整体性的主要手段。现代诗的情况与古诗又有不同。现代诗更乐于放弃叙事性，通常以锋利的思考直接面对读者，这样一来，空间的层次感减弱而在特定情绪中重构空间的频次大大增加。这些都涉及古诗与现代诗的差异。因此，本节就从这两个方面展开。

一、古诗中的空间

最能体现中国古代诗人空间意识的主题类型当数登高诗。古代不像今天有许多高楼大厦，借助电梯之力，人们数分钟就能轻松登上百米高楼。登高眺远对古人是件比较难得的事情。人一旦登上高处，极目远眺，山川自然或屋宇街肆尽在脚底，人的眼界开阔胸怀激荡，感觉中超越日常生活的高度层次和世俗风物，诗意自然磅礴汹涌滚滚而来。所以，古诗中此一类型比例很高。其中较有名者如王之涣《登鹳雀楼》：“白日依山尽，黄河入海流。欲穷千里目，更上一层楼。”或者杜甫《望岳》：“岱宗夫如何？齐鲁青未了。造化钟神秀，阴阳割昏晓。荡胸生曾云，决眦入归鸟。会当凌绝顶，一览众山小。”

《登鹳雀楼》前两句写景，后两句写意。太阳傍着山峦落下，黄河向大海奔流，这都是非常壮阔辉煌的景色，为什么能看到这样的景色？那是“登”的结果。标题与诗句的整体性就这样发生了。接下来诗人说，如果你想看遍千里之内的风景，那就要登上更高的楼啊。很显然，这是前两行情理逻辑的自然延伸，想看得更远，就必须爬得更高。于是，整首诗就依据“登高—看景—写意”的逻辑顺序关联起来。在这个逻辑体系之外，它没有一个多余的字。写景气势磅礴，写意惹人深思催人向上，整体性极强，所以，《登鹳雀楼》能成为唐代五言诗压卷之作。这种模式几乎可以概括所有登高诗，如杜甫《望岳》，“望”字已经暗示了视角，而且诗人观察泰山的角度不固定，从远看、近看、凝视到最后在绝顶高处俯视群山，暗藏了空间的变化。这首诗前六句都是写景，后两句写意抒情，诗题和诗歌主体的整体性与《登鹳雀楼》并无二致。

古人登高诗往往体现特定的空间意识，大致而言可以分为两类。一是体现儒家的入世精神，登高眺远暗藏了对感性世界的全面征服；二是象征了道家的出世情怀，登高远望表达了他们追求主体精神绝对自由的美好愿望。当王之涣说“欲穷千里目，更上一层楼”的时候，他脑海里想的当然不是鹳雀楼的高度问题，事实上，这首诗是盛唐诗人开阔胸怀和积极进取人生姿态的写照。同样，写《望岳》的杜甫也只能是青年杜甫，他所歌咏的是安史之乱发生之前的大唐河山。“会当凌绝顶，一览众山小”的雄阔胸襟源自主体蓬勃向上的精神境界。反映道家空间意识的也有不少诗作，最典型的当数庄子《逍遥游》的著名开篇：“北冥有鱼，其名为鲲。鲲之大，不知其几千里也。化而为鸟，其名为鹏。鹏之背，不知其几千里也。怒而飞，其翼若垂天之云。”这神奇的大鸟究竟为何“怒而飞”？它震动翅膀奋起向上似乎要摆脱地面的某种东西。站在道家的立场看，当然不难想象其具体内涵。我总觉得海子《黎明：一首小诗》乃是接受庄子影响的结果，那一天他挣脱“陶罐/大地”向着太阳飞翔的姿态与《逍遥游》太相似了。

这两种空间意识并不是完全割裂的。仕和隐是深藏在中国知识分子血液中的文化基因。诗人年富力强、国家生机勃发的时候，仕的基因占据主导地位，反之，则走向弃世和独善其身。晚年黄庭坚被贬四川，亲身体验了蜀道之难难于上青天的滋味，大难不死，六年后放还，在湖北冒雨登岳阳楼，写下《雨中登岳阳楼望君山》：“投荒万死鬓毛斑，生出瞿塘滟滪关。未到江南先一笑，岳阳楼上对君山。”对于自己能活着走出生存空间和政治空间双重困境，黄庭坚暗自庆幸。他站在岳阳楼上对着江南粲然一笑，大概不会再处心积虑于靠近皇帝和大展政治宏图，登高望远此时带给他的是身体和精神上的极大自由。同样登临岳阳楼，历经安史之乱的杜甫长泪满襟，他在《登岳阳楼》中写道：“昔闻洞庭水，今上岳阳楼。吴楚东南坼，乾坤日夜浮。亲朋无一字，老病有孤舟。戎马关山北，凭轩涕泗流。”写景的三四句依然笔力雄劲，但诗人却已经没有了《望岳》时的豪情壮志。仕进之心已灰的他甚至没有来得及体会轻松的感觉，就被战争烽火中的家国之痛淹没了。

《登岳阳楼》的写景句很有气势，“吴楚东南坼，乾坤日夜浮”，诗人选取的吴地、楚地、乾坤（实指天地）都是非常广阔的空间意象，用它们来衬托浩瀚的洞庭湖再合适不过。“坼”和“浮”分别有破裂和动荡的意思，这两个字准确传达出诗人站在岳阳楼上的观感，同时预示诗歌后半部分的情感走向。用于实写所观之景的动词与所抒之情暗相契合，体现出极高的整体性，这是《登岳阳楼》最为出彩的地方。

古诗中的登高与思乡密切相关，究其原因，不过以下几点。首先，用登高来表达望乡之情是中国传统文化惯性使然。比如重阳节的本意是敬老，但由登高引发的乡愁大有喧宾夺主之势，如王维《九月九日忆山东兄弟》："独在异乡为异客，每逢佳节倍思亲。遥知兄弟登高处，遍插茱萸少一人。"又如卢照邻《九月九日玄武山旅眺》："九月九日眺山川，归心归望积风烟。他乡共酌金花酒，万里同悲鸿雁天。"其他类似的诗句数不胜数。为什么登高会引发乡愁呢？这就不得不提第二个原因，由空间感觉引发的心理动机。古人登高的机会少，一旦登临高处，极目远眺首先带来一种突然跳出樊笼的自由感。这种感觉起初非常强烈，其他情感因素没有升起的心理空间。但是随着时间流逝，最初的冲击波消弱之后，广阔的空间既视感会激发心灵的孤独意识，并且越来越强。人在孤独中第一反应就是想起自己的亲人，思乡之情应运而生。古诗中"登高"—"思乡"几乎成了一对孪生兄弟，如"日暮乡关何处是，烟波江上使人愁"（崔颢《黄鹤楼》），"三百年来庾楼上，曾经多少望乡人"（白居易《庾楼晓望》），"如何望乡处，西北是融州"（柳宗元《登柳州峨山》），等等，前面提到的《登岳阳楼》当然也是此中名作。文化惯性和心理动因是联结登高行为和思乡意识的内在纽带，它们使此类诗歌浑然一体。

山水诗与登高诗有交集，前者范畴更广。登高诗一般可以归于山水，但模山范水未必要登高。山水诗离不开空间组合，从空间角度看待山水诗的整体性是一个重要的视角。从主体与外在空间的关系入手，山水诗可以分为突破型和敛缩型。突破型是诗人从自己所在视角出发，一般是一幢楼、一扇窗或者山上的某个立脚点，从一个比较小的原点把视线投向广阔的山川大地乃至天地宇宙。由于自身空间的逼仄与外在空间的广阔无垠之间的落差，突破型的观察视角往往显得气势磅礴，容易激荡诗人的情感而思如泉涌。前述登高诗基本属于这种情况。比如杜甫的《登岳阳楼》，就是从岳阳楼这个特定的观察点把视线投向吴楚大地和更浩大的“乾坤”。“窗含西岭千秋雪，门泊东吴万里船。”（杜甫《绝句》）直接在诗歌中点明从小到大的辐射方向：观察点是“窗”和“门”，以此为突破口，奔向几乎无限的外在空间。这首《绝句》写于杜甫在成都草堂隐居期间，当时春光明媚，诗人心情愉快。突破型的观察视角是围绕着诗歌主题精心选取的。

敛缩型的空间运动方向与此相反，把一个庞大的外部空间微缩至一个相对较小的空间内。苏轼诗歌中有很多这样的例子。比如《月夜与客饮酒杏花下》：

杏花飞帘散余春，明月入户寻幽人。
褰衣步月踏花影，炯如流水涵青苹。
花间置酒清香发，争挽长条落香雪。
山城薄酒不堪饮，劝君且吸杯中月。
洞箫声断月明中，惟忧月落酒杯空。
明朝卷地春风恶，但见绿叶栖残红。

这首诗标题中包含有月、酒、花三大要素，全诗也围绕这几个方面流转，其中月是重中之重。开篇“明月入户寻幽人”就把月写活了，极有新意。“山城薄酒不堪饮，劝君且吸杯中月”两句把浩大无边的月色收入小小酒杯之中，用酒的无味反衬月之可爱。月本无味无形，笼入酒杯之后有形有味。“洞箫声断月明中，惟忧月落酒杯空”两句是这一思维的延续，既然月色可饮，月落之后自然酒杯就空了。这首诗写于苏轼外放徐州任上，诗歌最后两句明显寄寓人生感慨。苏轼极尽能事把月写活，寄情月、酒、花，其超脱飘逸的性格与困顿的人生际遇形成鲜明对照。而这正是此诗的目的。敛缩型的空间运动方向改变了月的性质，对表达主题功不可没。

有时候诗人用空间来建构诗歌的文本逻辑，这时候空间与整体性的关系最为密切。先看一个例子，王维《淇上送赵仙舟》：“相逢方一笑，相送还成泣。祖帐已伤离，荒城复愁入。天寒远山净，日暮长河急。解缆君已遥，望君犹伫立。”这首诗写于王维在济州为官时期。诗中有不少点明空间方位的词语，如祖帐（古人在郊外路旁为饯别而设的帷帐）、荒城（即济州）等，后四句更多，也是真正写离别的部分。诗人从远山写起，然后稍近写长河，最后目光落到即将离开的“君”上，其中暗含从远到近的空间逻辑。解开缆绳之后，由于水流速度很快（前面已交代，这也是整体性），船一下子就漂到远处。我远远看了一眼，见你还伫立在船头望着我。这一部分按照从近到远的空间逻辑来展开。后面四句暗含两个相反的空间顺序，这是这首诗的整体性非常重要的一部分。如此复杂的空间转换和联结，实现起来却毫不费力。深究起来，诗人选取几个空间方位，在诗中轻轻点出，抓住展示其特点的几个词略加修饰，而境界全出。王维用画法写诗，妙到如此。

《淇上送赵仙舟》中的时间整体性比空间整体性更加明显。诗人与朋友从“相逢”到“相送”，送别时诗人设宴，宴毕来到河边，或许两人还有些离别言语交代，然后解开缆绳，小船顺流而下。这都是时间顺序，其整体性容易感知，一毫乱不得。在时间的流逝中，必然伴随空间的转换。或者说，人在不同空间中的活动按照先后顺序组织起来就是时间。所以，时空一体化的诗歌文本展示逻辑是非常普遍的。这对于现代诗同样适用。

二、现代诗中的空间

登高诗在现代几乎绝迹。在一个登高不再稀罕的年代，极目远眺带来的进取心、自由感越来越难以引起心灵的震撼。与此相映成趣的是山水田园诗的大面积撤退，在浪漫主义诗歌收起西边最后一抹绯红之后，大量的城市意象侵占了诗歌文本空间。只有过渡时期亦新亦旧的一代偶尔折射出古典的光芒，如卞之琳《登城》：

登城

朋友和我穿过了芦苇，
走上了长满乱草的城台。
守台的老兵和朋友攀谈：
“又是秋景了，芦苇黄了……”
大家凝望着田野和远山。
正合朋友的意思，他不愿

揭开老兵怀里的长历史，
我对着淡淡的斜阳，也不愿
指点远处朋友的方向，
只说，“我真想到外边去呢！”
虽然我自己也全然不知道
上哪儿去好，如果朋友
问我说，“你要上哪儿去呢？”
当我们低下头来看台底下
走过了一个骑驴的乡下人。

这首诗写于卞之琳北大毕业前夕，当时东北已经沦陷，整个华北暴露在日本铁蹄之下。虽然诗题已经点明了登高望远，但诗人既不豪迈也无自由。其中流露出了时间观念，如“他不愿/揭开老兵怀里的长历史”，这段历史不堪回首，诗歌就这样轻轻点了一下时代背景，略过去了。作者把全部笔力放在空间上，在远、近之间来回摆荡，如“大家凝望着田野和远山”，这是远。接下来写老兵，目光撤回，转为近。然后是“我对着淡淡的斜阳，也不愿/指点远处朋友的方向”，这显然又投向远处。后来二人对话，“当我们低下头来看台底下/走过了一个骑驴的乡下人”，诗歌终止于近处。一方面躲避老兵攀谈的愿望，一方面是远、近之间来回跳跃的目光动态，这二者综合起来，就能领会到诗人朦胧闪烁哀伤迷茫的心态。城台破旧衰败具有强烈的象征意义，不言自明。国事如此不堪，自家前途渺茫，诗人几度欲言又止，这很符合卞之琳的性格。就在这空间的转移切换中，于半遮半掩间领略诗人的情思。

按照某种逻辑层次结构文本依然是最常见的空间整体性，这与古代诗歌相同。请看张枣的《希尔多夫村的忧郁》：

希尔多夫村的忧郁

小酒吧的窗口风车张牙舞爪。
我在何方？星期一的童话，水
向木蜿蜒。戴花头巾的妇女牵着
儿童，准时赶到长途车站。

带乡音的电话亭。透过它的玻璃
望着啄木鸟掀翻西红柿地。
暗绿的山坡上一具拖拉机的
残骸。世纪末失声啜泣。

几天来我注意到你的反常，
嘴角留着乌云的滋味——
越是急于整理凌乱，
东西就越倾向于破碎。

思乡诗与登高诗和山水田园诗一样，如今日益稀少。现代交通工具和通讯手段克服了空间的阻隔效应，以微信为代表的通讯软件用即时可闻可见的音视频效果杀死了乡愁。当代诗人中，北岛提供了一部分高质量的思乡诗，张枣的写作也卓有成效。他们俩身处国外，因为各自的原因忍受漂泊之苦。

写《希尔多夫村的忧郁》时，张枣在德国已经呆了八年。诗歌一、二节第一行各有一个表示空间方位的词，这应该就是“我”的观察视角。也就是说，第一节从小酒吧看外面的世界，第二节转移到电话亭。二者的逻辑关系在于，诗人先在酒吧饮酒，酒与乡愁的联系也许是人类基因的一部分。思乡之情在酒精的作用下“蜿蜒”，这个词出现在第一节显然有暗示作用。“水”甚至赋予乡愁湿润的感觉，真是太棒了。这是张枣过人之处。乡愁火焰高涨，只能打电话，空间转移了，外面的景色随之改变。“掀翻”的动作幅度很大，诗人情绪激烈。“残骸”折到下一行与“啜泣”并置似乎暗示了哭泣的原因。我常常因此想到张枣的身材，九十年代他迅速发福走形。第三节，“乌云的滋味”，啜泣变成了大哭，诗人情绪完全失控、失态，“凌乱”的因果关系不难理解。“破碎”显然呼应第二节“残骸”。张枣所说的可能不仅仅是身材，而是德国生活的整体状态，凌乱而破碎。这种状态与思乡情绪混合，导致情绪失去控制。

《希尔多夫村的忧郁》表达还算有节制，前面两节控制得尤其好。唯一显示主题的是“乡音”，这已经足够。除此之外就只有两个特定的空间视点，视线外投，密集的意象缓缓流动，充满暗示。意象之间彼此呼应，诗歌趋于紧致。两处空间形成层次感，其中有时间先后顺序，也有酒与乡愁内在的文化逻辑。想象力一旦把这些因素综合起来，就能获得极强的整体感。形成空间层次结构的逻辑多种多样，看一首特朗斯特罗姆的诗歌：

开放与关闭的空间

一个人用其手套般的职业感觉世界。
他中午休息一会儿，把手套搁在架子上。
它们突然生长，扩展
从内部翳暗整个房子。

翳暗的房子远在春风中。
“大赦，”低语在小草中蔓延：“大赦。”
一个男孩拉着斜向天空看不见的线奔跑
他对未来的狂想像比郊区更大的风筝在飞。

往北，从顶峰你能看到无边的松林地毯
云影在那里
一动不动。
不，在飞。[1]

诗歌标题点明“开放”和“关闭”空间的对立关系，这就是理解的切入点。第一节写关闭的空间，核心意象是“手套”。手套戴在手上，对手来说就是一个关闭的空间。手套在感觉中扩展，直至“从内部翳暗整个房子”，那人就成了装在套子中的人。这几行总让我

[1] 北岛：《特朗斯特罗姆：黑暗怎样焊住灵魂的银河》，《时间的玫瑰》，江苏文艺出版社，2009年，第162—163页。

想起现代都市中的写字楼，在其中工作的人们大概不难意会特氏这个想象。第二节观察视点转移到郊外，与手套和房子不同，这是一个开放的空间。“大赦”传达出空间切换带来的喜悦，天空下奔跑的孩子与房子里工作的人形成对照，阔大的空间造就了他“对未来的狂想”。“风筝”暗示了飞翔的愿望：到高处，这是第二节与第三节的关联，是很重要的整体性。孩子在平地上奔跑，象征着飞翔愿望的“风筝”把他带到高处，第三节空间肯定再次切换：“顶峰”。“顶峰”意味着空间在垂直方向进一步开放。开放的结果就是平时需要仰视才能看见的云变成俯视视角，“地毯”暗示了它的高度。《开放与关闭的空间》的逻辑层次就是从关闭空间走向开放空间再到更彻底的开放。

这种例子数不胜数。按照空间的逻辑层次制造整体性是常见手法。《开放与关闭的空间》中的三种空间在现实中还有迹可循，《希尔多夫村的忧郁》中的空间可能更现实一些。但现实束缚不了特朗斯特罗姆，他随时可以跨入现实空间的对立面，如《冬天的目光》：

冬天的目光

我像一把梯子倾斜着，
把脸伸进樱桃树的二楼。
我在太阳敲响的色彩的钟里。
我比四只喜鹊更快地消灭暗红的果子。

突然我被一阵远方的寒冷击中。
瞬息发黑
坐成树躯上的斧痕。

一切都已太晚。我们在遮蔽我们的黑暗里
慢跑，下去，进入古代下水道。
隧道。我们在那里走了好几个月。
半是工作，半是遁逃。

出口打开时的短促祈祷。
惨淡的光滴落。
我们往上看：星空穿过阴沟的盖子。[1]

特朗斯特罗姆居住在瑞典首都斯德哥尔摩，这座城市每年十二月到次年五月处于极夜之中。这首诗写突然进入极夜的感觉，这种体验在诗歌中极其罕见。第一节写极夜到来之前的幸福时光，倾斜的梯子暗示慵懒闲适的精神状态，结满暗红果子的樱桃树、喜鹊和大快朵颐的“我”共同构成一幅温暖感人的图画。第二节写极夜来临，刀劈斧削般的痛感和寒意让人印象深刻。第三节空间切换。试想，诗人原本处在一个十分舒适惬意的环境中，极夜改变了这一切。接下来，如果不切换空间他还能怎么写？这样想就明白空间跳跃是必

[1] 特朗斯特罗姆：《特朗斯特罗姆诗歌全集》，李笠译，四川文艺出版社，2012 年，第 228 页。

然。很多时候诗人只能按照必然性写作。

“古代下水道”是一个充分显示特氏风格的意象，它的内涵太丰富了。下水道阴暗潮湿，没有太阳的世界这在情理之中。人置身其间，可想而知还有一种恶心感，这种感觉在诗歌最后一行通过另一个意象得到强化：阴沟。诗人没有明说极夜中的恶心感，他只是暗示。这一切都与第一节的温暖明亮舒适形成对照。特朗斯特罗姆在“下水道”之前还放置了“古代”作为修饰，这个词的颠覆力量意味深长。特朗斯特罗姆对现代性十分警惕，现代性“惨淡的光”对极夜无能为力，甚而至于，极夜本身就象征着现代性，它带来黑暗和伤害，让人恶心。

这样想，诗歌的思想指向彻底偏转了。这一切源自一个表示空间方位的词：“古代下水道”。它是虚拟的，但它的整体性在一种对立关系中完美无缺。这种解读绝不是空穴来风。比如作为极夜对照关系的第一节，田园风十足。在现代性批判惯性中，田园作为受害者从来都处在它的对立面。

转了一圈，又回到了虚拟的空间符号，从《江南》和《木兰辞》的“东西南北”到《冬天的目光》的“古代下水道”。二者的区别显然易见。与前者相比，“古代下水道”精准狠厉，是承担主题重量的支柱。根本而言，在记忆中重现的空间都具有虚拟性，或者用另一个更准确的说法，经历作者的精神性重构。既然是“记忆”，那诗歌时间必定流动到过去，好在我们已经谈论过诗歌中的时间。大家也许还记得特朗斯特罗姆的《果戈理》，临终时刻，果戈理看到了童年乡村的幻象：“这里，那守斋人曾被欢笑的牲口包围，/而它们早就去往树线以上的远方。”这部分整体性没有问题，

“牲口”对应到第二节“犄角和蹄子”，关联度很高。“欢笑的”做修饰，限定了童年乡村生活的情感内涵。“守斋人”临死的现实空间与幻象中的空间并置，产生了鲜明的对照效果。十九世纪上半叶的乌克兰乡村未必真是世外桃源，但它的幻象终其一生萦绕在果戈理的脑海中，强力阻击城市生活。

空间的精神性重构有时候表现得更加明显，如特朗斯特罗姆《石头》：

石头

我听见我们扔出的石头
跌落，玻璃般透明地穿过岁月。山谷里
瞬息迷惘的举动
叫喊着从树梢
飞向树梢，在
比现在更稀薄的空气里
静哑，如燕子从山顶
飞向山顶，直到它们
沿着生存边界
抵达极限的高原，那里我们
所有作为
玻璃般透明地跌向
仅只是我们

自身的深底。[1]

这首诗体现出特朗斯特罗姆诗歌的神秘与后现代特性。扔向山谷的石头与燕子的飞行方向相反，前者是现实的，后者是虚拟的，用“如”字领起。这部分联想与石头在下行空间的运动相关，石头引起了“瞬息迷惘的举动”，极可能惊动了某种鸟类，它“叫喊着从树梢/飞向树梢”，直至消失在远处。这部分运动指向上层空间，是现实的。在诗人的联想中，不知名鸟类的飞翔“精神化”为燕子追求极限高度的卓越努力，正是它改变了石头的质地：玻璃般透明。

被我们扔出的石头，“玻璃般透明地穿过岁月”，“岁月”是一个时间感非常强烈的词语，诗歌最后我们知道它的明确含义：“我们/自身的深底”。也就是说，我们从山底爬到这里，石头沿着我们的来路跌回了谷底，这就是我们的“岁月”。这个极具分量的词并没有来得及给读者制造多少压力，它随后被石头透明的质地和鸟类向上的姿态消解掉了。最后，这个句子“和”字两边的因果关系是这首诗的主题：我们只有不断努力飞翔，才能获得如此透明的质感。当现实中的鸟类运动“从树梢/飞向树梢”被重构为燕子的“从山顶/飞向山顶”，石头就变得具有后现代特征。

“岁月”在这里不仅具有时间内涵，它同时被赋予空间特性，它笼括了我们从下向上的攀登过程。攀登的崇高感激发了这首诗。这让我们想起中国古代的登高诗。一个意象同时具有时间和空间

[1] 特朗斯特罗姆：《特朗斯特罗姆诗歌全集》，李笠译，四川文艺出版社，2012 年，第 17 页。

感，有时候我们能看到更明显的例子，比如北岛的《黑色地图》第一节：

寒鸦终于拼凑成
夜：黑色地图
我回来了——归程
总是比迷途长
长于一生

域外漂泊十二年，北岛回到北京。“黑色地图”是这首诗的核心意象，它表示空间概念。“黑色”与“地图”的自我否定取消了其功能有效性，暗示回家的艰难与漫长。“归程”本来是一个倾向于空间的概念，但在这里，因为有十二年隐身在时代背景之中，它同时具备了时间特性。前面提到过，具备明显时间运动特性的诗歌往往伴随着空间的联结，如今，我们看到二者可以统一在一个意象之中。

空间的精神性重构相当普遍，也不是现代诗才有的专利。比如李商隐的《夜雨寄北》就有明显的重构痕迹：“君问归期未有期，巴山夜雨涨秋池。何当共剪西窗烛，却话巴山夜雨时。”诗歌后两句建立在“何当”引导的虚拟情境之中，其中两处“巴山夜雨”，第一处是现实空间，是阻隔你我相会的无奈现实；第二处是虚拟情境中的空间，是重构的结果，代表了历经劫难之后的温馨记忆。精神性重构翻转了空间的情感意蕴，重构本身意味着同名的意象再次出现，这又提升了诗歌的整体性。

时间与空间如此亲密，有时它们如一对孪生姊妹，缓缓并行于诗歌文本之中。下面是欧阳江河《纸上的秋天》：

纸上的秋天

秋天和月亮来到纸上。
分手的人们相见如初，
重新迷恋日出时的空想，
日落时散步，叹息天空的深邃。

这是一个正在结束的秋天，
但在开始之前，有更远的开始
通向一个尚未开始的纪念。
那儿，泪水被秋水洒遍。

而我微笑着，吹去眼中之人，
以一本书的速度阅读暗物质，
快到天明时，停住，回眸，
白夜和沥青夺眶而下。

未来因古代而灿烂，
城市从红尘走上灰尘。
但在乡村，在今天的去年，
婴孩和果实不停地掉落。

种子无声，随意挥洒，
旷野像笔记本一样有手翻动。
尽管无人吹起千里外的笛子，
我还是能听到光，寂静，或逝者。

我曾经想过欧阳江河为什么不用“书上的秋天”作为标题。这首诗所写就是阅读体验中的秋天与现实的秋天之间的对立。第一节描绘了慢节奏和诗意生活的秋天，它代表过去，如今仅存在于书中。“沥青”和“城市”代表现在的秋天，“在今天的去年，/婴孩和果实不停地掉落”，婴孩掉落的画面如一团火焰刺伤双目。这首诗写于1986年，现在回过去看，我认为“纸上的秋天”太好了，有预言性。在电子阅读大行其道的今天，书籍的芬芳和触感也许与古代的秋天一样，将成为一种美好的回忆。

这首诗显著特点之一是时间与空间并置。比如第一行“秋天和月亮来到纸上”，“秋天”代表时间，“月亮”代表空间。这一节最后一行，“日落时散步，叹息天空的深邃”，“日落”是时间，“天空”是空间。第三节最后一行，“白夜和沥青夺眶而下”，“白夜”表时间，暗示我通宵达旦读书，“沥青”写街道，空间方位，暗示现代性。最后一节，“种子无声，随意挥洒，/旷野像笔记本一样有手翻动”，“种子”就是秋天，表时间，“旷野”显然是空间……无法确定这是否诗人有意为之。其实，时间与空间的亲密关系不难解释：当人们怀念古时候秋天的时候，他们脑海中浮现的总是特定空间中的行动，人们日出时空想，日落时散步，一派从容淡雅，内心平静。

第三节　诗歌的节奏

顾名思义，诗歌既然是“歌”，就应该有节奏。从中国古诗的起源来看，也确实如此。有人提出中国古代诗歌的节奏分为音乐的节奏、音韵的节奏和朗读的节奏三种[1]，下面略述之。最初的诗歌产生于劳动，众人发出有节奏的呼声，乃是劝力之举。朱熹认为《诗经》具有自然的音响节奏。到汉代，诗歌与音乐分离，《诗经》中的节奏元素就丢失了。古乐府作为民歌的代表，走的也是自然音乐的路子，但是最晚到唐朝时，其中的音乐成分已经佚失。这些都可以归为音乐的节奏。音韵的节奏伴随着声律说和永明体诗歌而出现，其始作俑者是六朝齐梁时期的沈约等人。“以前古诗的音节是自然的音节，而永明体的音节是重在每个字的平仄四声的人为的音律。”[2] 到了唐代，永明体经过漫长的发展，经律诗而定型，平上去入四声交配成节奏的问题就解决了。唐朝以下，至元曲节奏更趋严密，逐渐成为一种板硬的形式。在音韵的节奏大行其道的时候，也有人持反对意见。比如，钟嵘就认为既然诗歌创作不再为唱而作，那还要声律做什么呢？所以，他大力反对平上去入四声组成的音韵节奏，而提倡以抑扬顿挫为主的朗读的节奏。唐朝时日本留学

---

[1] 周寅宾：《论古代诗歌的节奏》，《湖南师院学报（哲学社会科学版）》1983 年第 4 期。

[2] 周寅宾：《论古代诗歌的节奏》，《湖南师院学报（哲学社会科学版）》1983 年第 4 期。

生空海和尚在所著《文镜秘府论》中论述了三字句、五字句、六字句、七字句四种句式的节奏，比较系统地总结了五言律诗、七言律诗诵读节奏上的特点。清代刘熙载明确提出了按照“顿”来安排节奏的理论，并将此理论与前代的句读理论相结合，解决了《楚辞》的节奏问题。音乐的节奏、音韵的节奏和朗读的节奏大致概括了古诗节奏的发展历程。

现代诗的节奏是中西诗艺结合而诞生的宁馨儿。现代诗果断扬弃古诗音韵的节奏，有限保留音乐的节奏和朗读的节奏，同时借鉴西方诗歌尤其是英文诗歌的音律特点。现代诗关于节奏的探讨，有三次热潮，分别是 20 世纪 20 年代中后期至 30 年代初的始创期，30 年代中后期的诗歌形式辩论和 50 年代围绕新民歌、自由诗、格律诗等诗体形式发起的论争。[1] 第一阶段的理论旗手是闻一多，他将西方的音尺理论与中国古代诗歌中的“逗”相比拟，沟通了中西节奏诗学，同时他还打破了将诗歌节奏仅仅局限为听觉艺术的传统，而将其延伸到视觉领域，提出了“均齐中变化”的节奏理论。第二个阶段的讨论围绕《大公报》和《新诗》两家刊物进行，参与的人数大大增加，取得了更丰硕的成果。其中较有代表性的如饶孟侃的“拍子”说，闻一多的“音尺”说，孙大雨的“音组”说，梁宗岱的“停顿”说以及朱光潜、何其芳、卞之琳等人热衷的“顿”说。这一阶段的讨论，吸收了西方诗歌的有关理论和术语，偏重于诗歌朗读的节奏。朱光潜的观点很有代

---

[1] 王泽龙、王雪松：《中国现代诗歌节奏研究的历程与困惑》，《武汉大学学报（人文科学版）》2011 年第 2 期。

表性，他比较中西古典诗歌后得出结论，平仄对节奏影响甚微，而顿和韵则对节奏影响甚大。第三次讨论肇始于1950年《文艺报》关于新诗形式问题的讨论，一直延续到50年代末。这次讨论重要的收获包括，何其芳、卞之琳对“顿”的理论进一步发展，林庚提出“半逗律”，王力写出了《汉语诗律学》，其中有专门一章谈论白话诗和西方诗歌。

钟嵘反对为诗歌建立声律的呼声在现代成为主旋律，这个问题的本质是，现代诗是否需要一种高度形式化和严格定量规定的音乐形式？比如格律诗呆板僵化的音韵节奏。朱光潜对此持否定观点。他认为，诗歌的物质基础是语音而不是音乐的乐音，诗歌的音乐性必须与诗情、诗意连体共生，现代诗不应该存在脱离语义范畴的纯粹形式化的音乐性。这个观点与黑格尔非常相似：“尽管在时间尺度上，音乐和诗都要满足同样的需要，我们却不应忽视音乐和诗的差别，最重要的差别在于拍子……我们可以根据这个理由提出这样主张：在诗里尽管有一种时间尺度在起重要的作用，但是并不用拍子，对诗方面起决定作用的是文字的意义。”[1] 郭沫若也曾强调诗歌的精神在于内在的韵律，而不在外在的韵律或形式。

想象诗学是一种倡导整体性的诗学理论，所谓整体性是诗歌各要素围绕着表达诗歌主题发挥的作用和体现的价值。诗歌主题大致相当于黑格尔所谓“文字的意义”。如果一首诗的节奏或者说音乐性是围绕着诗歌主题建构的，那么，这首诗就属于想象诗学的研究

[1] 黑格尔：《美学》第三卷下册，朱光潜译，商务印书馆，2006年，第75—76页。

范畴，否则它就落在整体性诗学的视野之外。因此，重申朱光潜先生的主张很有必要，他认为语言节奏由三种影响合成："第一是发音器官的构造，这种节奏完全由于生理的影响，与情感和理解都不相干；第二是理解的影响，这种起于理解的节奏为一切语言所公有，在散文中尤易见出；第三是情感的影响，情感的节奏与理解的节奏虽常相辅而行，但前者偏重腔调，后者偏重意义。"[1]

诗歌在表达主题的时候与散文（包括议论文）毕竟不同，散文大都是平静地说理，而诗歌一定有诗人的情绪在其中。或者散文也可以有强烈的情绪，它相对浩瀚的篇幅允许作者纯粹用文字表达他的观点。但诗歌就不行，诗歌独特的言说方式注定诗人必须调用一切因素最大可能地寄寓情感。节奏显然是其中非常重要的一种手段。诗人的情绪有可能表现得很"零度"，但并不等于没有。诗歌的节奏往往与诗人的情绪密切相关。节奏与主题和情绪的关系看起来是两个不同的说法，但实际上是一体而两面。原因很简单，抒情诗中主题与情绪通常是同相的，诗歌中不可能存在游离在主题之外的重要情绪。这是诗歌整体性的必然要求。

古诗中音韵的节奏和朗读的节奏基本都是固定的。格律诗的音韵节奏不用说，按照"平上去入"和"四声"等音律规范建立起来的声律说严格框定了节奏起伏。朗读的节奏也比较固定，比如《文镜秘府论》就规定了三、五、六、七言诗歌的朗读节奏。这个节奏具有极强的通用性，一般不会因为某首诗而发生变化。

---

[1] 朱光潜：《朱光潜全集》第三卷，安徽教育出版社，1987年，第131—132页。

也正因为其通用性，相关研究成果才显示出价值。但事情就是这么奇特，在否定诗歌音乐性的纯形式意义之后，诗歌节奏研究成果的通用性价值一并被否决了。与语义和诗意关联起来的诗歌节奏不再具有统一的规范，每一首诗，围绕着它的诗歌主题应该建立起自己独一无二的节奏。因此，在抛弃规范化和模式化的音乐模式之后，诗歌的节奏反而成为了一个巨大的难题。如今无章可循，一切全靠创造。

毋庸讳言，有些看起来非常成功的现代诗也没有显示出节奏，这很正常。抛弃传统的音律节奏之后，如果诗人的创造性没有照临这个领域，自然就会留下空白。节奏并不是诗歌整体性的必要元素。反过来，在追求纯粹形式化的音乐性的古代，有时候诗歌的节奏也会显示出极强的整体性。比如李白的《将进酒》，这是一首沿用汉代乐府旧题而作的诗歌，郭茂倩《乐府诗集》所载两汉古词原文为："将进酒。乘大白。辨加哉。诗审搏。放故歌。心所作。同阴气。诗悉索。使禹良工。观者苦。"这首诗的内容与李白诗大体相同，"将进酒"就是劝酒，酒不离歌，这是共同点之一。更重要的是原诗也有情感起伏变化，如"诗审搏"有繁盛之意，"诗悉索"表示歌舞由盛而衰，"同阴气"中的"阴气"有人认为等同于"饮泣"，与李诗壮志难酬的苦闷之情相通。所以，就主要内容来说，李白诗作未脱古乐府窠臼，他真正改变的是其三言为主的节奏方式，在新诗中注入了丰富的音乐元素。

李白《将进酒》开篇"君不见，黄河之水天上来，奔流到海不复回"应该如何诵读？我认为应该把"君不见"与"黄河之水天上来"连起来读，形成一个长句，这样才与黄河蜿蜒千里奔流赴海的气势相符。同样道理，第二句也应该这样读。李白这首诗起得大气磅礴，第一句写空间，天上大海极尽浩渺，第二句写时间，青丝白发穷极一生。他一落笔就打破了旧乐府短小逼仄的语言格局，显示了天才诗人的音乐禀赋和节奏感。“人生得意须尽欢，莫使金樽空对月”是劝酒诗应有之义，接下来“天生我材必有用，千金散尽还复来”潜藏了诗人离开长安后的失意和郁闷，但有酒助兴，反而激发了万丈豪情，诗歌表达方式明朗激昂。至此，诗人狂放之情趋向高潮，诗歌节奏加快。“岑夫子，丹丘生，将进酒，杯莫停”几个短句是情绪冲刺之前的紧密鼓点，是振翅腾飞前的猛烈击地，从音乐性的角度来看，这里把七言改为三言正是诗人情绪与节奏的完美统一。有了这个铺垫，接下来的纵酒放歌水到渠成：“与君歌一曲，请君为我倾耳听”。

李白《将进酒》表达了非常复杂的情感。首先是时间焦虑，开篇青丝白发等意象饱含青春不再的失落。然后是理想受挫仕途失意的痛苦，起句黄河奔向大海一去不回就暗示了永远失去的宿命。诗人开怀痛饮显然有借酒浇愁的意思，“但愿长醉不复醒”不就是在逃避现实吗？诗歌结尾“与尔同销万古愁”更是把痛苦忧愁与无尽的时空关联起来，使之触目惊心。但是，《将进酒》的情感风貌总体还是明朗激昂，诗人在极度的兴奋和欢愉中大口喝酒大块吃肉，一方面人生失意痛感虚无，一方面才高八斗不时自我安慰。全诗篇幅不长，却在这些情绪之间不断跳跃，句式长短快慢轻重缓急亦随之变化。所以，这首诗的节奏变化内在地关联着诗人情感起伏消涨。李白创作这首诗的时候把节奏的变化编织在诗行间，读者必须腾飞想象才能顺利解码节奏与主题和情感的关系。

虽然出现了像《将进酒》这样的佳作，但总体而言古诗僵滞的音律形式往往与主题脱钩，诗人们为了音律齐整而煞费苦心，忽视了情感表达。“以现在的节奏观衡量之，古代诗歌节奏实质上是声韵节奏，意即在平仄和韵式上极为讲究，即便是对仗（属于成句，建联范畴），也必定受到平仄的制约，所以声韵实际上控制了整个诗体。在狭小的诗歌格局里将声韵运用到极致，故而，有为一字之妥帖而用破一生心之说：苦吟的结果是佳句多于佳构。”[1] 这个观点大致准确。很多时候古诗的整体性是建立在音韵的基础上的。当现代诗歌放弃僵死的形式后，诗歌整体性的重心自然要回迁，即“现代新诗的节奏观从‘单一的倚重声韵’向‘重视整体结构’转移”[2]，概言之，这里的“整体结构”其实就是以诗歌主题为基础、以表情达意为目的的诗歌整体性。

中国现代诗歌的节奏表现经历了一个漫长的探索期，这个过程在本节开篇已经略述之。狭隘学科意义上的中国现代诗歌（1949 年以前）总体上是一个过渡时期，这一点无论在表现手法还是音乐节奏两方面都是如此。如果我们想领略成熟的中国现代诗歌的节奏感，那还要等到朦胧诗落潮以后。但目前我们的视野没必要这么狭窄，西方现代诗中完美的节奏比比皆是。下面是里尔克的《预感》：

---

[1] 王泽龙、王雪松：《闻一多的诗歌节奏理论与实践》，《人文杂志》2010 年第 2 期。

[2] 王泽龙、王雪松：《闻一多的诗歌节奏理论与实践》，《人文杂志》2010 年第 2 期。

预感

我像一面旗帜被空旷包围，
我感到阵阵来风，我必须承受；
下面的一切还没有动静：
门轻关，烟囱无声；
窗不动，尘土还很重。

我认出风暴而激动如大海。
我舒展开来又卷缩回去，
我挣脱自身，独自
置身于伟大的风暴中。[1]

此诗九行，短小的篇幅无碍于构造完美的节奏。它的主题是纯粹精神性的，围绕着“旗帜”和标题展开。旗帜承担象征意义，在战场上也可以指示方向，它的意义与其图案和颜色有关。这首诗中，“旗帜”自身还在辨认方向，它与“我”是同一关系。诗歌第一节展示了一个求索的过程，这很容易联想到里尔克本人细腻、温柔、坚定的性格。第二节“认出”对应到标题“预感”，风暴来临，“我”激动万分。旗子在狂风中舒卷的姿态与内心情绪形成完美的呼应关系。“我挣脱自身”暗示诗人渴望在风暴中完成自身蜕变，

---

[1] 北岛：《里尔克：我认出风暴而激动如大海》，《时间的玫瑰》，江苏文艺出版社，2009 年，第 81—82 页。

融入其中。这首诗的对立关系比较明显，如旗帜高高在上的姿态与“下面”的门、烟囱、窗、尘土等，高高在上使“我”能更早地产生“预感”，但也更加孤独，倒数第二行“独自”与此呼应。另外，第一节风暴来临前的安静与第二节急遽到来的动感也是对比。

这个译本是北岛在前人基础上改译的，我认为目前是最好的，好就好在节奏。朗读的时候，第一节一定要轻声，速度越来越慢，通过朗诵的声音效果营造风暴前的安静气氛。四、五两行是关键，在极轻慢的语气中读出神秘气息。北岛此处选择短句，短句模仿出鼓点的凝重感，真是神译，与李白《将进酒》中的三字句相比毫不逊色。第二节开端一个长句（相对的长），这里必须如此，风暴、激动、大海等语言要素一并列就是这个效果，“风暴”和“大海”的音节响亮，“激动”尖锐，并在一行快速、高分贝读出来，声音效果棒极了。它在气势和声音效果上与第一节完全对立，为后面的文字奠定基调。对比一下绿原的译本：

我像一面旗帜为远方所包围。
我感到吹来的风，而且必须承受它，
当时下界万物尚无一动弹：
门仍悄然关着，烟囱里一片寂静；
窗户没有震颤，尘土躺在地面。

我却知道了风暴，并像大海一样激荡。
我招展自身又坠入自身
并挣脱自身孑然孤立

于巨大的风暴中。[1]

第一节四、五两行的结构是一样的，两个短句构成一行，但与北岛的译文相比，还是显得太长，神秘气息和凝重感全丢掉了。第二节第一句拆成两句后气势也就断了，表达不出预感到风暴的激动。

《预感》的叙事性比较强，尤其第一节，抒情成分集中在第二节。两节功能大致区分之后，节奏的变化自然就出来了。这是奥秘所在。人们说诗歌是一种时间的艺术，如果把诗歌换成节奏可能更加准确。叙事性即使不是形成节奏的必要条件，也是最有力的保障。在里尔克最优秀的诗歌中，他喜欢在叙事部分注入期待意识，“预感”这个标题已经暗示了愿望。第四章第一节我们用过《天鹅》作为例子，这首诗第一节写天鹅陆地上的步态，第三节写它水中从容不迫的泳姿，第二节是二者间的过渡。很明显还有飞翔的姿态没有出场，这就是解读的关键。被悬置的部分对在场者（步态和泳姿）造成压力，等待读者想象力的召唤。这是对想象力的期待，它只有“预感”到不在场者，才能完成综合，这个过程决定成败。

故事只有在时间中才能展开。很显然，这里涉及两种时间。以《预感》为例，旗帜在高空感知风暴的过程是一种时间，这是事件发展的自然时间。里尔克向我们展示这个故事用到了另一种时间，可以称为叙事时间。旗帜感觉到风暴的一刹那间，诗歌的节奏发生

[1] 北岛：《里尔克：我认出风暴而激动如大海》，《时间的玫瑰》，江苏文艺出版社，2009年，第83页。

改变，所以，自然时间对诗歌的节奏起决定性作用。诗人的写作技巧在叙事时间中得到体现，比如《预感》第一节里尔克特意提到一些静物，它们用于制造对立。展示这些意象的时间属于叙事时间。所以叙事时间也与节奏的形成密切相关。这两者配合，从中产生节奏，或强或弱或长或短。

回到刚才那个话题，关于里尔克诗歌叙事中的期待，这是节奏的关键。请看不朽的《秋日》：

秋日

主啊！是时候了。夏日曾经很盛大。
把你的阴影落在日晷上，
让秋风刮过田野。

让最后的果实长得丰满，
再给它们两天南方的气候，
迫使它们成熟，
把最后的甘甜酿入浓酒。

谁这时没有房屋，就不必建筑，
谁这时孤独，就永远孤独，
就醒着，读着，写着长信，
在林荫道上来回

不安地游荡，当着落叶纷飞。[1]

这首诗的焦虑情绪相当明显。本质而言，任何焦虑都与时间有关，《秋日》中有一个宏观的自然时间体系：夏日刚刚过去，当前是秋日，“谁这时没有房屋，就不必建筑”，为什么？因为冬天即将到来。冬天潜藏在诗歌文本之下，散发出逼人的寒意，它制造了焦虑。或者说，它就是死神本身。时间的焦虑通过一个意象得到强化：日晷。这个指示时间的古老设备被安放在秋天的某个时间点上，就像一双焦虑而绝望的眼睛，死盯住时间的流逝。

如果没有第二节，焦虑就不会那么完整。第一节末的“田野”预示了第二节的内容。这里有庞大的等待实现的愿望。从期待意识这一点来说，《秋日》更接近《天鹅》而不是《预感》，《预感》中旗帜等待的愿望实现了，它在狂风中翻卷着宣泄快意。“天鹅”一直到最后还没有飞起来，死亡是否降临是一个悬念。《秋日》也如此，充斥全篇的祈使语气似乎暗示了现实与理想的距离，这在诗歌末尾得到确认。也许正是因为绝望，开篇诗人就转向上帝。第三节一、二两行显然是物质与精神的双重危机，巨大的空虚等待填满，它对应着田野上的空虚：果实不够丰满不够甘甜。宏观的时间体系有一个与之对应的叙事框架：夏日是过去式，秋日是现在时，冬天是将来时。第二节田野上发生的事情就在秋日这个叙事单元内。

焦虑情绪第一节就确定了，非常明显的时间意象。刮过田野的

---

[1] 这是冯至的译文，参见 http://www.rilkecn.com/text.asp?ID=1204。

秋风是提速的信号。果然，第二节出现了一连串制造压力的动词：让，给，迫使，酿入，北岛把"酿入"翻译成"压进"，压迫感更强，节奏更鲜明，但事理逻辑上欠妥。两个动词各有千秋，难得圆满。第二节进一步提速之后，第三节前两行就顺理成章，这两句话警告意味十足，语气极重。接下来如何继续提速？短句，所有大诗人似乎都明白这个道理。"就醒着，读着，写着长信"，一行三个动作，三句话，字数分别为 3、2、4，焦虑情绪达到顶点，这是不加掩饰的宣泄。接下来肯定是一个长句："在林荫道上来回/不安地游荡"，这个句子从中折断，但仍然是一个句子。折断后下一行将"不安"顶在最前面，突出了诗歌主题。焦虑情绪喷发之后，长句暗示河流一路奔腾进入平原地区，河面骤然宽阔，缓缓注入大海。

比较海子同题诗歌，我们可以看到"另一种"节奏：

秋

用我们横陈于地的骸骨
在沙滩上写下：青春。然后背起衰老的父亲
时日漫长　方向中断
动物般的恐惧充塞着我们的诗歌

谁的声音能抵达秋之子夜　长久喧响
掩盖我们横陈于地的骸骨——
秋已来临
没有丝毫的宽恕和温情：秋已来临

海子是里尔克的强力竞争者，但他很少复现里尔克式的节奏，那种叙事部分期待填满的巨大的空虚感。以《秋》为例，几乎看不到快慢强弱的变化。这首诗起句直出“骸骨”，它与“衰老的父亲”一起赤裸裸地制造时间的焦虑。这与里尔克完全不同。《秋日》将冬天隐藏在夏天—秋天的时间序列自然进程之下，想象力感觉到这一点就能带来快感。海子的诗歌开端就是最强音，“骸骨”是重音，下一行“衰老”也是。诗歌主题在下一节开端：“谁的声音能抵达秋之子夜　长久喧响”，这是强力诗人的共同焦虑，直面时间杀死一切的力量，通过作品获得不朽。

千万不要以为《秋》没有节奏。“我们横陈于地的骸骨”在第二节重复出现，“骸骨”是全诗最醒目的意象，海子重现它意义何在？第四章第二节我们专门讨论过这个问题，现在要在节奏这个标题下再次审视它。事实上，节奏最本质的含义中就包含有反复：“心理学认为，某种声音相隔同等时间重复出现的现象，叫做节奏。人们在生理上对这种现象的反应，就是人们所产生的节奏感。”[1]节奏的这种定义运用到诗歌节奏上来，结论就很容易理解：“诗歌节奏一般是指诗歌语言的节奏。作为一种节奏，它必然也包含上述两方面的因素，即一定的时间间隔和某种形式的反复。它与其他非语言节奏的不同，主要不在一定的时间间隔这个因素上，而在某种形式的反复这个因素上：它是某种语音形式的反复。”[2]

---

[1] 方兢：《论现代诗歌节奏的形成》，《西北大学学报（哲学社会科学版）》，1981 年第 4 期。

[2] 王泽龙、王雪松：《中国现代诗歌节奏内涵分析》，《文学评论》2011 年第 2 期。

所以，节奏的意义内涵就是等值时间间隔内声音的复现现象，这是最原始的定义。比如，常见的三拍圆舞曲拍子“咚恰恰”，重音在“咚”上，它就是重音每隔两拍重复出现一次。由于它的重现有规律，就在欣赏者心理上产生期待，心理预期得到满足发生快感。这是音乐的节奏，运用到诗歌上原理是一样的。比如古代诗歌押韵，其本质就是韵音的重复出现，对于五言、七言古诗来说，韵音之间的时间间隔也是一样的。所以，古诗音韵的节奏更接近于乐曲的节奏。现代诗取消了押韵等僵硬的声律形式，但声音复现现象还是存在，《秋》“我们横陈于地的骸骨”也是声音的重复，而且这是凸显主题的句子，重复它就不仅仅是声音节奏的形式美要求，还是诗歌的整体性。现代诗声音的重复面积更大，对上述定义不妨稍作修改，比如：“中国现代诗歌节奏指的是现代汉语诗歌中某些凸显要素规律性复现的现象。”[1] 这个共识应该不难达成。

海子诗歌这种反复太多了，这是他制造节奏的主要手段。前面我将之称为“另一种”节奏，如今看来，它其实关联着节奏最本初的含义。现在的问题是，有了这个定义，我们如何理解里尔克《秋日》甚至李白《将进酒》的节奏呢？关键就在于最后那个定义中的“凸显要素”，我们目前只讨论了相同的声音元素，无论是重音还是“我们横陈于地的骸骨”都如此。但它也可以是相对立的声音元素，比如语音节奏中的轻重、高低、急缓、长短、抑扬等等，这些对立的声音元素出现了一方，另一方就会在阅读时形成心理期待。这种

[1] 王泽龙、王雪松：《中国现代诗歌节奏内涵分析》，《文学评论》2011 年第 2 期。

情况下，重复出现的不是相同的声音元素，而是相对立的声音元素。如此一来，节奏的概念内涵就大大扩展了。与纯粹的乐曲拍子不同之处在于，我们所研究的节奏现象取决于诗歌的文本意义，诗人必须根据表达的需要为每一首诗创建独特的节奏形式。

节奏是体现诗人创造力的战场，杰出诗人不愿重复别人，也不愿重复自己。北岛是中国当代创制节奏新形式的大师，比如下面这首《乡音》：

乡音

我对着镜子说中文
一个公园有自己的冬天
我放上音乐
冬天没有苍蝇
我悠闲地煮着咖啡
苍蝇不懂得什么是祖国
我加了点儿糖
祖国是一种乡音
我在电话线的另一端
听见了我的恐惧

也许是考虑到它的节奏形式比较复杂，北岛降低了搜索主题的难度。标题直接点出。“我对着镜子说中文”，“中文”呼应标题，确认主题，更主要的是奠定了整首诗的情绪基调：含蓄，直白，简短。这首诗的奇数行和偶数行各自构成一个独立的言说系统，好像有两个声音讲话，其识别的标志就是语音的重现。奇数行重复出现动作的主体“我”，偶数行让上一句末尾的词重现在下一句行首。两种重复声音的技巧制造出了不同的节奏旋律，它们相互缠绕，交替盘旋，成为催动诗歌向前延伸的主要动力。首行确定情感基调后，行动主体听音乐，悠闲地煮咖啡，但是在异域生活表面的平静之下，诗人的思乡之情却暗流涌动难以遏制。偶数行用于揭示情绪爆发的过程，从“公园”到“苍蝇”，暗示干扰悠闲情绪的异端出现了，它很快明确为“祖国”，最后“乡音”出场，点明主题。此时刚好奇数行的悠闲情绪也发展到了尽头，两股旋律合二为一：恐惧。近乡情更怯。

这种节奏形式就好像两股绳子拧成一股，在尾端绾一个结，止住。两个声音体系的现实基础就是诗人看起来对立的两种情绪：表面的平静与内在的澎湃，所以它的节奏形式与情感内容相应，这样节奏就不仅仅是文字游戏，它是诗歌整体性的重要构成部分。

这种极端的形式创意当然不会常常出现，但是，完美的节奏在北岛转型后诗歌中比比皆是，如《这一天》：

这一天

风熟知爱情
夏日闪烁着皇家的颜色
钓鱼人孤独地测量
大地的伤口

敲响的钟在膨胀
午后的漫步者
请加入这岁月的含义

有人俯向钢琴
有人扛着梯子走过
睡意被推迟了几分钟
仅仅几分钟
太阳在研究阴影
我从明镜饮水
看见心目中的敌人

男高音的歌声
像油轮激怒大海
我凌晨三时打开罐头
让那些鱼大放光明

《这一天》的主题比《乡音》隐藏得深。诗歌标题不是主题，但它是一个引子，引导读者走上正确的道路。这首诗的标题改为“无题”也不会影响理解，也许北岛真考虑过这个问题，他写过很多无题诗。“这一天”到底发生了什么？对敏锐的头脑来说，这个问题很自然。诗歌前十行写了这个夏日午后发生的事情，一切平淡如水，一切都是日常生活。这就是节奏。第一节末尾“岁月的含义”是变奏的信号，而且它后面跟着一个空行，这个信号更明确。慢节奏的开头吊足了读者的胃口，他们在期待对立的音调。

但是，什么都没有发生，平淡在延续。土动了一下，恢复平静。“睡意被推迟了几分钟/仅仅几分钟”，重复。重音，加速，接下来“太阳”是一个非常响亮的音节，它的形象和读音暗示一个辉煌的时刻即将到来，一如“午后”。

我从明镜饮水
看见心目中的敌人

这绝对是天启时刻。敌人原来是自己。这世上大概只有极少数人能明了毕生痛苦皆由心生。“这一天”对漂泊者北岛来说意义非凡，所以才成为标题。如果是特朗斯特罗姆，他可能会取名为“自1994年夏”，他用过许多诸如此类的题目。

接下来的高亢不可避免。“男高音的歌声”，多么响亮的音节；“油轮激怒大海”，壮丽的场景。所有一切，声音、场景、节奏以及“光明”，配得上这崇高的时刻。

后记

2011年9月我到江西师范大学攻读文艺学博士学位，师从赖大仁先生，选定文学想象作为博士论文研究方向。当时我正痴迷于康德美学，对创造性想象理论很感兴趣，即想象是把各种表象加在一起并将它们的杂多性放在一个认识中加以把握的能力。我的想法是将这个定义作为博士论文的研究基础。但这样做有一个问题，康德的想象理论是用在先验领域的，搬用到文学领域之后还能用吗？后来进一步阅读证明这个担忧是多余的，因为康德之前有狄德罗、伏尔泰，康德之后有华兹华斯和柯勒律治，他们都在经验领域明确了想象力的综合功能。以他们为核心，我把想象研究史上这一条线索梳理出来，放在本书第一章。

读博期间我还有另一个阅读方向，那就是诗歌。我硕士专业是中国现当代文学，由于个人兴趣和工作需要，接触了北岛、海子、顾城、西川、昌耀等人的诗歌作品，对英国和美国浪漫主义诗人的诗作也有一定了解。博士期间则沉迷于美国诗人弗罗斯特和华莱士·史蒂文斯。阅读过程中，我逐渐总结出评判诗歌价值的几个标准，如诗歌张力、智性、节奏、整体性等。所谓整体性，就是诗歌各要素围绕主题结合的紧密程度，我认为这是评价一首诗得失成败最重要的因素。

就这样，天启时刻在某一天降临，具体哪一天不记得了，大约在我开始博士论文研究半年之后——我突然想到把这两个方向结合起来，把诗歌各部分结合成为一个整体的能力不就是想象力吗？以此为基础，是否有可能提出一种完整的诗歌理论？当时我就将它命名为“想象诗学”。这个念头极大地激发了我的理论野心。我告诉了赖老师，先生很支持我的想法。我想在完成博士论文后展开这项研究。

博士毕业后我离赣入琼，在三亚一所高校任教，开始更系统而广泛地讲授中国现当代和西方诗歌。我精读了约四十家诗人，诗歌数千首。海量阅读坚定了我的信心，我确定整体性是衡量诗歌品质的黄金标尺。想象诗学的框架日益清晰，时机成熟。去年下半年我动笔写第一章，一颗心渐渐沉静下来。中间经历疫情，但写作让宅家变得容易。今年国庆前完成初稿，一年有余。如果从起意想象诗学算起，则忽忽兮其十载矣。

如今，这书稿摆在我面前，它命运如何？偶尔这念头一闪而过，但不会在内心激起波澜。海南五年，今非昔比。这倒不是说学术方面如何精进喜人，变化来自更深层。《刀锋》末尾开悟后的莱雷写了一本书，被问到写作动机时，莱雷说：“这本书没有什么特殊意义。我之所以写这本书，只是为了把这一切资料都处理掉，我之所以要予以出版，是因为我认为一件东西只有在印成铅字之后你才看得出它到底怎么样。”面对书稿，我清晰觉察到经验的边界日益模糊。再次感念当初把我引上这条路的恩师。

是为记。

杜梁

2020 年 10 月 1 日

图书在版编目（CIP）数据

想象诗学/杜梁著. —上海：上海三联书店，2021.9
ISBN 978-7-5426-7274-2

Ⅰ.①想… Ⅱ.①杜… Ⅲ.①诗学—研究 Ⅳ.①I052

中国版本图书馆 CIP 数据核字（2021）第 232415 号

想象诗学

著　　者／杜　梁

责任编辑／徐建新
特约编辑／林志鸿　张　亓
装帧设计／一本好书
监　　制／姚　军
责任校对／王凌霄

出版发行／上海三联书店
（200030）中国上海市漕溪北路 331 号 A 座 6 楼
邮购电话／021-22895540
印　　刷／上海颛辉印刷厂有限公司

版　　次／2021 年 9 月第 1 版
印　　次／2021 年 9 月第 1 次印刷
开　　本／890mm×1240mm　1/32
字　　数／210 千字
印　　张／9.625
书　　号／ISBN 978-7-5426-7274-2/I·1675
定　　价／70.00 元